사람은 훼손을 먹고 산다

사람은 훼손을 먹고 산다

짓고펴낸이 김교락
펴낸날 2025. 12. 25.
펴낸곳 도서출판 뻥뽕
등록일 2006년 10월 9일
등록번호 제545-2006-00004호
주소 서울 은평구 통일로 92다길 3-8 현대파크 502
e mail ; bpung4942@naver.com
전화 070-8778-7531
팩스 0504-391-0398
e mail;bpung4942@naver.com
ISBN 978-89-960511-3-8

사람은 훼손을 먹고 산다

김교락 장편소설

채령 개정판

1

패션은 몸의 판타지다. 사랑하는 여인이 내 아이도 아닌 핏덩이를 남겨두고 훌쩍 미국으로 떠나버렸을 때 최초의 털 없는 인간을 안아 쥔 난감함과 함께 만물은 신의 의상이라는 황당한 생각을 했다. 달과 지구가 동화작용으로 낳은 계절만큼이나 엉뚱한 이 아이를 어떻게 해야 한다는 생각도 없이 사랑하는 여인을 잃은 공허한 마음을 달래기 위해 나는 그 핏덩이를 안고 산으로 들어오고 말았다. 세상이 의미를 잃고 내 앞에 서 있었다는 것과 핏덩이는 세상과는 다른 그 무엇일 거라는 막연한 기대 같은 것이 내 마음을 움직였다.

계절은 때마침 여름이어서 갑자기 엄마를 잃은 아이에게는 여간 다행스러운 것이 아니었다. 전기도 전화도 없는 깊은 산에 다 쓰러져 가는 외딴 폐가를 대충 손을 봐서 산 생활을 시작했을 때 사실 아이에 대한 애정은 내 생활의 일부에 지나지 않았다. 아이를 위해 사는 게 아니라 내가 살면 아이도 덤으로 살 게 될 거라는 무모한 애정부재가 그런 생활을 가능하게 했다. 아이를 살려야겠다는 생각이 조금이라도 있었다면 아마도 그런 산 생활이 가능하지 않았을 것이다.

그러나 막상 부닥쳐 보니 요령이 생기고 아이에 대한 보다 나은 방편들이 창조적으로 생성되었다. 분유를 사기가 불편해 숫제 젖 짜는 염소를 사서 길렀으며 그게 아이에게 여간 좋은 친구가 되는 게 아니었다. 원숭이엄마 대신 염소염마를 아이에게 선물한 셈이었다. 최초의 아이가 원숭이엄마의 젖을 먹고 자랐듯 나의 아이는 염소엄마의 젖을 먹고 자랐다. 오늘날 인간에게 원숭이와 염소는 아무런 차이가 없듯이 아니 오히려 원숭이보다 염소가 더 인간과 가까이 되어버린 현실은 내 삶의 새로운 지평이 되고 있었다. 자연은 과거로 유추해 들수록 내게 새로운 활력을 불러일으켰다. 실현 불가능한 수렵생활보다는 채집이나 식물을 작물로 현실화시키는 일들이 나의 몸을 이루는 세포와 더 친숙해지는 일임을 하루하루 터득해 가고 있었다. 인간에게 염증을 느끼고 산으로 들어오게 된 것도 식물, 염소, 원숭이, 인간 순으로 인간에게는 인간이 더 멀리해야 될 그 어떤 철학적 함의를 내포하고 있다는 사실 또한 쉽게 터득할 수 있었다.

그렇듯 나의 하루하루는 퇴화를 즐기는 몸의 가역현상을 마음껏 실험해보는 재미를 더해주고 있었다. 나는 아이의 맨몸에 풀을 엮어 옷을 만들어 입혀 주었으며 토끼를 잡아 그 가죽을 아이의 몸에 걸쳐 주기도 했다. 나는 그 과정에서 뻣뻣한 가죽에 기름기를 빼는 무두질기술을 발견하는 일은 인간에게 요원한 일처럼 느껴졌다. 그러나 목화와 양모로 실을 자아 옷을 짓는 일은 까마득하기까지 해서 나무의 떫은맛과 재와 진흙이 우연히 만나 무두질이 발명되는 게 훨씬 수월해 보였다. 짐승 가죽을 벗겨 추위를 막는 일이 왠지 비겁하게 느껴졌지만, 짐승들이 채집경쟁자라는 사실에는 가죽도 살도 모두 먹이로서 쉽게 수렴되었다. 추위는 단순한 체온의 문제가 아니라 먹이의 문제였다.

문제가 되는 것은 오히려 내 몸이었다. 내 몸은 어릴 때부터 추위에 적응하지 못하게 옷과 난방으로 지나치게 보호되어 있었다. 그래서 아이에게마저 지나친 보호로 몸이 추위에 적응하지 못하게 해서는 안 된다는 강박감이 나를 추위에 떨게 했고 그럴 때마다 내 건강이 문제가 되었다. 그러다 보니 아이는 이도 저도 아닌 어중간한 환경에서 자라게 되었다. 그러나 나는 되도록 아이의 몸을 자연 상태에 적응시키려 했고 냉수마찰과 운동으로 옷의 역할을 축소하려 했다.

엄마 없이 자란 아이는 울지 않는다는 말이 맞는 말인지 틀린 말인지 알지 못하지만, 최소한 내 경험에 의하면 내 아이는 보채거나 울지 않았다. 처음에는 울음을 통해 보채거나 자신의 의사를 내게 전달해 보였지만 그에 대한 나의 반응이 시원치 않자 아이는 이내 우는 걸 포기했으며 오히려 나의 일방적인 규칙과 질서에 자신을 잘 적응해 가는 것처럼 보였다. 나는 식량채집으로부터 자유로워진 엄마들이 아이들의 울음 요구를 무조건 들어주어 아이들의 눈치에 놀아난 육아의 역사를 잘못된 진화의 상징으로까지 생각했다. 나는 아이를 등에 매달거나 나무에 매달아 놓고 일을 했다. 아이가 울면 배가 고픈 모양이라고 생각할 뿐 정해진 시간 이외에는 젖을 주지 않았으며 그 울음에 즉각적인 반응을 보이는 경우는 거의 없었다. 엄마가 아이에 매달려온 역사를 아이가 엄마에 매달린 역사로 되돌리기 위해 나는 아이를 염소가 새끼를 돌보는 이상의 몸짓으로 보호하지 않으려 애썼다.

염소가 채유 틀에 들어가 젖을 짤 때 아이가 직접 염소젖을 빨아먹을 수 있도록 유모차를 개조해 아이의 입이 젖 짜는 염소의 젖에 물릴 수 있도록 채유 틀과 수유 틀을 조합하는 장치를 만들어냈다. 염소와 아이는 처음에는 다소 낯선 일에 발길질과 울음으로 거부했지만, 차츰 적응해 갔으며 시간이 지나자 염소는 아이에게 젖을 빨리는 대가로 사료를 얻어먹는 일을 오히려 기다리게 되고 아이는 엄마젖을 찾아 빨듯 염소젖에 달라붙어 열심히 빠는 일을 즐겼다. 이러다가 아이가 염소가 되는 게 아니냐는 우려가 생길 정도로 아이는 염소와 무언의 친밀한 교감을 형성해 갔으며 아이는 염소가 곁에 있으면 어떤 안도감과 같은 평온함을 갖는 듯했다. 나는 아이의 건강도 염소젖 때문이라고 믿었다.

아이에게 다분히 애정결핍이나 애정부재의 육아심리를 보인 것이 어디서 기원하는 것인지는 분명치 않지만, 남자들은 아이를 내 아이로 생각하기보다 남의 아이로 생각해 경쟁적 질시와 경계의 심리도 작용하지 않을까 하는 자책을 갖기도 했다. 내가 사랑한 여인이 나를 사랑하지 않았다는 사실과 그녀가 사랑한 남자들에 대한 막연한 감정이 그 아이가 내 아이가 아니라는 것과 맞물리면서 어쩌면 나는 그 아이를 냉대했을지도 모를 일이었다. 그러나 나는 아이들에 대한 모든 남성의 비 모성적인 냉대는 어쩌면 인류학적이고 그것이 맹목적 모성에 대한 보완적 육아심리로 덧붙여져야 한다고 내심으로 고집하고 있었다.

사실 이러한 냉대심리는 나의 자책으로 비롯된 터무니없는 것일 수밖에 없는 것이 그 아이를 볼 때마다 사랑하는 여인에 대한 무한한 애정이 솟아나 주체할 수 없는 그리움에 몸을 떨며 아이를 으스러지게 끌어안는 맹목보다 더한 대리사랑을 아이에게 쏟아 부어왔다. 그 사실을 증명이라도 하듯 날이 갈수록 아이는 그녀를 닮았고 아이에 대한 나의 사랑은 그녀에 대한 사랑으로 커갔다. 아빠도 조금 닮긴 했지만 아이의 귀여운 얼굴에 숨겨진 이미지들이라 내게 별다른 영향을 주진 못했다. 아이는 어느새 내 삶의 분신이 되어가고 있었다.

염소는 시간이 갈수록 새끼를 불려 사육의 부담이 되었지만 아이는 자급능력이 하루가 다르게 추가되어 일손의 부담을 덜어주었다. 언어소통이 가능할 때쯤의 아이는 어릴 때 무능의 부담을 상쇄하여 그대로 내 몸이 되어 일거수일투족 내 움직임의 연장선상에서 가족이라는 하나의 체제를 이루어갔다. 나는 한동안 아이에게 이름을 불러주는 일을 잊을 정도로 언어에 무심했으나 아이가 내 혼잣말을 따라 하는 것을 보고 놀라 황급히 아이에게 엄마가 늘 자기 이름으로 아이를 부르던 그 이름을 그대로 불러주고 말을 가르치기 시작했다.

"채령아! 채, 령, 해봐."

그 이름은 평소 내가 속마음으로 불러오던 아이 엄마의 이름을 그대로 부르는 것이기도 했다. 과거에 대한 아린 기억 때문에 엄마라는 말도 마음 놓고 가르칠 수 없었던 나는 아이에게 아빠라는 말을 가르치는 것 또한 주저했다. 내가 아이의 아빠가 아니기도 하려니와 세상에 태어나 처음 배우는 말을 거짓으로 시작할 수는 없었다. 처음에는 사실대로 아저씨라고 부르게 하자며 아저씨라는 말을 가르치다가 아이가 여자아이라 주위 사람들의 이상한 시선을 감당하기 어려울 것 같아 한참 뒤에 아빠로 바꾸었다. 점점 커가는 여자아이가 아빠도 아닌 남자와 깊은 산속 외딴곳에 함께 산다는 것 자체를 세상은 너그러이 보아줄 리가 없었다. 그렇게 해서 채령은 나의 딸아이가 되고 나는 채령의 아빠가 되어 자연스레 한 가족을 이루게 되었다.

짐승들에게 아빠는 젖을 줄 수 없어 엄마 없이는 아무런 의미가 없지만 염소라는 짐승 덕분에 나는 채령에게 엄마도 아빠도 아닌 그렇지만 둘 다일 수 있는 삶의 동반자가 될 수 있었다. 그러나 세상의 우려대로 나는 채령이 커갈수록 정말로 아빠도 엄마도 아닌 한 마리 수컷이 되어 감을 부인할 수 없었다. 어릴 때의 육체적인 애무는 아이사랑과 엄마사랑을 대리하는 그런대로 허용되는 선을 갖고 있었지만 커가면서부터는 점점 허용될 수 없는 선을 의식하게 되고 어느 시점부터는 심한 자제력을 요구하는 이질감으로 달라붙었다. 그런데도 나는 모든 친아빠도 그러하리라는 완강함으로 이질감을 외면하려 애를 썼다. 아이와의 입맞춤을 나는 아이가 어색해할 때까지 계속했다.

채령을 나의 성을 따서 호적에 올리게 된 것도 그 무렵이었다. 엄마 없는 아이의 출생신고를 소급해서 하게 되는 번거로움보다는 왜 이제까지 미루어 왔느냐는 나의 내면과의 해후에서 묘한 지점을 발견한 연유를 스스로 묻게 되는 번거로움이 있었다. 그 무렵 나는 아이에 대한 애정이 아이엄마에 대한 대리사랑에서 벗어나 채령에 대한 사랑으로 변해가고 있다는 사실을 눈치 채지 못했다. 채령을 내 딸로 호적에 올려버리면 채령을 영영 사랑할 수 없다는 무의식이 작용해온 동안을 나는 내내 엄마채령에 대한 대리사랑으로 깔아뭉개왔다. 나는 채령이 점점 커가는 모습을 상상하고 있었으며 그 지점이 엄마채령의 모습으로 다가가는 게 아니라 독립된 주체로서의 새로운 사랑으로 다가감을 무의식보다 먼저 알아차리지 못했다. 딸 사랑이 아닌 이성으로의 사랑이 움트고 있음을 애써 무시했다.

그러나 채령이 점점 이성으로 느껴져 오자 내가 양부가 아니라 친아빠라면 어떻게 했을까 하는 생각을 매 순간마다 하며 자신을 각성시켰다. 양부와 친부의 차이라는 게 과연 있는 것일까 하는 근본적인 질문부터, 짐승들처럼 자기 새끼의 냄새를 본능적으로 가려내는 능력을 타고나지 않은 이상 그 차이는 '유심조'나 '마음먹기'일 수밖에 없다는 섣부른 귀결까지, 나는 고뇌했다. 인간의 성감이 후각적 주기에서 시각적 상상으로 진화하며 달라진 '성의 정치'를 유추해보았다. 육체적 무능으로 인한 시행착오의 지혜가 여성을 연년생 육아에 붙들어 매어 성주기의 은폐를 통해 상상력이라는 애착 속에 남성을 가두었다는 '성의 논리'까지 이끌어냈다. 애착에 기반을 둔 상상의 윤리가 근친상간이나 소아성애를 예방했는지 방조했는지 모르지만 그 지나친 윤리의식이 오히려 성폭력을 상상의 능력으로 고착시켰다며 억지를 부리기까지 했다.

그렇다. 양부모와 친부모의 차이라는 건 없다. 다만 혈육의 애착이 부부윤리에 가둘 뿐이다. 모든 성인의 소아성애는 은폐되어 있다. 그리하여 '양부모와 친부모의 차이는 마음먹기에 달렸다.'를 가훈처럼 뇌리에 새기고 또 새겼다.

이런저런 나 자신의 내면 변호와는 별개로 채령은 날로 아름다움의 모습을 달리해 갔으며 그때마다 나는 엄마채령의 영묘한 유전적 변주를 감지해내며 그 아름다움이 저렇게도 변주되는구나 하고 감탄해 마지않았다. 채령이 처음 말을 흉내 낼 때 나는 채령에게 동요부터 들려주었다. 영어동요도 빠뜨리지 않았다. 여기저기 테이프를 구해 와 새소리와 파도 소리처럼 반복적으로 들려주었다. 동요 다음에는 동시와 동화로 나아갔고 말은 귀와 입만 필요하지 눈은 필요하지 않다는 원칙하에 그게 무슨 말인지 가르칠 생각도 하지 않았다. 엄마 아빠와 같은 일상의 낱말은 생존에 가장 가까운 것부터 가르쳤다. 물, 염소, 젖, 밥, 쌀, 밀, 보리, 콩, 배추, 무, 등 실물을 감각적으로 익혀 나갈 수 있게 했다. 추상 언어들은 대부분 뒤로 미루었는데 그것들은 구상 언어들의 시적 조합으로 자연스레 터득하게 했다.

몸의 직립은 어쩌면 과도한 관능이 일상화된 삶의 예술, 생활의 춤이라고 해야 할 천지간의 오랜 입상이 아닌지 모르겠다. 네 발로 걷다가 두 발로 걸을 때의 과도한 긴장, 과도한 불안이 온갖 몸의 기전을 후각에서 시각으로 전이시키며 두 손의 자유를 관능으로 물들이는 옷 짓기와 집짓기와 먹이 짓기를 성립시켜 말만으로는 부족한 문자 짓기가 예술로 발돋움했을 터였다.

동요와 동시 동화를 듣고 외우는 일에 진력이 날 때쯤이었다. 아무 뜻도 모르는 영어동화도 줄줄 외우는 아이에게 ㄱㄴㄷㄹ ABCD도 가르치지 않은 나는 채령에게 글을 가르쳐야 한다는 강박에 시달리며 이미지 교육의 정점인 문자를 애써 멀리해왔다. 현대문명이 갖는 엄청난 폐해가 고스란히 문자에 녹아있다는 것을 너무나 잘 알기 때문이었다. 최초의 도구인 막대기를 앞에 놓고 '1'이라는 문자를 가르치는 일은 내게는 세상과도 같았고 인류의 몸에 걸친 초록드레스를 벗기고 가죽옷으로 갈아입히는 끔찍한 일과 맞물려있었다. 그러나 채령은 나의 강박과는 아무 상관없이 이미 손에 연필을 쥐고 온 벽에다 무수한 막대기를 그려대고 있었다. 나는 하는 수 없이 세상의 바다를 건너기로 마음먹었다. 놀라운 것은 내가 채령에게 문자를 가르치기 시작하는 것과 함께 채령에 대한 나의 애정이 개인 차원에서 인류의 차원으로 변모해 간다는 것을 곳곳에서 감지하는 일이 생겨나고 있었다.

문자교육의 텍스트를 무엇으로 사용할 것인가부터 시작해서 언어 기원의 문제에 이르기까지 어느 하나 나 자신이 새롭게 탐구하지 않으면 안 되는 본질의 문제들을 담고 있어서 그냥 아무렇게나 가르칠 수 없다는 자각이 싹트기 시작했다. 그동안 막연히 생각만 무성했던 일들이 구체적 모습을 드러내며 가르치는 일은 묻는 일이라며 곳곳에서 텍스트를 요구하고 있었다. 그러나 어느 텍스트가 좋은 텍스트인지 알 수도 찾을 수도 없었다. 나 자신이 텍스트를 새롭게 만들까도 싶었지만 그 일은 내게 너무 요원한 일로만 여겨졌다. 차라리 가르치지 말고 무지렁이를 만들자 거나 기존의 교육시스템에 내맡겨버리자는 생각이 꿀떡 같았지만, 그것이야말로 비겁하고 비굴한 자기 유기에 다름 아닌 무능한 자의 추태에 지나지 않는다는 자각이 나를 이러지도 저러지도 못하게 만들고 있었다. 내가 할 수 있는 데까지 최선을 다해보자고 마음먹고 열심을 내고 있을 때 그와 연관된 난처한 일이 터지고 말았다.

채령에게 취학통지서가 날아온 것이다. 그러기 전에 이미 마을에서는 여자아이를 발가벗겨 키운다느니 자기 아이가 아닐 것이라느니 하는 이상한 소문이 돌고 있었지만 나는 그를 아예 무시해 버렸다. '미국으로 도망가 행방불명된 엄마를 데려오라며 출생신고도 받아주지 않더니 취학통지서라니'하고 찢어버릴까 하다가 취학에 떠밀려 문책 당할까 봐 하는 수 없이 출생신고를 처리한 모양이라며 차일피일 하고 취학을 미루고 있는데 초등학교선생이 직접 산막까지 찾아왔다. 그때 마침 채령이와 나는 추위에도 아랑곳하지 않고 함께 샘물에서 냉수욕을 즐기고 있었는데 서로에게 찬물을 끼얹으며 끌어안고 몸을 씻겨주는 모습을 숨어서 지켜본 선생은 채령에게 의무교육을 거부한 사실을 당국에 고발조치 하겠다는 말만 냉랭히 남기고 산에서 내려갔다. 그 뒤 나는 경찰에 불려갔고 딸의 성추행을 고발한 사건에 붙들려 온갖 수모를 감수하며 자기변호를 해야만 했다.

"딸을 목욕시키는 걸 보고 성추행이라니 그 사람 그거 상상으로 온갖 짓을 다 하는 변태성욕자 아니오. 그 추운 날 찬물에 목욕이냐고요? 그 말씀 잘하셨소. 그 점이 바로 내 딸 채령이 다른 아이들과 다른 점이오. 일반 아이들과 다른 교육을 받고 있다는 확실한 증거가 되는 셈이오. 나는 엄마가 없는 내 딸 채령을 건강하게 키우기 위해 갓난아이 때부터 한겨울에도 냉수마찰을 시켜왔어요. 지금도 불 땐 방에서는 더워서 자지를 못 해요. 아이를 위해 특별히 방 윗목에다 따로 나무 침대까지 마련해주었으니까요. 내 아이는 모든 점에서 그처럼 다르기 때문에 그런 변태성욕자가 선생으로 있는 학교에 보낼 수가 없는 거요. 아시겠소."

그 일은 그것으로 일단락되었지만, 그 후유증은 두고두고 나를 괴롭혔다. 나는 그 뒤로 채령에게 목욕시키는 일을 중단했으며 아이에게 육체적인 접촉이 있는 모든 일은 스스로 하도록 가르쳐야만 했다. 그 아픔은 나와 채령에게 성숙의 기회를 주었고 개인적 애욕을 벗어나 보편적 생존을 위한 채집 령에 몰두하게 했다. 그 일이 있고 난 뒤 채령에게는 학교와 친구에 대한 어렴풋한 기대가 움텄고 나는 그 사실을 채령과 허심탄회하게 이야기했다.

"학교에 가고 싶으면 언제든지 얘기해라 보내 주겠다. 그러나 여기서는 안 된다. 여기서 학교를 가려면 한 시간을 걸어가야 하는데 네가 여자아이기 때문에 아빠가 일일이 학교까지 데려갔다가 데려와야 한다. 그러면 아빠는 일을 할 수가 없고 오로지 너에게만 매달려야 한다. 그러니 네가 정 학교에 가고 싶다면 도시에 있는 친척 집에 보내 주겠다."

"채령아 학교라는 곳은 말이다. 생존을 배우는 곳이란다. 도시에서 사는 생존 말이다. 그러나 생존은 도시에 있는 것이 아니고 자연 속에 있단다. 이 봐라. 우리가 먹는 것이 모두 여기에서 나오지 않느냐. 흙에서 말이다. 너는 지금 도시의 아이들이 배우지 못하는 엄청난 것들을 배우고 있단다. 네가 얼마만치 대단한가 하면 말이다. 너는 산과 논밭에서 나는 모든 열매와 나물을 채집하는 능력을 갖추고 있으며 그 영혼들과 직접 교감하는 행운을 하루하루 만끽하고 있단다. 그렇지만 나는 그에 만족하지 않고 네게 도시아이들이 배우는 모든 것을 가르칠 생각이며 그 아이들이 잘못 배우고 있는 것까지 아우르며 최선을 다할 생각이다. 그래도 가고 싶다면 아빠에게 이야기해라! 언제든지 보내 주겠다. 아빠는 채령을 누구보다도 사랑하니까. 고집쟁이 아빠 자신보다도 말이다. 알겠지."

채령은 말없이 머리를 끄덕였지만 혼자 있는 채령을 볼 때마다 나는 마음이 아팠다. 그때 내가 몰랐던 또 하나의 진실이 나의 뇌리를 쳤다. 그래 인간은 언어접촉 이전에 몸의 접촉이 필요하다. 지금 채령과 나는 몸의 접촉을 잃어버린 두 마리 외로운 짐승에 불과하다. 이 외로움을 극복하려면 채령에게는 엄마와 형제가 필요하며 그게 안 되면 몸을 부대끼며 놀아줄 또래 친구라도 필요하다. 나는 채령을 서울에 있는 누님 댁에 보내기로 했다. 채령은 처음에는 좋아했지만 막상 갈 준비를 시작하자 왠지 불안한 기색을 드러냈다. 아니나 다를까 채령은 서울로 간 지 한 달도 못 되어 다시 내 곁으로 돌아오고 말았다. 낯선 환경에 대한 불안이 끊임없이 채령을 괴롭혔으며 끝내 채령은 너무나 달라져 버린 환경에 적응하지 못하고 울며불며 익숙한 품을 찾아드는 회귀본능에 매달렸다.

나는 채령의 외로운 영혼을 달래주기 위해 채령을 마음껏 껴안아 주는 것으로 채령과의 몸의 접촉을 회복했다. 채령은 빠르게 이전의 활기를 회복했고 나 역시 동굴의 외로움으로부터 빠져나와 채령과의 햇빛 찬란한 애정의 숲을 내달리는데 아무런 주저함이 없었다. 나는 채령에게서 몸의 변화가 나타날 때까지 채령을 품에 안았고 채령도 마음껏 아빠 품을 파고들었다. 아 그때의 그 행복감이란 지상에서 벌어진 환희의 축제 중 순수의 으뜸 몽우리라 할 만 했다. 나는 행복에 열떠 채령을 위해 나 자신이 직접 문자교육의 텍스트까지 만들었다. 우선 기존의 동화를 뜯어고치는 것으로 쉽게 접근했다. 나는 '강아지 똥'이라는 인간주의 동화를 종간주의 동화로 패러디해 채령에게 읽어 주었다. 그러나 나는 이에 만족할 수 없었다. 내가 직접 동화를 하나 써서 읽어주어야 채령에게 아빠로서의 자존이 설 것 같았다. 나는 내 이야기를 서툴게 동화로 써 내려갔다.

내가 채령에게 동화를 읽어주자 채령은 재미있어했다. 조금 어렵지 않나 걱정했지만 어려움은 잠재의식으로 건너뛰는 재주를 아이들은 갖고 있었다. 채령의 몸의 변화는 채령이 나를 떠나 엄마를 찾아가야 하는 시기가 가까워져 온다는 것을 의미하며 그것은 내게 엄청난 두려움으로 채령의 엄마에게 그 모든 걸 검사 맡는 부담과 함께 했다. 그동안 준비해온 엄마 찾기를 위한 영어교육은 나로서는 능력밖의 일로 지지부진을 면치 못했다. 그래서 모든 노력을 영어에 집중시키기로 했다.

채령이 듣고 외우다시피 한 영어동요와 동시 동화를 시각적 문자로 익혀나가며 자막이 있는 아동영화로 넘어가 비디오가 닳아 못쓰게 될 때까지 보고 듣고 외우는 일에 지치도록 도왔다. 언어의 본질 운운하며 텍스트를 찾던 때와는 달리 이젠 선택의 여지가 없이 정체불명의 영화가 문자교육의 텍스트가 되어있었다. 채령은 의외로 재미

있어했으며 아동영화는 싱겁고 재미없다며 고전영화를 찾았다. 채령에게서 몸의 변화가 완연히 느껴질 때쯤 채령의 영어실력도 봉긋 몽우리가 돋은 느낌이었다.

무릇 생식기란 시근이 드는 시기로서 삶의 태도에 입성하는 철학의 생성기여서 나는 채령에게 내가 옷 짓는 일로부터 터득한 사유체계를 하나하나 더듬어 이야기해주었다. 그 과정에서 나는 채령의 엄마에 대한 자세한 이야기를 그제야 채령에게 털어놓을 수 있었다. 그냥 일반적으로 간단히 얘기해 버리면 너를 버려두고 미국으로 떠나버렸다가 전부이지만 그래서는 엄마를 제대로 이해시킬 수 없을 뿐 아니라 자칫 엄마를 나쁜 사람으로 욕되게 하는 것이어서 지금까지 미루어 온 것이라고 채령에게 자세하게 이야기해 주었다. 채령은 내가 들려주는 이야기의 핵심까지는 알 수가 없겠지만 사뭇 어른스러운 표정으로 내 이야기에 귀 기울였다.

그 이야기를 시작하기 전에 나는 현실적인 다소 딱딱하고 심각한 분위기를 일신시키기 위해 아빠의 상상 속에 사는 원형인간들의 원형동산을 채령과 함께 시뮬레이션에 가까운 가상탐험을 해 보기로 했다.

"채령아, 우선 원형동산에 들어가려면 뭐부터 해야 하는지 아니? 인간이 살았던 최초의 동산이기 때문에 모든 게 원래 그대로의 모습을 하고 있어서 자칫 그 모습들이 훼손될까 봐 아무나 들여보내지 않고 통과의례에 합격한 사람만 들여보낸단다. 통과의례가 어떤 것이냐 하면 살아있는 네발짐승이나 두발짐승을 도구나 함정을 사용하지 않고 맨손 맨몸으로 잡았다가 살려주는 거란다. 그러면 그 짐승이 살려준 은혜에 감사해서 원형동산 입장권을 끊어 준단다. 이제부터 채령이도 맨몸으로 숲속에 들어가 잠복해 있다가 다람쥐나 토끼나 작은 새 중 한 마리를 맨손으로 잡아 살려주면 입장권을 얻을 수 있어. 아빠도 마찬가지지. 어때 자신 있지? 왜 전번에도 박새 한 마리를 잡았잖니. 그때 채령이 몰라서 그렇지 꿈속에서 원형동산을 다녀왔을 거야. 자 그럼 지금부터 맨몸사냥 시작이다. 원형동산에서 만나자. 잠깐! 맨몸사냥의 구호 알지? 맨몸사냥의 구호!"

"첫째, 맨몸은 사랑이다!

둘째, 사냥도 사랑이다!

셋째, 맨손사냥은 가족 사랑이다!"

채령과 나는 활짝 웃으며 숲으로 향했다. 막상 숲으로 들어왔지만 난감했다. 개구리나 메뚜기를 잡는 것도 아니고 살아있는 짐승을 맨손으로 잡는다는 것은 불가능에 가까웠다. 우리는 둘 다 허탕을 치고 돌아왔다. 다음날도 그다음 날도 마찬가지였다. 그러나 그다음 날 채령은 집으로 돌아오지 않았다. 나보다 먼저 원형동산 입장권을 따낸 게 분명했다. 나는 다소 창피하게 밭에 기어 다니는 두더지를 잡기로 했다. 그도 쉽지 않았다. 들썩들썩 흙이 들썩일 때마다 잽싸게 덮쳤지만, 실패를 거듭하다가 이동통로를 막아 가까스로 잡을 수 있었다. 두더지를 다시 흙 속에 넣어주자 홀연히 눈앞에 원형 동산이 펼쳐졌다.

"아빠! 여기에요."

생기로 가득한 채령이 냇가에서 소리쳤다. 첨벙첨벙 맨손으로 물고기를 잡고 있었다. 그때 냇가 숲에서 원형인간이 나타났다.

"채령아, 뒤를 봐. 위험해."

나는 채령에게로 달려가 반대편 숲으로 채령을 피신시켰다.

"저길 봐. 원형인간들이 물고기를 잡으러 왔어. 저들의 눈에는 우리가 보이질 않아. 그렇지만 네가 물을 튀기고 있으면 그 튀긴 물을 보고 이상하게 생각할 거잖니."

"그런데 아빠, 저들 좀 봐. 곰들처럼 맨손으로 물고기를 잡고 있어. 잡아서는 나뭇가지에 아가미를 꿰고 있어. 곰보다 사냥실력이 좋아."

"아빠 이게 무슨 소리예요."

"저기다. 저 위쪽."

또 한 무리의 원형인간이 소리를 지르며 냇가로 몰려 내려왔다. 그들의 손에는 막대기가 들려있었다. 먼저 와 있는 무리보다 숫자는 적었으나 막대기로 위협하며 그들을 냇가에서 내쫓으려 했다. 그러나 맨손의 무리는 물러서지 않았다. 우선권을 주장하는 듯했다. 뒤로 엉거주춤 물러서던 맨손무리의 우두머리가 일행을 제지하며 주먹을 높이 추어올렸다. 막대기를 든 무리의 우두머리에게 두 주먹을 맞대며 결투를 신청했다. 막대기를 든 우두머리가 어이없어하며 막대기를 그의 가슴을 향해 내리꽂는 시늉을 했다. 맨손 우두머리는 개의치 않고 공격 자세를 취하며 막대기에 도전했다.

그때였다. 맨손무리 중 백발의 한 노인이 자기 우두머리 앞으로 나서며 막대기에 대신 맞섰다. 젊은 우두머리에게 이번에는 자기 차례라며 막대기를 쥔 우두머리에게 공격 자세를 취했다. 공격 자세라기보다 죽음을 당당히 받아들이는 해체된 자세였다. 막대기를 든 우두머리는 노인의 사타구니에 막대기를 버리듯이 내리꽂으며 물고기가 주렁주렁 꿰인 나뭇가지를 휙 낚아채고는 무리를 이끌고 냇가를 떠났다. 맨손과 막대기의 만남은 그렇게 비겁을 교묘히 모면하며 난감함을 비껴갔다.

"채령아, 방금 봤지. 그들은 도구사용의 필요를 별 느끼지 않을지도 몰라. 저기 열매들을 좀 봐. 저렇게 먹을 게 풍부한데 애써 도구사용으로 피를 흘리려 하겠어."

"필요를 억제하는 선택을 어떻게 원시동산에서 할 수가 있어?"

"원형동산은 최초의 인간으로서의 선택이 탄생한 동산이야. 진화는 적정한 환경에서 탄생한 열매이지만 좋은 환경도 있고 나쁜 환경도 있었겠지. 인간지혜는 혹독한 빙하기를 견뎌낸 결과라고들 하지. 그렇지만 좋은 환경을 찾아다닌 사람들은 굳이 피를 흘리려하지 않겠지. 피 흘리는 도구사용이 어떻게 갈등 없이 선택될 수 있었겠어."

나는 채령의 맨몸사냥이 쉽게 성공할 수 있었던 이유를 알았다. 채령이 사냥한 것은 알을 품고 있을 때 죽기를 각오하고 도망가지 않는 습성을 지닌 까투리였다. 적정논배미 안에 들어가지 못하는 사람은 죽어야 하는 인류학적 본능도 이와 다르지 않다고 채령에게 얘기해 주었다. 나는 채령과의 꿈결 같은 시간 속에서 역사가 판타지임을 실감했다.

이런 황당하기까지 한 비현실적인 이야기를 채령과 나누는 것은 그즈음 채령이 숲에서 나물을 캐다가 인기척을 여러 번 느꼈다고 얘기해서 은근히 걱정되어서였다.

"아빠, 아까 산에서 분명 인기척을 느낀 것 같은데 아무리 찾아봐도 없잖아. 이상하지. 아빠는 그런 적 없었어?"

"그런 적 없는데."

"이상하다. 내가 잘못 봤나."

"인기척이란 게 어떤 거였는데 구체적으로 한번 말해봐."

"꿩이 날고 고라니가 괴상한 소리로 울고 해서 그쪽을 돌아보니 얼핏 사람 움직임과 함께 낮은 나뭇가지가 흔들렸어."

"네가 잘못 본 게 아니라면 이건 심각한 일인데. 그 사람이 네게 들키지 않으려고 숨었다는 게 더 미심쩍어. 나쁜 마음을 먹고 염탐을 하는 거니까. 그리고 채령아, 그런 인기척이 나한테는 없고 너한테만 있었다는 것은 무엇을 의미하겠니. 어떤 사람이 너한테만 관심이 있고 나한테는 관심이 없어서가 아니겠니. 그 사람이 아빠 같은 사람이면 괜찮지만 만약에 나쁜 사람이면 너는 어떻게 해야 하지? 오늘처럼 그 사람을 찾으려고 해서는 안 되고 그 사람을 피해서 어서 나한테로 와야지. 안 그래? 그 사람이 너를 해칠지도 모르잖니."

"나를 해친다고? 해친다는 게 뭐야?"

"해친다는 것도 몰라? 네가 나물을 뜯는 것은 나물의 입장에선 네가 나물을 해치는 거지."

"그 사람이 나를 뜯어간다는 거야? 어떻게?"

나는 이 순진한 아가씨에게 어떻게 얘기를 풀어나가야 할지를 몰라 한참 뜸을 들이다가 말했다.

"채령아, 네가 나물을 뜯는 것은 나물이 가지고 있는 향기와 영양을 네가 뜯어오는 거잖니. 네게도 그 사람이 탐내는 향기와 영양이라는 게 있어서 그걸 뜯어갈지도 모르잖니."

"내가 가지고 있는 향기와 영양이라는 게 뭔데 그 사람이 탐낸다는 거야?"

나는 점점 더 난처해져 얘기의 갈피를 잡지 못했다.

"채령아, 그건 말이다…"

"그 사람이 나를 잡아먹는다는 거야?"

"그래 바로 그거야. 잡아먹는다는 표현에는 여러 가지 의미를 포함하고 있는데 동물을 죽여 그 고기를 먹는다고 할 때 말고도 다른 뜻이 있지. 음… 뭐랄까 진짜 잡아먹지는 않고 잡아먹을 것처럼 남을 몹시 괴롭히거나 죽게 할 때도 그런 표현을 쓰지. 그리고 장소나 시간을 잡아먹었다고 할 때도 그런 표현을 쓰잖니."

"그러면 그 사람이 나를 몹시 괴롭힌다는 거야. 어떻게?"

나는 솔직하게 얘기하는 게 좋겠다 싶어 정색하고 말했다.

"그 사람이 남자라면 네가 여자니까 너와 짝짓기하려고 덤빌지도 모르잖니."

"짝짓기하려고 덤비다니 어떻게?"

그제야 나는 채령에게 질문을 유도당하고 있다는 걸 알았다. 채령의 표정이 알고 있으면서 모른 채 시치미를 떼고 있어서 나도 계속 채령의 순진무구함을 믿는 것처럼 속아주었다.

"염소들이 하는 거 많이 봤지 않니."

"숫염소가 하늘 보고 이를 드러내며 웃는 거 말이야."

"그래 남자들도 숨어서 그런 괴상한 표정을 지으며 여자를 염탐하며 짝짓기를 시도한단다."

"숫염소는 숨지 않던데… 아빠가 그랬잖아 '하나님 감사합니다.'라고 하는 거라고."

"그래 맞아. 그게 바로 사람과 짐승의 다른 점이야. 짐승들은 때가 되면 짝짓기를 밥 먹듯이 하는데 사람들은 부끄러워 숨어서들 하지."

"짝짓기가 부끄러운 거야?"

"너도 발가벗는 걸 부끄러워하잖니."

"아빠가 부끄러운 거라며 옷을 입혀줬잖아."

"그랬구나. 내가 그렇게 가르쳤구나. 채령아, 성경의 창세기에 '벗었으므로 부끄러워 숨었나이다.'하는 구절을 외우고 있지."

"아빠가 외우게 했잖아."

"아빠가 창세기를 외우게 한 건 사람의 타고난 본성을 알게 하려는 거였어. 따먹지 말라고 한 선악과를 따먹은 뒤에 부끄러움이 생겼듯이 사람에게는 좋고 나쁜 게 있어서 네가 좋아하지 않는 걸 억지로 하게 하면 그 사람은 나쁜 사람이 되어 네 보기가 부끄러운 거지."

"인기척을 낸 그 사람은 내가 좋아하지 않는 걸 해 부끄러워 숨은 거네."

"그렇지. 네가 좋아하는 걸 하면 부끄러울 이유가 없지."

"내가 좋아하지 않는 걸 그 사람이 한 적이 없는데… 아빠, 도대체 내가 좋아하지 않는 무엇을 그 사람이 했다는 거야."

"아직 하지는 않았지만 하려고 숨어서 널 노려보고 있은 거지."

"그럼 아직 하지 않았으니까 내가 뭐든 좋아하기만 하면 그 사람도 부끄러워할 이유가 없겠네."

맙소사. 이 아가씨를 어느 천사가 꼬드기고 있는 게 아닌가도 싶어 나는 채령의 볼을 사정없이 꼬집었다. 채령은 아파서 눈물까지 흘렸다.

"그거 봐라. 네가 뭐든 좋아할 수 없다는 게 단번에 드러났잖니. 그 사람이 네 몸에 상처를 낼지도 모르는 데 그 사람을 좋게만 볼 거니. 그 사람이 네게 강제로 짝짓기를 하면 네 몸에 상처가 남아 너는 평생을 마음 아파하며 살아야 해. 알겠니. 이 맹추야."

그날은 그것으로 대충 넘어갔지만 나는 아무래도 불안해 사람의 흔적에 신경을 쓰며 나물 캐는 마을 사람에게도 산에서 낯선 사람을 본 적이 있느냐고 묻기까지 했다. 간혹 심마니를 보긴 하지만 산삼은 더 깊이 들어가야 해서 평소에는 인적이라고는 없는 곳이었다.

그러던 어느 날이었다. 숫염소 한 마리가 보이지 않아 바위산으로 찾아 올라갔다가 풀 섶을 헤치는 기척을 느껴 돌아보는데 짐승처럼 재바르게 숲으로 사라지는 옷깃이 보였다. 뒤쫓아 달려갔지만 어떻게나 빠른지 놓치고 말았다. 그날 저녁 나는 채령을 앉혀 놓고 조심스레 말문을 떼었다.

"채령아, 이 아빠가 널 얼마나 사랑하는지 너도 알지. 아직도 너는 많이 어리긴 하지만 너도 이제 어른이 되는 길목에 들어섰단다. 아이에서 점차 여자가 되어가는 거지. 가슴도 커지고 배란 다음에는 월경도 찾아올 거야. 몸이 아기 준비를 하는 거지. 그래서 이 아빠도 남자이기 때문에 너를 전처럼 자연스레 대하지 못하잖니. 아이 때는 뽀뽀로 사랑을 표현했지만 이젠 볼만 닿아도 수염에 찔린다며 어색해하잖니."

채령도 그런 감정을 다소나마 느끼는지 마주 보던 눈길을 피했다.

"너도 이젠 남자에 대해 알 때가 되었다는 거야. 아빠 수염이 너의 여린 볼을 찌르듯이 남자란 말이다. 가죽 벗기기에 특화된 동물이란다. 피부처럼 부드러운 여자에겐 가죽옷처럼 거칠단다. 남의 피부를 입고 벗기는데 혈안이 되어 여자만 보면 벗기려 덤비지. 아무도 없는 숲속에서는 남자는 화살이나 마찬가지야. 무조건 피하고 봐야 해. 그러나 채령아, 지금부터 내가 하는 말을 잘 들어. 중요한 것은 여자는 남자를 피할 수가 없다는 거야. 신체적으로 약자라는 거지. 그러면 어떻게 해야 하겠니? 현명한 여자가 되려면 어떻게 하는 게 좋겠니? 너 같으면 어떻게 하겠니?"

"아이, 왜 자꾸 그런 이상한 말만 해. 모든 남자가 그렇다면 아빠도 그럴 거야. 아빠도 남자잖아."

순간 나는 명치끝이 받쳐 뒤로 물러서며 발등 찍은 도끼처럼 할 말을 잃었다. 채령의 말대로 아빠로서 채령을 사랑한 게 아니라 남자로서 질투를 하는 게 아닌가했다. 아연해 할 겨를도 없이 채령이 말했다.

"아빠 말처럼 남자 없이는 내가 태어날 수도 없는데 남자가 다 화살이면 난 어쩌라는 거야."

채령은 곧 울기라도 할 듯이 말끝을 울렁거리며 어깨를 흔들었다. 채령이 태어난 내력 때문에 와락 안아줄 뻔하다말고 다그쳐 말했다.

"그래, 네가 이 아빠보다 낫구나. 그렇지만 채령아, 우리는 이 난처한 상황을 슬기롭게 대처해야만 한단다. 숲속에서 만난 그 남자가 누군가의 아빠일지 모르기 때문에 모두를 위해 슬기로울 필요가 있는 거지. 두려워하는 여자가 아니라 슬기로운 여자가 되어야만 그 남자도 나쁜 마음을 먹지 않게 도울 수 있지 않겠니?"

"그 남자가 나쁜 남자인데 어떻게 두렵지 않아. 그리고 나쁜 남자가 어떻게 나쁜 마음을 먹지 않아. 아빠 말은 도무지 무슨 소린지 모르겠어."

"그래, 네 말이 맞아. 그건 말이 안 돼. 그러나 채령아, 사람은 말이다. 순간에 의해 이렇게도 되고 저렇게도 되는 거야. 악마와 천사가 따로 정해져 있는 게 아니야. 네가 어떻게 하느냐에 따라 그 남자가 나쁜 사람도 되고 좋은 사람도 되는 거야."

"그러면 악마가 내 안에 있다는 거야."

"그래, 천사와 함께. 네 안에서 너의 현명한 선택을 기다리고 있지."

"아빠는 왜 점점 문제를 어렵게 해. 악마는 뭐고 천사는 뭐야. 난 점점 모르겠어."

"그러면 아빠가 시키는 대로만 해. 아빠가 완전히 옳은 건 아니지만 지금까지 경험에 의해 어느 정도 옳을 수는 있어. 알았지."

채령은 눈을 빤히 뜨고 올려다보며 고개를 끄덕였다.

"첫째, 숲속에서 낯선 남자를 만나면 무서워하거나 겁먹은 표정을 지어서는 안 된다. 둘째, 씩씩하고 당당하게 먼저 인사하고 거기서 뭘 하느냐고 묻는다. 셋째, 혹시 우리 아빠 못 봤느냐며 서두르지 않고 태연히 아빠 쪽을 향해 온다. 어때? 할 수 있겠어?"

"피시 그게 다야. 아빠가 시키나마나 지금까지 그렇게 해 왔는데…"

"그래, 우리 채령이 그렇게 현명했다는 거야."

"그게 현명한 거야. 그건 사람 만날 때 기본으로 하는 거잖아."

"그래 맞아. 그건 기본이고 이제 2차전이 시작되지. 그 사람이 너를 쫓아와 강제로 껴안으며 성폭력을 시도하면 어떻게 하지."

"또 그 화살이야. 저항해도 소용없다면서 왜 자꾸 물어."

"이건 너의 목숨과 상관된 일이기 때문이야. 저항해도 소용없지만 목숨만은 지켜야 하지 않겠니? 목숨이 상처보다 중하다는 거지."

"그 사람이 나를 죽인다는 거야."

"그래 너의 저항이 심하면 자기 잘못을 숨기려고 너를 죽일 수 있어. 어떻게든 그것만은 막아야 하지 않겠니?"

"그러면 저항하지 말라는 거야. 그런다고 잘못이 숨겨지는 게 아니잖아."

"채령아, 이건 이 아빠가 절대 잘못 생각하는 것일 수 있는데 말이다. 연민만이 악마의 화살을 막을 수가 있단다."

나는 다음 말은 도저히 들려줄 수가 없어 잠시 망설였다. 한번 꺼낸 말이라 주워 담을 수도 없어 계속했다.

"네가 그 사람을 나쁜 사람이라 생각하지 않고 불쌍한 사람이라 생각하면 그 사람이 너를 죽이지 않을 수도 있다는 아주 작은 희망이라는 게 우리에게는 있단다."

채령은 잠시 생각하더니 젖은 소리로 물었다.

"나쁜 사람이 어떻게 갑자기 불쌍한 사람이 되는데…"

"응 그건 말이다. 모든 건 마음먹기 달렸다는 말도 있듯이…"

나는 다음 얘기를 월경도 시작하지 않은 아이에게 해야 하는지 몰라 망설였지만, 처음부터 이 얘기를 하려고 아이를 불러 앉혔다는 사실에 솔직해져야 했다.

"그 사람이 나쁜 사람이 되는 건 자신의 성욕과 마음을 잘 연결하지 못해서가 아니겠니. 성적인 장애를 가진 사람인 거지. 어떻게 보면 굉장히 불쌍한 사람이야. 누군가의 도움이 필요한 사람인데 도울 사람이 그에게는 없는 거지."

"그럼 내가 그 사람을 도와줘야 한다는 거야."

"아니 그런 건 아니고. 그런 마음을 가질 필요가 있다는 거지. 그럼 그 사람도 그런 네 마음을 읽거나 행동을 보고 더 나쁜 마음은 먹지 않을지도 모르잖니."

말을 해 놓고 보니 내 안의 채령이 단번에 반발했다.

'날아오던 화살이 멈출 수도 있다는 거야.'

나는 쏟아놓은 말을 다시 주워 담으며 얼버무렸다.

"그렇다고 나쁜 마음이 단번에 좋은 마음이 된다는 건 아니야. 그건 어디까지나 이 아빠의 바람이고 가정에 지나지 않아. 하지만 채령아, 그 사람에게 이런 당돌한 말을 해주면 그 사람이 어떻게 나오겠니."

나는 사뭇 호연한 기분으로 채령의 음성을 흉내 내어 성대모사를 해 보였다.

"아저씨, 그게 그렇게 하고 싶으세요. 아저씨가 불쌍해서 한 번쯤

줄 수도 있어요. 그러고 나면, 잠시 잠깐 욕망을 채우고 나면, 그 뒷감당은 어떻게 할 건데요. 뒷감당할 자신 있어요. 우리 아빠가 당신을 가만두지 않을 건데, 지구 끝까지도 찾아가 복수를 할 건데 그러면 아저씨만 불쌍하게 되잖아요. 지금이라도 아빠를 부르면 당장 달려올 텐데, 그러지 말고 아저씨, 이번 일은 아빠한테도 비밀로 할 테니까 우리 친구 해요. 나는 요 아랫집에 사는데 아저씨는 어디 사세요?"

깔깔거리고 웃을 줄 알았던 채령은 뜻밖에도 시무룩이 어른스러운 표정을 지으며 말했다.

"아빠, 그러지 좀 마. 난 그 사람보다 아빠가 더 불쌍해 보여. 나를 위해서 그런 연극까지 하는 게 너무 안 됐어. 아빠야말로 엄마도 없이 너무 외롭잖아."

나는 왠지 눈물이 날 것 같아 채령을 안아주며 눈길을 등 뒤로 돌렸다.

"그래, 우리 채령이가 이제 다 컸구나. 아빠를 감동하게 할 줄도 알고… 난 네가 어린앤 줄 알고 성교육을 시키려고 했더니 외려 이 아빠를 각성시키는구나. 그렇지만 채령아…"

나는 채령의 양팔을 잡고 눈을 똑바로 바라보며 말했다.

"숲으로 드는 통과의례에서 맨손에 막대기로 대항하지 않고 막대기를 버렸잖니. 그 의식이 갖는 의미는 막대기의 비겁을 막고 막대기의 폐해를 막겠다는 다짐이었지. 그런데 역사는 어떻게 됐니. 이 아빠가 너를 해친 사람을 해치듯이 죽음의 릴레이로 막대기의 숲을 이루어 창 화살 칼로 이어지는 석기 청동기 철기문화를 이룩했잖니. 막대기로 상징되는 가부장제도의 남성문화는 너무나 오래된 것이어서 채령이 맨몸으로 혼자 부딪혀서 될 일이 아니야. 그러니 첫째도 조심 둘째도 조심, 우리 모두가 함께 대처해야 하는 거야. 알았지."

채령은 붙들린 어린 양처럼 눈을 동그랗게 뜨고 운명의 천공을 응시했다. 숲에 의탁해 살면서 사람이 무서워 채집조차 마음대로 못하는 게 말이 되느냐고 할지 모르지만, 맹수를 사람이 대신하고 있는 만큼 행동반경의 위축은 받아들일 수밖에 없었다. 깨달음의 저작권은 석가에게 있지 않고 막돼먹은 자에게 있었다.

2

나는 죽을힘을 다해 아버지로부터 도망쳤다. 아버지 손에는 날카로운 돌이 들려 있었다. 숲속 짐승들도 놀라 도망쳤다. 나의 허우적거리는 다리는 점점 무거워졌다. 무거워진 다리가 돌부리에 걸렸다. 나는 땅에다 코를 박고 넘어졌다. 일어날 수가 없었다. 아버지의 엉덩이가 나의 엉덩이 위에 얹혔다. 아버지의 돌이 나의 등을 내리찍었다. 갈비뼈 일곱 대가 차례로 부러졌다. 극심한 통증에 나는 정신을 잃었다.

얼마 후 정신을 차리고 일어나 보니 나의 몸은 흉측하게 찌그러져 있었고 옆에서는 아버지가 코를 골며 자고 있었다. 나는 나의 부러진 갈빗대를 집어 들고 아버지의 국부를 내리찍었다. 국부는 피를 흘리며 아버지의 몸에서 떨어져 나왔다. 나는 나의 갈빗대와 아버지의 국부를 바다에다 집어던졌다. 커다란 바닷조개가 입을 벌리고 나의 갈빗대와 아버지의 국부를 받아들였다. 잠시 후 그 커다란 조개의 입속에서 내 잃어버린 일곱 개의 갈빗대가 아름다운 일곱 여인이 되어 나타났다. 아름다운 일곱 여인은 서녘 바람에 떠밀려 어디론가 사라졌다. 여인들이 내 눈앞에서 사라지자 나는 잃어버린 나의 여인들을 찾아 망망한 바다를 향해 무작정 뛰어들었다. 지금은 없어진 폐결핵 흉곽성형수술은 이처럼 내게 무지막지했다.

숨이 막혀오는 절명의 순간을 떨치며 깨어난 나는 한참동안 깜깜한 방 한가운데 죽은 사람처럼 앉아 있었다. 발이 저렸다. 나는 몽유병자처럼 일어나 밖으로 나왔다. 희미한 별빛들이 달동네 불빛들과 함께 비몽사몽 가물거렸다. 먼 바다에서는 고기잡이배의 불빛이 별빛과 어우러져 있었다. 나는 그 몽환적인 불빛들에 이끌려 바다로 나 있는 벼랑길을 걸었다. 별빛과 초승달이 오솔길을 비춰주고 있었다.

발아래로 까마득히 내려다보이는 철썩이는 파도가 현기증을 일으키게 했다. 나는 쓰러질 것 같은 몸을 가누며 그 자리에 멈춰 섰다. 그리고는 그 자리에 주저앉았다. 간신히 눈앞에 불빛들이 보였다. 수평의 바다는 평화로운데 수직의 바다는 이다지 아찔할까. 몸은 그래도 살겠다고 심리적 현기증까지 일으키는데 나는 그에 얼마만치 부응해 주고 있는가도 싶었다. 어쩌다 이렇게 고소 공포를 느끼는 심리적 독재자가 되었나 싶었다.

차가운 바닷바람이 깊숙이 폐 세포를 적셨다. 기침과 함께 비릿한 냄새의 가래가 올라왔다. 어두워 보이지는 않지만 따뜻하고 비릿한 냄새까지 나는 것으로 보아 빌어먹을 또 피가 섞여 나온 게 틀림없었다. 수술까지 받은 몸에서 왜 자꾸 피가 나온다는 말인가. 폐를 잘라낸 게 아니라 갈빗대 일곱 개로 병소를 눌러놓았기 때문에 피가 나와도 별문제가 없으려니 하지만 그래도 혹시나 병후조리를 잘못해 악화한 건 아닌지 자꾸만 염려되었다. 가래에서 피 좀 섞여 나온다고 왜 이리 삶이 다한 느낌으로 다가오는지 알 수 없는 막연한 분노마저 치밀어 올랐다.

"저래 멀쩡하이 해가지고 아무 거도 안 하고 방꾸석에 맨날 누만 있으머 우짜는데… 수술했으면 다 난거 아이가. 폐병쟁이 박 기사는 맨날 콜록거리면서도 벌어 묵겠다고 택시를 안 모나. 알고 보면 속 성한 사람이 어디 있나. 묵고 살라면 머라도 해야지. 신용금고 오빠한테 수금사원으로나 좀 써달라고 부탁해 보까?"

"그라든지."

그라든지? 하기야 그 말처럼 아버지의 성품을 잘 나타내는 말도 없을 터였다. 상대에게 모든 것을 위임하는, 그렇다고 모든 것을 알아서 하라는 적극적인 지원의 의사도 없이 막연히 자기 발뺌의 의미를 담은, 무슨 일이든 스스로 챙기지 않고 늘 책임을 모호하게 함으로써 무능이 관용처럼 비치게 하는 사람 좋음의 냄새, 소위 무위도식 전생 삼대 양반을 지낸 호인 냄새가 코를 찌른다고나 할까. 아버지의 무능과 가난이 자식들에게는 때로 좋은 양식이 될 수가 있는데 그러나 그것도 어디까지나 무능과 가난이 삶의 과정일 때만 그러하지 질병과 죽음처럼 결과로 나타날 때는 결코 좋은 양식이 될 수만은 없는 게다.

자식이 병이 나도 병원에 데려갈 생각을 하나 칠팔 년을 행려 시립 국립병원을 전전하다 돌아와서 병후조리를 하는데 곰국 한번 끓여 줄 생각을 하나 그저 새로 얻은 마누라눈치 보느라 위해주는 말 한마디 따뜻하게 건네주지도 못하는… 아무리 말해도 소용없는 것이, 자식들이라고 생긴 것이 그 아비를 닮아 아파도 아프다고 말을 하나 약이 필요해도 약 사달라고 얘기를 하나 뭐가 먹고 싶어도 먹고 싶다고 얘기를 하나 사정 어려운 줄 미리 알고 얘기는커녕 낌새조차 보이지 않으려고 애쓰며 죽을병이 나도 그냥 아무 일도 없는 듯이 넘어가고 만다. 1차 약에 내성이 생겨 고가의 2차 약을 써야 하는데 입도 뻥끗 못 해보고 혼자서 가슴앓이만 하고 만다.

아들이 방구석에서 혼자서 앓고 있는 줄도 모르고 봉급이 제대로 나오는지 아버지는 날마다 출근을 하고 새엄마는 택시 한 대를 사서 차주 노릇을 하는데도 내가 사업자금이라도 대달라고 할까 봐서 매일 죽는소리다. 죽는소리는 그래도 괜찮다. 웃음소리는 정말 참기가 어렵다. 다라모신가 친목곈가 한다며 계군들이 모여 히득거리는 생생한 소리는 죽음과 대면하고 있는 내면의 소리를 참을 수 없는 분노로 쌓이게 했다. 꿈속에서 내 무의식의 손에는 자주 흉기가 들려 있었다. 집안에서 웃음소리가 가장에게만 봉사할 때의 무의식적 위험성이었다.

고소공포의 벼랑을 때리는 파도소리는 죽음으로의 유혹으로 마음을 일렁이게 했다. 그러나 내가 지금 여기 일렁이는 허공에다 발을 잘못 내디딘다고 하더라도 가족들은 애써 자살이 아닌 실족으로 이해하고 싶어 하리라는 데에 생각이 미치자 나는 괜스레 치미는 생의 욕동을 느꼈다. 그것은 상대방이 나를 실족하게 하는 것이라 여겨졌기 때문이었다. 아버지는 한 번도 내 몸의 수술 자국을 본 적이 없다. 아니, 보자고 한 적이 없다. 아마도 그것은 그 수술에 자신이 한 번도 관여한 적이 없으며 아버지로서의 그 어떤 보탬도 주지 못한 무의식적 발로였을 터였다. 나로서는 그것이 부자간의 유대를 갈라놓는 그러므로 서로 간의 외로움을 강화하는 저마다의 그늘 속 알 수 없는 생의 욕동을 더듬게 하는 것으로 생각하였다.

하루는 간밤에 진땀을 너무 많이 흘려 동네 목욕탕엘 갔었다. 한참 몸을 씻고 있는데 불쑥 아버지가 목욕탕 문을 열고 들어오셨다. 다행히 아버지는 나를 보지 못하고 반대편 욕조로 가 자리를 잡았다. 나는 몸을 씻는 둥 마는 둥 허둥지둥 목욕탕을 빠져나왔다. 내가 목욕탕을 들어서면 모든 시선이 이상하게 찌그러진 내 몸을 향하기 때문에 아버지에게만은 나의 수치이자 당신 자신의 수치이기도 한 내 몸의 현장을 들키고 싶지 않았다. 그때에도 난 형언할 수 없는 비애와 함께 분노와도 같은 알 수 없는 생의 욕동을 느꼈었다.

부자지간에 대해 깊이 생각해 보게 하는 신화를 발견한 것도 그즈음이었다. 낮이면 부위 자강 부자유친의 강박에 시무룩하다가 밤이면 꿈속에서 벌어지는 괴이한 패륜의 억압에 진땀을 흘리던 두 얼굴의 원형을 어렴풋이나마 읽을 수 있었다. 그러나 이상하게도 나는 공자의 사람 좋음에 대한 거부감이 너무 강해 그 이전의 참혹한 원형신화들에 위로받는 자신을 어떻게 주체해야 할지 몰라 전전긍긍했다. 나는 교리공부를 하던 신부님께 직접 찾아갈 용기가 나질 않아 전화로 상담을 시도했다.

“여보세요? 네네… 아, 내가 지금 머리감고 있는 중이라… 나중에 얘기하지요.”

나는 목욕탕에서 만난 아버지에게서와 같은 야릇한 모욕감을 느꼈다. 나의 심각한 영혼이 머리감기와 같은 하찮은 일에 심히 배반당한 느낌이었다. 밥 먹고 똥 싸고 세수하고 머리감는 그렇고 그런 일상의 생존 앞에서는 너 나 할 것 없이 모두 진실한 시간을 내어줄 수 없는 모양이구나 싶은 게 여간 절망스러운 게 아니었다. 내가 지금 이곳 바닷가 벼랑에서 죽음에의 유혹을 당한다면 그것은 하찮은 인간의 일상적 배반 때문이라고 여겨질 정도였다.

바다 벼랑에서 떨어져 죽는 것을 골똘히 생각하는 날이 많아지자 벼랑 아래를 내려다볼 때마다 널브러져 있는 자신의 초라한 몸이 자꾸만 어른거렸다. 그 모습이 보기 싫어 죽지 못할 지경이었다. 세상에서 가장 위대한 죽음은 파리 새끼 한 마리 끓지 않는 혼자만의 은밀한 죽음이라고 평소에 생각해온 터였다. 시체를 만천하에 공개하는 바다벼랑 대신 흔적조차 남기지 않는 죽음을 생각했다. 들어가서 지렛대만 허물면 쥐도 새도 모르게 흙무덤이 무너져 세상에서 사라질 천상의 아이디어에 이끌렸다. 죽기 위해 무덤을 파는 게 아니라 이 멋진 나만의 아이디어를 위해 죽음에 탐닉했다.

바다의 수평선이 칼날처럼 누워있었다. 파도가 일렁거릴 때면 칼날은 톱날로 바뀌었다. 시퍼런 날을 세워 바다가 나를 보고 있었다. 생물은 영원히 산다. 청소동물에 의해 주검을 보이지 않기 때문이다. 세상에 흔적을 보이지 않는 것처럼 강한 족적은 없다. 나지막한 소나무 숲 사이에 편편하게 땅을 고른 뒤 그 위에 몸을 뉘었다. 기분이 그렇게 편안할 수가 없었다. 일어나 몸의 길이를 표시했다. 나무를 잘라 받침대를 세우고 그 위에 얼기설기 나뭇가지를 얹은 뒤 흙더미를 쌓았다. 멋진 무덤 굴이 만들어졌다. 무덤 굴이 나를 그 속으로 이끌었다. 들어가 몸을 뉘었다.

"아, 세상이 이렇게 안온하고 편안하다니!"

나는 나의 죽음 앞에 감격했다. 별다른 이유도 없이 그저 단순한 절망감 때문에 마련한 무덤이 이렇게 안온한 감동을 주다니 정말 믿기지 않았다. 받침대 아래의 이 지렛대만 빼어버리면 쌓인 흙더미에 깔려 나는 세상에 흔적도 없이 사라지고 만다!

나는 너무나 멋진 느낌에 자칫 지렛대를 손으로 당길 뻔했다. 혹시 지렛대가 흙의 무게 때문에 빠지지 않으면 어떡하지 하고 괜스레 걱정되기도 했다.

"완전한 소유라고 할 수 있는 나만의 세계란 완벽한 죽음 속에 누워있을 때다!"

나는 왠지 마음이 들떠 올랐다. 새로운 희망이라고 해야 할까? 나의 절망에 무관심한 부모에 대한 원망까지도 말끔히 먹어 치우는 별개의 세계에 존재하는 희망이었다. 정리해야 할 삶이란 것도 달리 없으니 따로 날짜를 정할 필요도 없었다. 언제 어느 때든 마음만 내키면 되었다. 다만 달라진 거라고는 죽음이라는 희망이 준비되어 있다는 점이었다.

"무덤을 준비해둔 사람은 행복하니 천국이 저희 것임이라!"

소리 소문도 없이 사라진다는 건 유쾌한 일이다. 아침 잘 먹고 나간 사람이 왜 보이지 않지? 라든가 땅 끝 마을 친구한테 갔다 온다더니만 그 뒤로는 소식이 없는데 어딘가에서 잘 살겠지? 이 세상을 소리 소문도 없이 왔다가는 일이야말로 위대하다 할만 했다.

나는 하루하루 유쾌한 나날을 보냈다. 바닷가를 거닐며 조개며 떠밀려온 미역을 줍기도 하는가하면 산을 오르기도 하면서 이따금 나만의 비밀스러운 무덤 굴을 은밀히 확인하곤 했다. 몸도 나날이 쾌차한 기운을 전하고 있었다.

그러던 어느 날이었다. 날이 잔뜩 흐려 구름이 하늘과 바다와 산의 경계를 허물고 있었다. 곧 비라도 뿌릴 것 같았다. 갑자기 무덤 굴의 안온함이 그리워졌다. 나는 서둘러 무덤 굴을 향했다. 안개구름이 산에서 내려오고 있었다. 그런데 내가 무덤 굴을 향해 산을 오르고 있을 때 저만치 앞서 오르는 사람이 있었다. 산의 경사가 워낙 가파르고 벼랑길로 이어지는 위험한 곳이기 때문에 평소에는 거의 사람을 볼 수 없었다. 더구나 비까지 뿌릴 것 같은 잔뜩 흐린 날에 저 사람은 무얼 하러 산을 오르는 것일까? 나는 앞서 오르는 사람을 따라잡기 위해 걸음을 서둘렀다. 점차 거리가 가까워지자 나는 가쁜 숨을 몰아쉬며 내 눈을 의심했다. 여자였다. 아니 뒷모습이 영락없이 아가씨였다. 인가로부터 까마득히 멀어져 갈수록 아가씨와의 거리가 가까워졌다. 나의 인기척에 아가씨가 힐끗 뒤를 돌아보았다. 귀신에라도 홀린 듯 아름다운 얼굴이었다. 이미 내가 뒤따라오고 있다는 걸 알고 있는 표정이었다. 그녀의 발걸음은 느려졌고 나는 이미 그녀로부터 흘러 내려오는 그녀의 냄새를 맡고 있었다. 드디어 그녀의 숨소리가 들려왔다. 나의 숨소리는 이미 거칠어져 있었다. 우리는 나란히 그리고 천천히 산을 올랐다. 두 사람의 숨소리가 거의 진정되었을 즈음 우리는 서로를 마주 보았다. 그리고 누가 먼저랄 것도 없이 우리는 미묘한 웃음을 지었다. 이윽고 빗방울이 하나둘 얼굴 위로 떨어졌다. 그녀는 바위 언덕에 몸을 기댔다. 빗방울이 그녀의 몸을 때렸다. 도도록한 앞가슴의 얇은 블라우스가 빗방울에 젖는 게 보였다. 그녀의 눈은 바다를 바라보고 나는 그녀의 검게 젖은 눈을 바라보았다. 나는 숨소리를 그녀의 귓전으로 가져갔다. 흘러내린 머리카락 위로 나의 입술이 가 닿았을 때 그녀의 손이 내 팔에 와 닿았다. 나의 손이 그녀의 팔을 잡았다. 세차게 비가 뿌리기 시작했다.

우리는 비를 피해 무덤 굴로 들어갔다. 무덤 굴은 두 사람을 겨우 받아들였다. 몸과 몸이 요구하는 만큼의 공간이었다. 무덤 굴을 받히고 있는 생명기둥을 조심하며 나의 몸이 그녀의 몸 위로 엎혔다. 부드러운 젖가슴의 황홀한 감촉이 나를 서두르게 했다. 내 몸이 그녀의 몸을 앞질렀다. 이럴 수가! 나는 민망해서 몸 둘 바를 몰랐다. 슬그머니 그녀의 몸 위에서 내려왔다. 그녀는 갑자기 중단된 사태에 멋쩍어하며 옷매무새를 고쳤다. 그녀가 먼저 무덤 굴을 빠져나갔다. 나는 쥐구멍이라도 있으면 숨고 싶은 심정으로 무덤 굴을 나갈 엄두를 내지 못하고 있었다. 이대로 지렛대를 빼어버리고 싶었다.

빗소리가 들리지 않았다. 그녀가 궁금했다. 나는 무덤 굴을 나갔다. 그녀는 보이지 않았다. 지금까지 그녀가 나와 함께 있었다는 아무런 흔적도 찾을 수 없었다. 내가 지금 백일몽을 꾸고 있는 게 아닌가 싶었다. 바지춤이 차가웠다. 나는 무덤 굴 안에서 그녀의 긴 머리카락 하나를 발견했다.

"빌어먹을!"

나는 화가 났다. 무덤 굴을 발로 걷어찼다. 첫 경험이 이다지 무참하게 끝나다니 시작도 해보기 전에 끝나버리는 일생일대의 치욕 앞에 통곡이라도 하고 싶었다.

"이대로 물러설 수 없다!"

자기 목숨하나 부지하기는커녕 그것도 한번 제대로 하지 못하고 이 무슨 놈의 무덤 굴이란 말인가. 나는 무덤 굴을 때려 부수기 시작했다. 무덤 굴은 맥없이 허물어져 널브러졌다.

"씨 사랑, 씨의 자존을 위해 살리라!"

나는 산에서 내려왔다. 그녀의 이름이라도 물어볼 걸 하는 생각이 스쳤다. 아니 그녀와 말 한마디 나누지 않고 그런 일이 있었다는 게 오히려 신기하게 느껴졌다.

나는 지금도 그때를 생각하며 저 시원의 숲속 여인을 떠올린다. 그때 그녀와 세속적인 말 한마디라도 나누었다면 이다지 신비한 기억의 잔영을 갖지는 못했을 터였다.

지금 생각해보면 그때의 그 여인도 세상의 여인들처럼 성기 지키기에 지친 몸을 잠시 분위기에 흘려보내려다 제정신이 난 것이며 나의 성기 치욕 사건도 알고 보면 그 성기 지키기의 상대적 심인성에 기인했다.

인류의 거대한 착각이 둘 있다. 프리 킬과 프리섹스다. 그걸 자연이라 착각하고 마구 남용하다 보니 그런 터무니없는 착각이 생긴다. 프리 킬과 프리섹스는 잉여가 없이는 불가능하다. 제 한 목숨 살기 위해 죽이고 즐기는 것도 다 못하고 빠듯한데 마음대로 죽이고 마음대로 즐길 여력이 어디 있겠는가. 먹을 게 지천으로 널려있어도 마찬가지다. 죽이고 빼앗고 할 필요가 없다. 성기 지키기에 목숨을 건다는 게 우스꽝스럽다. 그냥 달라면 주고 안 주면 말고 모든 게 느긋해질 수밖에 없다. 먹을 게 없는 상태에서 고난도의 큰 동물수렵을 해야 하는 특수상황이 성기 차별화를 위해 목숨을 걸게 한다.

"그래 죽어주자. 큰 동물이 아니라 작은 토끼 한 마리라도 잡자. 하찮은 삶을 살아주자. 수금사원으로 들어가 길거리에서 쓰러져 죽는 거나 여기서 실족해 죽는 거나 뭐가 다르겠는가."

그렇게 해서 나는 새엄마의 육촌오빠가 운영하는 상호신용금고에 수금사원으로 들어갔다. 그러나 막상 들어가서 보니 수금사원이라는 게 따로 없었고 모두가 영업부에서 영업일을 해야 하는 그야말로 돈 놓고 돈 먹는 영세한 계모임의 집합에 불과했다. 아무 연고도 없는 곳에서 무슨 수로 계를 모으며 내 주접에 그런 넉살 좋은 일을 해낼 리도 없어서 여간 난처한 게 아니었다. 더더구나 참기 어려운 것은 영업일을 잘하는 베테랑 영업사원들의 눈치였다. 그들은 날이 가고 달이 가도 한 건도 물어오지 못하는 나 같은 사람들을 향해 노골적으로 빈대라는 말을 사용했다. 어딜 가나 일 잘하는 사람에게는 일 못 하는 사람들이 빌붙어 먹게 되어 있겠지만 영세한 회사의 영업일은 특히 그런 경향이 강한 게 사실이었다. 사장 이하 상무 경리 할 것 없이 사무직도 영업실적이 없으면 베테랑 영업사원의 눈칫밥을 먹고사는 것은 마찬가지였다. 내가 벌어서 저들을 먹여 살린다는 게 너무 눈에 빤히 보이기 때문이었다. 그러나 그것은 어디까지나 보이지 않는 심리적 상호작용이지 겉으로는 온갖 격려와 독려 속에 교묘히 감추어져 있었다.

회사 숙직실에 숙직비도 없이 숙직을 대신해 먹고 자며 쥐꼬리만 한 수금수당을 받아 빈둥빈둥 눈칫밥을 먹고 지내던 나는 상무와 경리과장의 눈빛과 표정 속에서 이상한 기운을 감지하고 있었다. 무언가 불온한 기운이 감돌고 있었다. 베테랑 영업사원들이 보내는 불만에 대한 불편한 기운과는 다른 회사운명에 대한 은밀한 자기들만의 그 무엇을 교감하고 있는 모종의 모의와도 같은 불온한 느낌이었다. 여러 사람이 푼돈을 모아 한 사람에게 목돈을 마련해주는데 여러 사람 쪽이 튼튼한지의 여부에 따라 회사운명이 좌우되고 그 운명은 상무와 부장만이 알 수 있었다. 회계내용을 들여다보지 않더라도 몇 푼 안 되는 이자로 그 많은 사무직원이 허울 좋게 빈대 붙어있는 것만 보아도 회사의 운명을 능히 짐작할 수 있었다.

나는 사장의 표정과 눈빛 속에서 다가오는 불안한 운명에 대한 아버지의 외로움을 보았다. 어쩔 수 없음에 대한 안타까운 응전의 불안이었다. 그런데도 나는 누구에게도 계를 들라고 권유해 본 적이 없었다. 회사신용에 대한 불안 때문만은 아니었다. 도무지 마음이 내키지 않았다. 개인적인 계모임을 회사라는 허울로 눈가림해 놓은 것에 지나지 않는 회사사정을 어렴풋이 알면서도 수치스럽게 받아 쥔 쥐꼬리 월급을 주제넘게 초과하는 생활비 때문에 수금한 돈을 야금야금 갉아먹을 즈음 나는 그 불안을 떨치기 위해 회사를 나왔다.

규모가 큰 회사는 좀 나을까 해서 보험회사로 들어가 보았으나 마찬가지였다. 이번에는 생면부지의 고객을 만나는 불안이 나를 억압했다. 부친으로부터 물려받은 사람 좋음이 도무지 낯선 사람을 잡고 부담을 주는 일을 효용이라는 허울로 능청을 떨기에는 무능과 가난이 천성이라 해도 어쩔 수 없다 싶도록 아버지의 모든 허물이 막막함으로 녹아내렸다. 아버지에 대한 원망이 방향을 잃는 지점이었다. 사람 좋음과 무능 앞에 놓인 세상일이 주는 억압은 어디서 오며 그 억압은 과연 정당한 것인가에 대한 회의가 마음자리에 들어섰다. 아버지의 사람 좋음은 오랜 세월동안 세상일을 주도하던 사람 나쁨의 안전지대로부터 받아온 보호 때문이라는 생각이 내 앞을 막아섰다. 그 어떤 형태로든 체제의 보호를 받지 않으면 사람 좋음의 무능이 형성될 리가 없었다. 가장을 중심으로 한 가족이라는 최소단위의 안전체제는 능력의 확대를 통해 대물림하게 되고 그 영향 아래서의 영혼은 환원적인 유전형질을 사람 좋음의 무능으로 부여받게 된다. 그러다가 갑작스러운 환경의 변화로 최소단위의 안전체제가 무너지면 사람 나쁨의 불안전지대에 놓여 시련을 겪게 되고 그 안전체제가 계속해서 대물림하게 되면 안전체제가 단위별로 확대 재생산되어 대단위경쟁체제가 형성된다. 말하자면 아버지가 그 어떤 형태의 체제가 되어 나를 억압하게 된다.

보험회사에는 겉으로 언뜻 보기에도 사람 좋음에 사교성과 말재주를 곁들인 지부장이 있고 안정된 느낌의 인상을 주는 두 남녀가 경리업무를 보고 있었다. 상호신용금고보다 거래하는 돈의 액수가 훨씬 큰데도 업무는 단출했는데 그 원인은 그 윗선에 엄청난 규모의 체제가 버티고 있고 안전한 보험자 군락이 불안전한 소수의 피보험자를 보호하고 있기 때문이었다. 그런데도 그 보험성과 안전성을 불특정한 생면부지에 파는 일이 부담으로 다가오는 것은 바로 나 자신이 보험자의 피를 빠는 거대한 빈대의 군락을 이루고 있기 때문이었다. 남의 생명과 죽음을 돈으로 보장하는 일의 희화성은 차치하고라도 불행한 세일즈맨들의 죽음에 의탁하는 나의 불쌍한 생존이 자꾸만 눈앞에 어른거렸다. 말하자면 나의 생존을 아버지에게 의탁하는 영원한 미성년의 억압이 작용하고 있었다. 이래저래 나의 무능은 또다시 지출이 수입보다 많은 나날이 계속됨으로써 그 적자 분을 아버지에게 떠넘기고 보험회사를 나왔다. 무능한 아버지를 탓하던 아들의 무능이 아버지로부터 탕감 받은 꼴이었다.

3

사람 좋음에 유능의 그 무엇도 곁들이지 않아 무능의 퇴출을 직감하는 가운데 보험회사를 건성으로 다니면서 나의 예감은 미래에 대한 막연한 기대로 양재학원을 기웃거렸다. 낮에는 그럭저럭 보험아줌마들과 불안한 시간을 웃는 얼굴로 가릴 수 있었지만, 그즈음의 저녁시간은 내게 있어서 그야말로 도낏자루가 썩어가는 것을 몸의 눈금으로 확인하는 지루함으로 던져져 있었다. 그러한 저녁시간을 이용한다는 핑계로 아버지가 돌도끼로 찍어낸 찌든 가슴을 쓸어 만지며 여자 옷 만드는 일이 적성에 맞는지 아닌지도 묻지 않고 막연히 여자라는 그 어떤 선망의 문으로 들어서고 있었다.

양재학원의 원장은 차분한 모나리자의 품위로 나를 맞았다. 화려한 패션의 이미지와는 달리 학원의 분위기는 조촐했다. 아름다움의 산실이라기보다 기능을 익히는 초라한 사람들의 버거운 몸짓들이 얼룩져 있었다.

"남자분이 어떻게 여자 옷 짓는 일을 배우려고 마음먹었지요?"

테이블 하나가 전부인 자그마한 원장실에 마주 보며 앉아 그녀는 은은한 미소로 물었다.

"보기 싫은 몸을 가리려고요."

'일 전에 이 학원 앞을 지나다가 문득 이런 생각이 떠오르더군요. 만약 내게 옷을 지어주는 사람이 없다면… 하는 생각이요. 내가 손수 지어 입어야겠지 하고 생각하며 그렇다면 옷 짓는 일이나 한번 배워 볼까 했죠. 그러고 나서 곰곰 생각해보니까 정말 배우면 좋을 것 같더라고요. 보기 싫은 몸을 가릴 수도 있으니 말이에요.'이런 너스레를 널어놓으려다가 그만 퉁명스레 간단히 내뱉고 말았다. 원장은 나의 그런 마음을 읽기라도 하듯 옷에 가려진 나의 몸을 찬찬히 투시하며 말했다.

"옷은 아름다움을 위해서만 입는 게 아니지요."

"실용적인 부끄러움이나 부족분을 가리려는 욕구도 아름답다고 생각하는데요."

모나리자의 미소에 잠시 그늘이 지는가 싶더니 갑자기 표정에 생기를 띄며 일어섰다.

"좋아요. 여기 입학원서를 작성하시고 사인을 하세요. 그리고 언제든 들리세요. 여긴 개별교습이니까요."

"전 지금 바로 시작하고 싶은데요."

"준비물도 없이요? 그렇다면 우선 여기 것으로 해도 되니까 원서부터 쓰시고 교습실로 나오세요."

원장이 먼저 교습실로 나갔다. 나는 그제야 원장이 앉았던 뒤 벽면에 모나리자의 그림이 걸려있는 것을 보았다.

"그럼 우선 간단히 개요부터 짚고 넘어갈까요. 옷이란 뭐라고 생각하세요? 흔히 옷이 날개라는 말이 있죠? 어떤 옷을 입느냐에 따라 사람이 달라지는 거죠. 평상복을 입으면 나무꾼의 아내가 되지만 날개옷을 입으면 선녀가 되지요. 어떤 옷이 입고 싶으세요?"

원장은 여자원생들에게 하던 입버릇을 구사하며 무어라 생각을 떠올리지 못하는 학생의 난처한 표정을 미소로 어루만져 즐겼다.

"정말 그런 옷이 있을까요? 사람이 달라지는 옷이요."

나는 진지하게 말하는데 원장이 웃음을 터트렸다.

"옷은 허영만이 아니죠. 날개옷은 신비롭기까지 하죠. 새 옷을 입으면 하늘나라로 1m쯤 올라간다잖아요. 옷은 신이 만든 짓궂은 장난감이래요. 무슨 짓궂음이 있을지 모르니 조심하셔야 해요."

"헌옷 입은 사람은 땅으로 1m쯤 떨어져 엉덩방아를 찧겠군요."

나는 원장의 조용조용하면서도 뭔가 품위 있는 의미를 담고자 하는 말씨에 감염이라도 된 듯이 괜스레 이상한 말을 늘어놓았다.

"그래요. 옷은 과장과 과소 사이의 거짓 품위라고 해야겠군요. 자, 그럼 옷 짓기로 들어가 볼까요? 우선 옷을 지으려면 디자인이 있어야 하고 그다음은 정해진 디자인대로 옷본을 떠야겠죠? 옷본을 떠서 옷본대로 천을 자르는 것을 재단이라고 하는데 재단을 마치면 재봉틀로 바느질을 해서 옷을 완성하지요. 기성복은 그렇지만 맞춤복은 재단하기 전에 손님 몸을 자로 재고 바느질하기 전에 손님 몸에 맞춰 가봉하지요. 디자인은 디자인 반이 따로 있으니 나중에 하도록 하고 재단을 하려면 우선 자가 있어야 하는데…"

옷과의 첫 대면. 그것은 내게 첫 여인과의 대면이었다. 뭐랄까 미지에 대한 기대와 선망이 환상적인 수채화의 붓질로 예비 된 신묘의 처소에 당도한 느낌이었다. 초유의 빛깔, 초유의 소리, 초유의 냄새, 초유의 감촉이 저만치에서 그 어떤 최초의 터치를 기다리고 있는 듯했다. 상호신용금고와 보험회사에서는 느낄 수 없었던 구체적인 일의 세계가 그 어떤 질서를 은밀하게 숨기고는 내가 술래가 되도록 수많은 물음을 던지고 있었다.

신이 만물을 창조하는 것도 둔갑이며 자연의 진화도 둔갑이라면 인간이 만든 옷도 둔갑이라고 할 수 있다. 신과 자연과 인간이 둔갑술대회를 연다면 호들갑스러운 인간이 단연코 챔피언이다. 여자들은 외출할 때마다 옷이 바뀐다. 외출복뿐만이 아니다. 잠옷, 작업복, 결혼복, 신부복, 상복, 운동복, 비옷 등 기능은 물론 계절에 따라서도 옷이 바뀐다. 색에 반응하는 생물들은 옷을 피부로 착각해 공격하기도 한다. 색에 반응하는 인간들은 다른 피부색을 공격하거나 입은 옷에 따라 사람을 차별하는 걸 보면 옷은 피부와 함께 그 사람을 대리하거나 대표한다.

옷이 피부의 연장이어도 좋은 것이 동물의 보호색이나 유혹색에 해당하는 기능을 옷은 놀라울 정도로 잘 수행한다. 카멜레온과 공작새를 개구리복과 웨딩드레스가 충실히 복제했다. 옷의 변화는 피부언어가 되었고 생존과 짝짓기에 없어서는 안 될 수단이 되었다. 먹고 먹히는 생존사슬과 입고 벗기는 생식사슬이 신분을 결정하고 차별을 양산했다. 그렇다면 카멜레온과 공작새의 몸의 변화와 인간의 옷의 변주는 어떻게 다른가. 인간의 말과 글과 옷의 언어는 어떻게 다른가. 매체가 다르면 의식도 다르다지 않은가.

구술문화와 문자문화는 많이 다르다고 한다. 구술문화는 즉각적이어서 필요 없는 기억을 버리고 항상성을 유지해 현재를 중심으로 과거를 재편하고 문자문화는 정신의 통일성과 일관성을 갖춘 나눌 수 없는 개인의 성취를 목적으로 미래를 재편한단다. 요즘 디지털 화상문화도 화상과의 즉각적인 대면으로 구술문화를 닮아 사유의 일관성을 유지하려는 개인은 고독할 수밖에 없단다. 그렇다면 옷의 언어인 패션문화는 어떤가. 몸을 숨기고 강조하는 패션의 발명은 몸짓에 감탄하여 탄성을 지르는 말의 발명과 함께 했다고 할 때 구술문화의 원조라고 해도 좋을 것이다.

아무런 뜻이 없는 물감의 얼룩을 보고 무엇인가를 판단할 경우 연령이 낮을수록 색을 보고 판단하는 경향이 강하고 어른일수록 그 형태가 판단의 기초가 되는 경향이 크다는 것은 무엇을 의미할까. 자연과 문화, 색과 형, 말과 글, 구상과 추상의 대비를 조화롭게 하라는 걸까. 태어나서 처음으로 스스로 의식주를 해결해 보려고, 일이라는 걸 해 보려고, 일의 좁은 문에 의젓하게 들어서서 도대체 이런 생각들이 무슨 소용이란 말인가. 나는 여자 옷 만드는 일을 시작하는 설렘으로 이런저런 생각들을 총동원해 보았지만 여자에 대한 기대가 늘 생각을 앞서갔다.

옷으로 가리면 보이지 않는 한 쪽 가슴이 찌그러진 육체적 핸디캡을 가진 남자에게 여자란 세계 자체를 의미했다. 평소에 호모사피엔스를 무능한 육체와 지혜라는 핸디캡을 가진 생물로 규정해오던 터라 생물로서의 여자와 남자가 만나 세계를 형성할 때 육체와 지혜가 갖는 의미는 남달랐다. 핸디캡을 숨기거나 미화하는 장치로서 옷만한 게 없고 보면 인간에게 옷은 완전탈바꿈이라 할 수 있었다. 제2의 진화라고 할 수 있는 옷으로의 완전탈바꿈은 남자에게는 권위를 여자에게는 사랑을 옷 입혔다. 이른바 큰 동물사냥으로 비롯된 가부장과 여성다움이 여자에게 옷에 대한 과도한 관심을 불러일으켜 나를 여기까지 오게 했다.

사실 생물의 진화라는 것도 환경에 적응하지 못한 핸디캡을 숨기거나 극복하려는 세포 차원의 의지를 지질학적 시간으로 확대해 옷 입힌 영상이며 진화의 옷과 인간의 옷은 재료와 공정이 다를 뿐이지

기능적으로는 다를 게 거의 없다. 인간은 진화의 옷을 그대로 벗겨와 옷 입기까지 했다. 털가죽뿐만 아니라 면이나 비단까지도 목화씨 옷과 누에 옷을 그대로 벗겨와 우리 몸에 옷 입힌 것이 우리의 옷이다. 대단하고 자랑스러운가? 아니면 민망하고 부끄러운가? 화학섬유는 어떤가? 이런저런 재난으로 사장된 생물들의 몸에서 빠져나온 시체 기름을 퍼 올려 열을 가해 섬유로 만든 시신의 옷이다. 가히 천재적이다. 둔갑술이 하늘을 찌른다. 만물판타지대회 그랑프리작품상 감이다.

내가 하고자 하는 일이 괴기스럽게 여겨졌다. 무수한 생물들의 옷 벗기기 판타지라니! 짐승들의 털 가죽옷, 목화씨 옷, 누에 옷, 석유 시신 옷 벗기기야말로 지상 최대의 발명품이다. 먹기 위해서가 아니라 입기 위한 벗기기다. 내가 입기 위해 남을 벗기기다. 내가 살기 위해 남을 죽이기다. 하등 이상할 게 없다. 보호색 인식색 혼인색을 벗겨 그대로 입힌다. 아름다운 역순 판타지다. 그러나 어찌된 일인지 나는 목욕탕에서 만난 무채색의 발가벗은 아버지와 상상 속 발가벗은 신부를 번갈아 떠올리며 생각했다. 그들의 부끄러움이 왜 나의 부끄러움이 되는지 알 수 없지만 보호색 인식색 혼인색의 시각 감정에 공명한 옷의 길을 함께 걸어온 애환을 어렴풋이나마 알 것 같았다. 나는 옷 벗김의 길과 옷 입음의 길에서 만나는 특정한 감정들에 대해 더욱 깊이 알고 싶었다. 인류가 빚어내는 옷에 얽힌 신화들을 탐문해 보고 싶었다.

"사람의 몸처럼 복잡한 조형물이 없지요. 그 복잡한 조형물에다 옷을 맞춰 입히는 일이란 여간 어려운 일이 아니지요. 옷을 맞춰 입히려면 먼저 줄자로 몸의 치수를 재야겠죠? 자 이리 와 보세요. 이렇게 고객을 거울 앞에 세우고는 그 뒤에서 우선 어깨너비부터 재고요. 그다음 팔 길이…"

원장은 줄자로 마네킹의 어깨너비부터 재며 내게 치수재기의 시범을 보였다. 그 모습이 내게는 조금은 낯설고 우스꽝스럽게 느껴졌다. 얼굴 없는 마네킹 때문일까? 마네킹은 초자연적 외계인처럼 앞쪽의 거울을 응시하고 있었다. 거울 속 마네킹은 판타지 캐릭터처럼 약간의 신비감마저 자아냈다. 원장의 오랜 기계적 가르침과 치수재기를 허락한 마네킹의 자세가 거울 속에서 역할 반전을 일으켜 묘한 분위기를 연출했다. 어느새 치수 시범을 마친 줄자를 내게 건네며 원장이 말했다.

"어디 한번 해봐요."

나는 느닷없이 건네어진 줄자에 당황했다.

"한 번 두 번 하다보면 익혀지니까 여기 적혀있는 순서대로 자꾸 연습해보세요."

원장은 나를 마네킹 앞에 남겨두고 다른 수강생에게로 건너갔다. 나는 줄자를 들고 마네킹에게로 다가섰다. 아무리 모형이라고는 하지만 여자의 몸이 가진 뉘앙스에 조금은 멋쩍은 감이 전해왔다. 내가 남자라는 사실이 새삼스러웠다. 손때 묻은 닳고 닳은 마네킹의 감촉이 나의 감각을 여자로부터 일신시켰다. 치수재기 순서를 대충 익혔을 때 원장이 다시 다가왔다.

"어때요. 순서는 대강 익혀졌죠? 그러면 이번에는 직접 실물로 치수를 재보세요. 누가 실물이 돼 줄래? 민정이? 숙희? 이리와 아저씨 치수 모델 좀 돼 줘라."

"아, 안 돼요."

"저도 싫어요."

"그러게 내가 뭐랬니. 평소에 다이어트 좀 하랬잖니. 다들 부끄러워 싫대요. 자, 제가 첫 손님이 되어 줄 테니까 한번 재보세요. 내 치수를 내가 아니까 정확하게 잘 재야해요."

원장이 거울 쪽을 보고서서 나를 기다렸다. 나는 원장의 뒤로 다가섰다. 태어나서 처음으로 여자의 몸을 섹스가 아닌 다른 필요에 의해 접촉하는 것이 왠지 의뭉스레 느껴졌다. 그 의뭉스러움이 새로움이라고 하는 의미의 특별함 때문에 표면화되지 않고 있었다. 여자 몸이 태초의 인간에게 일이라는 것을 부여하는 순간의 복잡 미묘한 감정들의 복합예감이라고나 할까. 나의 손은 가늘게 떨리고 있었다.

나는 여인들의 형상이 얼룩진 이미지의 바다에 빠져 허우적거렸다. 로봇처럼 살아있는 마네킹과 정물 같은 실물의 모나리자와 외계인 같은 신비감이 뒤엉킨 이미지의 몸을 허우적거리며 나는 생각했다. 인간에게 옷이라는 게 없었다면 몸을 떨게 하는 감정의 울림이라는 것도 없었을지도 모른다는 생각, 그 생각의 말미에 붙들려 눈밝이나 무처럼 이성(異性)에의 떨림은 어쩌면 이성(理性)에의 떨림일지도 모른다는 엉뚱한 발상을 하고 있었다. 그처럼 옷은 단순한 것이 아니라는 자각으로까지 나는 빠져들었다.

그러나 잠깐만 눈을 돌리면 기능올림픽을 위해 열심히 기술을 익히는 소년·소녀들이 로봇처럼 내 앞에서 텅 빈 슬픔으로 양극화의 멍한 동작에 몰두하고 있었고 한껏 무르익은 몸에다 온갖 잡동사니 허영을 찍어 바른 디자인수강생들이 남자디자인 선생의 코앞에 앉아 손끝 스타일화의 끼춤과 눈의 매혹적 색깔사냥에 심취해 있었다. 아니나 다를까 소년·소녀들은 국제기능올림픽대회마다 금메달을 휩쓸었지만, 그것으로 영예는 끝이 나 공돌이로 돌아가고 패션디자이너 지망생들은 선남선녀의 허영에 이끌려 명품명가의 뒤안길에서 잔심부름하기에 바빴다.

나는 이도 저도 아닌 쓸데없는 상념에만 사로잡혀 기술과 숙련에는 관심조차 없이 늘 먹을 게 밥상에 차려있는 줄만 알고 지내다가 그럭저럭 재단반과 디자인 반을 마쳤다. 그러고 나니 별 할 일도 없고 해서 아버지가 차려주는 의상실개업 밥상을 널름 받아먹었고 자리가 빈 디자인 반을 맡아 보라는 디자인강사라는 자리 또한 염치좋게 비집고 앉았다. 제법 '미즈'라는 간판까지 붙여 보았지만, 결과는 보나마나 밑천까지 까먹는 파리 날리기로 끝이 났다. 그러나 단 한 가지 지방신문의 손바닥 칼럼을 원장이 쓰고 있었는데 그게 끝나자 나도 한번 써보지 싶어 겁도 없이 대여섯 토막을 써서 보냈는데 디자인 강사라는 직함으로 몇 달에 걸쳐 실려 나온 게 남은 거라면 남은 거였다.

글쓰기는 그래도 내가 일기라는 것을 띄엄띄엄 써오면서 어느 정도 손에 익은 작업이지만 손에 익지도 않은 옷 만들기로 개업까지 했으니 망한 것은 정한 이치였다. 이 모든 것이 풋내기의 무모한 예정된 낙마였으며 의식주를 해결할 만한 기술습득이라는 것이 하루아침에 이루어지는 것이 아니라는 것을 말해주었다. 나는 모든 것을 처음부터 다시 시작하기로 마음먹고 현재 최고의 보수를 받는 베테랑 기술자를 찾았다. 개인 교습부터 시작해서 그의 조수로 들어가 열심히 실기를 익혀나갔다.

그때 마침 그는 최고급 맞춤복의 꿈을 안고 새로이 개업하는 의상실에 최고의 대우를 약속받고 재단사로 초빙되었는데 그는 내게 보조 재단사로 함께 갈 것을 권유했다. 나로서야 선택의 여지가 없는 기회였기에 좋다 나쁘다 할 계제가 아니었다. 아니 비록 보조의 자리지만 나라는 인간이 태어나 최초로 안정된 생활인이 되는 감격의 눈물로도 못다 할 축복의 기회였다.

그러나 내 성품이 워낙 나이를 의식하는 시간감각도 없고 좋은 자리를 차지하려는 자리감각까지 없어서 나이 30에 보조 재단사로 급제를 했다고 해서 별로 성품이 달라질 것도 아니었다. 제 밥벌이도 못 하면서 일곱 여인의 꿈을 안고 있는 가슴 허한 사내가 할 수 있는 일이란 재단보조가 고작이지만 어쩌면 그 허한 무의식이 점령해 있는 몽환의 넓은 바다에서만이 일곱 여인을 감당할 에너지를 얻을 수 있을지도 몰랐다. 아니 일곱 여인이라는 게 나의 에너지로 구원하는 게 아니라 내 허한 에너지를 보필해주는 구원의 여인일지도 모를 일이었다. 평생을 통해 처처에서 만나 형형색색의 영감을 주는 뮤즈와도 같은 여인 말이다. 나는 일곱 여인으로부터 일곱 색깔의 품위를 세례 받을지도 모른다는 꿈만은 결코 버리고 싶지 않았다.

내가 받는 쥐꼬리 급료가 아버지로부터의 독립이라는 거대한 날개로 펼쳐진다고 하더라도 보조급료가 가게로부터 따로 독립해 받는 것이 아니라 재단사의 급료봉투에서 조금 떼어내는 거라는 사실이 나를 슬프게 할 수도 있지만 내 성품이 그런 일은 자각조차 못 하는 행운을 타고나 자립이니 승진이니 하는 자잘한 일들은 내게 아무런 기쁨을 주지 못했다. 다만 나는 급료를 받을 때마다 조금 쑥스러워했는데 액수가 적어서가 아니라 돈을 받는다는 것 자체를 나는 쑥스러워했다.

왜 그랬을까. 인간 간의 혜택이 정당한 대가와는 상관없이 쑥스러움이나 부끄러움을 동반하는 것은 원래 자연에서 그저 물려받아서가 아닐까도 싶었고 부모로부터 물려받은 유·무능은 혜택을 통해 부끄러움을 생산하며 이를 가리거나 극복하기 위해 자식들은 끊임없이 가리개나 면피기를 발명해내지만, 옷은 입을수록 부끄럽고 쑥스러울 수밖에 없는 게 아닐까도 싶었다.

'발가벗었으나 부끄러워 아니 하니라'는 성서의 말처럼 옷 벗어 부끄럽지 않은 여인은 쉬 얻을 수 있을지 모르지만, 마음 벗어 부끄럽지 않은 여인은 쉬 얻을 수 없을 것이라는 잠재의식이 아버지가 자식의 갈빗대를 돌로 찍어내게 했으며 찌그러진 가슴을 부끄럽게 생각하지 않을 마음 벗은 여인을 만나기 위한 배려로 생각하기에는 아직도 많은 세월이 필요할 것 같았다. 그러나 내리사랑은 항시 자랑스러우나 치사랑은 늘 부끄러울 수밖에 없을 것 같은 잠재된 예감 또한 지울 수가 없었다. 역사는 그처럼 자랑이 부끄러움이 되고 부끄러움이 자랑이 되는 무섭고 두려운 것이지만 아버지는 자식에게 덮어씌울까요? 하고 묻지도 않고 덮어씌우는가 하면 아들은 아버지에게 지울까요? 하고 묻지도 않고 지워버린다.

하지만 나의 아름다운 일곱 여인은 아들이 아버지가 되는 멀고도 험한 길에서 일곱 색깔의 무지개로 피어오를 것이다.

4

채령의 몸의 변화를 지켜보면서 이제 채령에게도 아름다움에 관해 얘기해 줄 때가 되었다 싶어 나는 지나간 날들의 미미한 기억을 끄집어내어 먼지를 털고 생기를 불어넣었다. 그러나 그 복잡한 이야기를 어떻게 들려주어야 할지 감이 잡히지 않았다. '채령아 아름다움이란 말이다. 마술 같은 거란다.' 하고 말머리를 끄집어냈다가 집어넣고 냈다가 집어넣고 하다가 나는 홀연히 무릎을 치며 채령이를 주인공으로 채령에게 들려줄 이야기를 꾸며보기로 했다. 나는 우선 소녀 채령을 프랑스에서 활동 중인 디자이너 친구 줄리앙 김에 소개해 파리로 모델수업을 떠나보내는 판타지로 이야기를 풀어나갔다.

“채령아 산에서만 살던 네가 파리라니 이 아빠는 도무지 마음이 놓이지 않는구나. 파리라는 곳은 말이다. 사람들의 마음이 지치거나 넉넉함에 이를 때 들리는 가을정원 같은 곳이란다. 곧 겨울을 맞을 사람들이 낙엽의 스산함을 서로의 따스한 시선으로 어루만지며 위로의 열매를 나누는 곳이지. 때로는 그 위로가 지나쳐 술과 노래에 묻히기도 하지만 그 화려한 거리의 열정에 사람들은 생활이라는 걸 잊고 몽롱한 거짓 속으로의 여행을 떠나지. 풀잎으로 직접 엮어 만든 옷을 한 번도 입어보지 않은 사람이, 목화나 누에로 손수 실을 자아 만든 옷을 한 번도 입어보지 않은 사람이 패션의 거리를 걸을 때의 영혼 깊은 곳으로부터의 공허를 결코 알 수 없듯이 너는 화려함의 뒤안길에 맺힌 실 잣고 옷 짓는 여인들의 눈물을 결코 씻어줄 수는 없단다. 하지만 채령아 너는 알아야 한다. 네 엄마가 너를 버리게 된 폐허 위에서의 아픔과 슬픔을 너는 어루만져 주어야만 한다. 엄마 찾아 멀고 먼 이역만리를 걸어가야만 한다.

산을 떠나 도시로 가는 네가 알아야 할 것은 너는 도시의 과거가 아니라 미래라는 거다. 파리와 뉴욕의 지식인들을 만나서도 주눅 들지 말아야 하며 그러려면 너는 과거에서 온 사람이 아닌 미래에서 온 사람이어야만 한다. 현재라는 시점의 문명은 쏜살같으며 자연사에서는 존재하지 않는 일회성 찰나에 지나지 않는다. 패션계에서의 화학섬유는 화석연료와 함께 일회성의 대표적인 범람으로 우리를 미혹하게 하고 있다. 가죽은 일회성의 소멸로 멸종을 부추기고 양모와 누에와 목화와 삼이 그나마 지속가능한 미래를 디자인하고 있다. 모직과 견직과 면직이 산업을 주도했듯 너는 그 미래의 디자인을 옷 입는 모델로 우뚝 서야만 한다. 자연이 신의 옷이라면 너는 자연의 옷이어야 한다.

파리에 한 2년 머물다가 패션모델로 성공을 하면 미국으로 건너가거라. 나는 반드시 네가 성공하리라고 믿는다. 아메리카 원주민의 폐허 위에 서 있는 미국은 그 자신이 아픔과 슬픔이 되어 너를 기다리고 있을 것이다. 너의 엄마처럼 말이다. 너는 그곳에서 미국을 만나 엄마를 찾아야만 한다. 어차피 미국은 너를 만나야 하고 엄마는 자신을 찾아야 하니까."

막상 공항에서 파리로 떠나는 채령을 배웅하면서는 한마디도 하지 않았다.

"암호!"

이 외마디가 내가 내어 뱉은 말의 전부인데 다행히 채령은

"초록드레스!"

하고 잘도 응해 주었다. 만약 그때 채령이 센스 있게 응대해주지 않았다면 두고두고 메아리칠 혼자서의 참담한 공허를 감당하기 위해 나는 또 얼마나 많은 시간을 뒤척여야 했을까. 나는 그때 이미 채령을 채령엄마의 분신인 양 환각의 삶을 살고 있었다. 쇠붙이 새가 하늘로 날아오르자 나는 사랑하는 여인을 두 번이나 떠나보내는 복받

치는 오열에 몸을 떨었다. 그러나 웬일인지 내 몸은 떨림을 멈추지 않았고 순간 나는 붕 뜬 기분이 되어 쇠붙이 새의 어깻죽지에 매달려 있었다.

"조금 전 공항에서 아빠와 교환한 암호가 무슨 뜻이에요?"

"초록드레스 말씀이에요?"

"그래요. 초록드레스."

"아무것도 아니에요. 그냥 부적과 같은 주문이에요. 어려운 일이 닥치면 주문처럼 외우라고 아빠가 지어줬어요."

"산골에서 학교에도 안 가고 아빠와 단둘이서만 살았으면서 어떻게 그렇게 부적이니 주문이니 하는 것까지 알아요? 촌티가 전혀 나지 않아요."

"파리 사신다는 아저씨도 별수 없네요. 전 아저씨의 그런 생각에서 오히려 촌티가 나는걸요."

"미안해요. 난 그저 하도 신기해서 물어봤을 뿐이에요."

"학교에 안 가는 대신 난 아빠와 온종일 이야기책과 백과사전을 펴놓고 오대양 육대주를 누볐어요. 그게 다예요."

"그렇지만 경험이라는 게 있잖아요."

"경험요? 시선을 티눈처럼 박는 게 경험이잖아요. 시골의 어느 한 마을에 시선을 티눈처럼 박는 게 촌티고요. 아저씨야말로 그 어떤 편견을 촌티처럼 박고 계시네요."

"점점 더 알 수가 없어요. 어쩌면 그렇게 말을 잘해요?"

줄리앙 김은 찬탄으로 고개를 흔들며 채령의 말에서 귀하고 아름다운 보물 같은 느낌을 불러일으키며 혀를 찼다.

"말 안 할래요. 왜 말만 하면 그런 소리를 하죠?"

'채령아 그만 하려무나. 그러다가 줄리앙 아저씨 몸살 나겠구나. 줄리앙 아저씨는 말이다. 너랑은 계가 다르단다. 빛과 그림자, 색과 선을 넘나드는 감각의 정령들에 둘러싸여 온갖 조화를 빚어내는 마술적 디자인의 대가란다. 오죽하면 성징까지도 현상을 허물고 계절까지 잊어 넘나들겠느냐. 그가 여인을 바라보는 시선에는 기술도 예술도 아닌 마술적 정념이 달라붙어 미감을 파고드는 신묘한 동화작용이 일어나곤 한단다. 기성복을 디자인할 때는 유화의 덧칠처럼 기술과 예술의 힘이 많은 작용을 할 수도 있지만, 손님 앞에 앉아 고급 맞춤복을 디자인할 때는 수채화의 터치처럼 홀연한 감각의 신묘함이 연출해내는 신 내림의 동화작용이 필요하단다. 나는 그걸 줄리앙 김을 통해 알게 됐지. 그러니 채령아 타인을 대할 때는 항시 너랑 다른 계의 오묘함을 즐기는 배려가 필요하단다. 어서 줄리앙 아저씨에게 사과하려무나.'

"이번에는 아저씨가 저 때문에 할 말을 잃었나 보군요. 미안해요. 아저씨. 아빠 됐죠?"

"방금 뭐랬죠?"

"아빠가 아저씨에게 사과하라고 하셨거든요."

"아빠가?"

"네."

줄리앙 김은 천연덕스러운 채령의 얼굴을 빤히 쳐다보았다.

"생각을 진짜처럼 말해서 아저씨를 놀리라고 아빠가 말하지는 않았을 텐데…"

"그래요 그런 말은 하지 않았어요. 그렇지만 진짜예요. 좀 전에는 진짜로 아빠가 말했다니까요. 바로 이 머리 위에서요."

"머릿속이 아니고요? 아빠와 단둘이서 오래 살더니만 숫제 한 몸이 되어버렸나 봐요."

"사람들은 아빠와 저의 관계를 늘 의심하는 것 같아요. 왜 그럴까요?"

"사람들이 어떤 점을 의심해요?"

"왜 그처럼 다정하냐. 왜 그처럼 생각이 같으냐. 왜 그처럼 붙어 다니느냐. 왜 그처럼 잠시도 곁에 없으면 못 견뎌 하느냐. 왜 그처럼 같은 색깔 같은 옷을 입고 다니느냐. 왜 그처럼…"

"그건 의심해서가 아니고 신기하도록 보기가 좋아서 하는 소리잖아요."

"그렇죠? 나쁜 말이 아니고 좋은 말이죠? 그런데 아빠는 자꾸만 의심해서 그런데요."

"그래요?"

"아빠가 불쌍해요. 저 때문에 혼자 사시고… 그런 아빠를 또 혼자 두고 왔… 잖아요."

갑자기 채령이 흐느껴 울기 시작했다. 줄리앙 김은 채령의 어깨를 다독거려 주었다.

"저 위에서 또 이렇게 울고 있는 걸 보면 뭐라고 하실 텐데 어서 그쳐요."

채령은 금방 울음을 그쳤다.

"엄마소식은 그동안 한 번도 못 들었어요?"

"네…"

"엄마가 살아 계신다면 아빠와 다시 만나 살 수도 있잖아요."

"아빠가 그러시는데 미국이라는 나라가 여자를 혼자 살게 내버려 두지 않는댔어요. 혼자 살면서 절 찾지 않을 리도 없고요."

"하지만 불가피한 경우도 있잖겠어요? 예를 들면 어디가 아프다든가…"

"아저씨도 저의 엄마를 잘 아세요?"

"그럼요. 엄마는 워낙 특별한 분이셨으니까."

"아저씨가 생각하기에는 어때요? 엄마가 지금 어떤 삶을 살고 계실 것 같아요?"

"음, 어려운 질문이긴 한데 내 생각에는 말이에요. 채령씨 정도의 열정이라면… 아 참 엄마와 이름이 같다는 거 알아요?"

"네. 엄마가 태어나자마자 나를 자신의 이름으로 불렀대요."

"난 처음에 이름이 같아서 놀랐어요. 그래서 속으로 생각했어요. 숫제 두 부녀가 엄마와 평생을 함께 살기로 작정을 했구나 하고요.

아빠가 잊지 못하도록 엄마의 성품은 너무나 강렬해서 아마도 미국에 가서도 현실과의 괴리를 무척이나 견디기 어려워했을 것 같아요. 언어도 통하지 않는 데다 가진 것도 없고 의지할 곳조차 없으면… 아니 이거 내가 점쟁이도 아니면서 남의 인생을 넘겨짚기까지 하네요. 운명이란 의외의 변수가 많으니 너무 비관적일 필요는 없어요. 아마 잘 살고 계실 거예요."

채령의 긴 속눈썹에 깊은 우수가 내리깔렸다.

"우리 파리 얘기나 할까요? 파리에서의 채령씨 모델명은 뭐로 할까? 아빠의 옛 닉네임인 미즈 김? 어때요?"

"그냥 채령이라고 할래요."

"채령 김?"

"아니 엄마 성을 딸래요."

"엄마 성이 뭔데요? 엄마 성이 있었던가요?"

"없었대요. 성이 없으면 이상하니까 그냥 흔한 김 씨로 할래요."

"그건 아빠 성이잖아요."

"그래요. 친아빠 성이기도 해요. 양 아빠 호적에 올리면서 김 씨라는 흔한 성에 운명적 고마움을 표했대요."

"좋아요. 그럼 이제부터 채령 김이라고 불러요. 영어로 간단한 의사소통은 가능하다고 들었는데, (영어로)어느 정도에요?"

"(영어로)그냥 조금 해요."

"(영어로)프랑스 말은요?"

“(영어로)완전 먹통이에요.”

줄리앙 김은 믿어지지 않는다는 듯이 채령의 입술을 바라보았다.

“아빠는 영어를 못 했잖아요.”

“지금은 제법 해요.”

“아빠한테 배우고서 아빠를 제법 한다니 아빠 말고 다른 사람한테 따로 배웠어요?”

“꿈에 엄마가 원어민선생을 데리고 나타나서 가르쳐줬어요.”

“아저씨를 놀려요?”

“놀리는 게 아니라 정말이에요.”

“정말이라고 쳐요. 그러나 꿈에서 배운 건 꿈을 깨고 나면 모두 없어지지 않나요?”

“없어지긴 하죠. 그러나 다음날은 이상하게 발음이 달라져요. 테이프 선생님께 직접 배운 것처럼 발음이 좋아져요.”

“채령 김, 나는 지금 채령 김과 이야기하고 있는 동안에 마치 이상한 나라에 온 느낌이에요.”

“저도 지금 그래요. 처음 비행기를 타보니까 이상해요. 커다란 새의 배 속에 들어와 있는 느낌이에요. 쇠붙이 새요.”

줄리앙 김은 웃었다. 혼자서 소리 내어 웃었다.

“왜 웃으세요?”

“너무 재미있어요. 지금 채령 김의 모습이 꼭 동화 속의 소녀 같아요.”

"절 모욕하시는군요."

채령은 정말로 모욕을 느낀 표정으로 말했다.

"아니 아니에요. 진심으로 존경을 표하고 싶어요. 어른들이 동화에 존경을 표하듯이 요."

"동화가 아니라니까요. 판타지가 아니라고요. 아빠가 쇠불이 새라고 귀띔해 주었어요."

채령은 다시 한 번 정색을 했다.

"그래요. 굳이 아빠가 되어 말하자면 모델의 길도 마찬가지예요. 결코 동화도 아니고 판타지도 아니지요. 냉엄한 현실이에요. 워킹에서부터 시작해서 구체적인 몸의 움직임과 표정으로 디자인을 소화해내는 감성 교육까지 어느 하나 동화나 판타지로 마냥 늘어져 웃을 수만은 없는 그야말로 피눈물 나는 과정을 거쳐야 해요. 아름다움의 세계는 그처럼 경쟁과 고통으로 얼룩져 있어요. 거저 주는 옷을 입고 사람들 앞에 나가 뽐내는 일이 아니에요."

"너무 겁주지 마세요. 갑자기 억압이 느껴져요. 옷을 입는 것 자체가 억압이어서는 안 되잖아요. 즐거움이어야지요. 모델의 세계가 아저씨가 말하는 그런 세계라면 나 모델 안 할래요. 아저씨 밥이나 해주고 빨래나 해주며 파리구경이나 할래요."

줄리앙 김은 이 천진한 아가씨를, 다부지고 자유 분망한 천상의 아가씨를 어떻게 해야 할지를 몰라 난감해했다.

"그래요. 내가졌어요. 채령 김의 세계관이 옳아요. 경쟁과 고통은 좋은 게 아니에요. 되도록 피하는 게 좋아요. 그러나 그게 또 얼마나 억압이 되는지는 그때 가서 생각하도록 해요. 우리 아무것도 결정된 게 없는 거로 해요. 그때그때 판단하고 결정해서 좋은 쪽으로 가요. 채령 김이 계속 아빠환청 얘기를 해서 현실의 냉혹함을 일깨우려 했을 뿐이에요."

"아저씨 고마워요. 이제야 마음이 좀 놓여요."

"파리에 도착하면 멋진 청년 하나가 마중 나올 거예요. 미대 다니는 학생인데 채령 김의 좋은 친구가 될 거예요. 어때요? 기대가 되지 않나요?"

"전 사람한테는 별 관심이 없어요."

"그럼 무엇에 관심이 있어요?"

"모두요. 삼라만상의 모든 것에요."

"사람도 그 일부가 아닌가요?"

"그래요. 전체에 대한 일부요. 그런 일부에만 관심이 있어요. 사람 사랑도 대자연의 일부에 지나지 않으니까요."

"사랑하기 전에는 모두가 그런 소리를 하지요."

"사랑이 전부인양 하고 싶지 않아요."

줄리앙 김은 즐거운 마음으로 생각했다. 이 귀여운 아가씨를 누가 사랑하지 않고 배길 수 있을까를…

"줄리앙 여기에요. 여기!"

"빌 잘 있었어? 인사하지. 여기 동서양의 매력이 숨바꼭질하듯 한 소녀는 채령 김."

"안녕하세요."

"여긴 화가 들라크루아 집안의 화가지망생 빌머그."

채령은 그냥 고개만 살짝 숙여 보였다.

"아빠가 두 분을 패션쇼가 열리는 부끄르 호텔로 바로 모시고 오랬어요."

부끄르 호텔 로비에는 벌써 화사하게 차려입은 귀부인들이 오프닝을 기다리고 있었다.

'채령아, 저기다 저기 저 크고 검은 안경을 끼고 코믹한 걸음걸이로 이곳으로 오고 있는 자가 바로 프랑스의 자존심이자 영화계의 거장인 세계적인 영화감독 부르우끼르 씨다. 빌의 의붓아버지이기도 하지. 패션에도 관심이 많아 파리 귀부인들의 연인이기도 한데… 그런데 저자의 시선이 온통 네게로 쏠려있구나. 줄리앙이 도대체 너를 어떻게 소개해놨기에 저러지. 귀부인들의 시선도 저자의 시선을 쫓아 네 쪽으로 쏠리는구나.'

"이 아가씬가? '동서양의 매력이 숨바꼭질하듯 한 모델지망생 소녀 동행'이라는 매혹적인 메일의 주인공이!"

"채령 김. 인사해요."

채령은 여전히 살짝 고개만 숙였다.

"그런데 입고 있는 이 옷 누구 작품이죠?"

부르우끼르가 채령이 입고 있는 옷을 가리키며 물었다. 채령이 입고 있는 옷에 미처 관심을 두지 못한 줄리앙이 채령을 바라보며 채령의 답을 기다렸다.

"이거요? 아빠 솜씨에요."

채령이 다소 쑥스러워하며 답했다.

"처음 보는 선이군. 자 다들 들어가지."

'채령아 잘 보렴. 부르우끼르 씨가 홀 안으로 들어가자 그제야 모두 따라 움직이지 않니. 저자의 마음에 들기만 하면 모델로의 성공은 따놓은 거나 마찬가지다 알았지. 초록!'

"예스, 드레스!"

줄리앙이 다물고 있는 채령의 입에서 소리가 나자 걱정스러운 눈으로 채령을 보았다.

"괜찮아요?"

"네. 좋아요."

중앙에 마련된 좌석으로 가 앉은 부르우끼르는 채령을 자기 곁에 앉게 했다.

"아빠가 패션디자이너예요? 아빠 얘기 좀 해 봐요."

앉자마자 부르우끼르가 채령을 바라보며 물었다.

채령이 무슨 얘기를 해야 할지 모르는 눈을 하자 줄리앙이 대신했다.

"저랑 같이 일하던 분이에요. 채령 김이 어릴 때 산으로 들어갔는데 지금은 산 사람이 다 됐지요."

쇼가 시작되었다. 쇼가 진행되고 있는 중에도 부르우끼르는 채령에게로 몸을 기울여 무언가를 묻고 있었다.

채령 김이 지금 입고 있는 옷이 저런 옷들과 어디가 다른지 알아요?

그냥 보면 다른 걸 가지고 어떻게 표현할지를 몰라 망설이자 부르우끼르가 말했다.

목선과 소매 선이 가슴 선으로 이어져 허리로 흘러드는 실루엣이 서양의 것과는 달라요. 두터운 면에다 감물을 들여서인지 몸을 감싸는 느낌이 살아있어요.

채령은 놀라움을 숨기지 않았다.

"맨눈으로 어떻게 감물인지를 알죠?"

"천연염료와 화학 염료는 빛을 반사하는 감도가 달라요."

"감도가 어떻게 다른데요? 그 감도를 재는 기전은 육감이에요? 영감이에요?"

'줄리앙, 저자가 늘 저래요? 처음 보는 여자한테 저렇게 밀착 수다를 떨어요?'

"아니에요. 전혀 그런 분이 아니에요. 어딘가 좀 이상해요. 내가 보기엔 부르우끼르 씨보다 채령 김에게 뭔가 이상한 게 느껴져요. 저 보세요. 처음 대하는 외국인과 저처럼 화려한 언어를 구사할 수 있어요? 빙의가 들지 않고서야 저럴 수가 없어요."

“육감? 영감? 하하하 그런 것들에도 관심이 있어요? 그냥 감각이에요.”

‘줄리앙 어떻게 좀 해 봐요. 저러다 일 나겠어요.’

“전 자신 없어요.”

‘관심을 패션쇼로 돌려봐요.’

“부르우끼르 씨 저 디자인 어때요? 샤넬 것인데.”

“샤넬에 디자이너가 바뀠나?”

“아뇨.”

“그런데 뭘?”

그것으로 그만이었다. 부르우끼르는 쇼에는 관심을 두지 않았다. 그때 빌이 다가와 줄리앙에게 말했다.

“엄마가 마치고 다른 곳으로 가지 말고 모두 집으로 오래요. 채령 씨를 위해 특별히 저녁 식사를 마련한대요.”

모두가 부르우끼르 집에 도착했을 때는 이미 화려한 저녁이 준비되어 있었다.

“아니 오늘 무슨 날이야. 저녁이 이처럼 거창하게.”

“새로운 손님이 오셨잖아요.”

“엄마 새로운 손님이 아니고 귀한 손님!”

“그래, 새롭고 귀한 손님.”

“채령 김, 부인께 인사드려요.”

"안녕하세요."

"낯익은 분 같지 않아요?"

채령이 낯선 얼굴을 하자 줄리앙 김이 프랑스어로 변명을 늘어놓았다.

"아 참, 채령 김은 워낙 깊은 산골에서 살았기 때문에 끄르안느 씨가 나오는 영화는 물론 부르우끼르 씨가 만든 영화도 보지 못했을 거예요."

"자, 다들 이리 와서 앉아요."

"이 많은 음식을 손수 장만하셨어요?"

프랑스 말 사이에 채령의 영어가 낯설게 끼어들었다. 채령은 프랑스 말을 못 알아듣고 끄르안느는 영어를 못 알아듣는 묘한 분위기가 형성되고 있었다.

"이 많은 음식을 당신 혼자 어떻게 마련했느냐고 감탄을 하는구려."

부르우끼르가 짓궂게 통역을 해주었다.

"엄마가 한 게 아니고요. 최고급 요리사의 솜씨니까 맛있게 드세요."

빌머그가 서툰 영어로 자기 엄마를 변호하며 끼어들었다.

"요즘 여자들한테 직접 만든 음식 얻어먹기란 하늘의 별 따기에요."

부르우끼르가 영어로 말하자 끄르안느가 채령의 표정을 살폈다.

"남자들한테 직접 만든 음식 얻어먹기란 우주의 미아 찾기죠."

채령이 당돌하게 말하자 이번에는 끄르안느가 부르우끼르의 표정을 살폈다. 빌머그는 고소하게 웃었고 줄리앙은 불안하게 모두의 표정을 살폈다.

"산골에서 페미니즘을 접할 기회가 있었나요?"

"페미니즘 같은 건 잘 몰라요. 하지만 아빠가 늘 그랬어요. 사람들은 모두 여자와 남자를 헐어서 뜯는다고요. 너는 제발 수평 저울의 어느 편도 들지 말라고 하면서요."

"그런데 왜 엄마얘기는 한마디도 없죠? 지금까지 아빠, 아빠라고만 했지 엄마얘기는 한마디도 하지 않았어요."

채령이 난처해하자 줄리앙이 대신했다.

"채령 김은 어릴 때부터 아빠하고만 자랐어요."

"줄리앙 나도 좀 알아듣게 통역 좀 해 줘요. 대 스타의 소외감을 좀 이해해 달라고요."

"아 네 무슨 얘기인가 하면요. 부르우끼르 씨가 요즘 여자들한테…"

"그만하고 식사나 합시다."

부르우끼르가 난처해하는 줄리앙을 제지하며 찬물을 끼얹었다. 모두가 입을 닫고 식사에만 열중했다. 끄르안느가 조용히 식탁에서 일어나 밖으로 나갔다.

"신경 쓰지 말아요. 식탁에서까지 스타가 될 수는 없어요. 잠시 저러다 말 거예요. 채령 김. 여긴 대 스타의 저택이라 북적거릴수록 좋으니까 불편해하지 말고 편히 지내도록 해요. 그리고 빌머그 너는 엄마의 옆방으로 옮기는 게 어떻겠니?"

"왜요?"

"채령 김이 불편해할지도 모르잖니."

"어디 채령 김에게 직접 물어보도록 하지요."

끄르안느가 식탁으로 돌아오며 말했다.

"줄리앙이 채령 김에게 물어보세요. 빌머그와 옆방을 쓰는 게 불편한지를."

"빌머그가 직접 물어보는 게 좋겠다."

부르우끼르가 차갑게 말했다.

"어서 물어보려무나."

끄르안느가 다정하게 말했다.

"채령 씨, 남자들 옆방을 쓰겠어요? 아니면 엄마옆방을 쓰겠어요? 남자들 옆방을 쓰고 싶으시면 제가 엄마옆방으로 옮길 게요."

"전 아무래도 좋아요."

"제가 옆에 있으면 불편하지 않겠어요?"

"당연한 걸 묻는 게 더 불편해 보이는구나. 미리 배려하는 게 예의다. 시키는 대로 하려무나."

부르우끼르가 단정적으로 말했다.

"우리나라 속담에 이런 말이 있어요. 얻어먹는 사람은 찬밥 더운밥 가리지 않는다고요. 그냥 계세요. 나중에 불편하면 말할게요."

"빌 엄마옆방으로 옮기 거라."

끄르안느가 쏘아붙이듯 내뱉고는 자기 방으로 가버렸다.

'줄리앙 이 사람들 왜 이래요. 이 거대한 저택에서 이런 사소한 일로 신경전을 벌이다니 도대체 왜 이래요. 늘 이랬어요. 이런 곳에서 줄리앙 당신이 여태 살아온 거예요. 이런 불안한 곳에 채령을 있게 할 수는 없어요. 어서 있을 곳을 마련해 나가요.'

"아니에요. 이러지 않았어요. 저도 부르우끼르 씨가 왜 이러는지 모르겠어요. 완전히 사람이 달라졌어요. 귀신에 씌지 않고는 이럴 수가 없어요. 파리에서는 금실 좋기로 소문난 분들이에요. 원인은 채령이에요. 채령 씨를 빌머그와 부부침실 옆에 두고 싶지 않은 거예요. 평소와 다른 걸 못 느껴요? 미즈 씨 당신이 제일 잘 알 거 아니에요."

'줄리앙 당신은 왜 또 채령에게 모든 원인을 돌리지요. 채령은 극히 정상이에요. 좀 지나치게 영민한 것 외에는 별달라진 게 없어요.'

"지나치게 영민한 게 빙의가 들어서가 아닐까요?"

'당신도 참 지금이 어느 땐데 그런 얘길 해요. 이건 관계의 문제지 매개의 문제가 아니에요. 남이 못 알아듣는 걸 알아듣는 것도 감각의 문제이지 어디 혼령의 문제예요? 천적이라는 것도 남다른 관계의 문제잖아요. 채령과 이들 사이는 아무래도 상극의 무언가가 있나봐요. 영혼에도 상생상극의 무늬가 얼룩져 있는지도 모르니까요. 좀 더 지켜보다가 그런 낌새가 보이면 거처를 옮겨요.'

"상극이 아니라 지나치게 밀착력을 보이는 상생의 그 무엇이 작용하는 것 같은데요. 매력에 쏠림이 작용하는 것 같아요."

'상생상극이 경계가 모호하듯 매력도 누구에게나 보편적으로 나타

나잖아요. 채령에게서 우러나는 그 어떤 매력은 정도의 차이가 있을 뿐이지 누구에게나 느껴지는 거잖아요.'

"정도의 차이를 관장하는 기전은 뭘까요?"

'뭐긴 뭐에요. 저마다 타고난 기질이지요. 백 사람이면 백사람 모두가 다 다르잖아요.'

"그럼 아무것도 아니잖아요."

'그래요. 우리가 지금 괜한 걱정을 하고 있는지도 모르겠네요.'

줄리앙은 정원으로 나가 잔디에 드러누웠다. 미즈 씨와 채령엄마 사이에서의 기억을 떠올리며 이런저런 상념에 잠겼다.

"줄리앙 여기 있었군요. 잔디에 앉지 말라고 내가 그렇게 얘기했는데 또 그래요. 잔디에 유기농약을 친다고 쳤지만 믿을 게 못 돼요. 어서 이리 와서 의자에 앉아요."

끄르안느가 위스키를 줄리앙에게 건네며 말했다.

"어릴 때 잔디에 드러눕던 버릇이 있어서 그래요. 잔디에 누우면 온 세상이 편안해져요."

"저희 집이 편안하지 않다는 말로 들려요. 줄리앙 나야말로 지금 마음이 편치가 않아요. 기분이 왜 이러지요? 제발 줄리앙 내 기분 좀 헤아려 봐요. 줄리앙, 직감이라는 걸 믿나요? 무언가가 시작되고 있어요. 그때의 그 시작과 너무나 비슷해요. 무언가가 시작될 때는 쏠림이라는 게 있어요. 블랙홀처럼 주변의 것들을 한곳으로 몰아넣지요.

그이가 지금 그래요. 모든 걸 내게로 쏠리게 하던 그때와 너무 비슷해요. 줄리앙 나 좀 안아줘요. 몸이 떨려요. 추워요. 술을 너무 많이 마셨나 봐요. 절 침실로 좀 데려다줘요. 그이는 서재에 있어요. 시나리오를 쓴다고 또 밤을 새우겠지요. 내 몸이 식어가고 있어요. 엔트로피가 내 몸을 방문했어요. 어서 날 좀 따뜻한 곳으로 데려다줘요."

아침 식탁에 채령과 빌머그가 보이지 않았다. 대문이 열려있는 것으로 보아 둘이 같이 아침산책을 나간 모양이었다.

"빌의 얼굴에 생기가 돌아요."

부르우끼르가 아무 말이 없자 끄르안느가 줄리앙을 보며 말했다.

"줄리앙 보기엔 어때요?"

"그래요. 평소에는 별말이 없던 빌이 내게 멋있는 말로 선물까지 안기는군요."

"젊은이들의 생기는 보기가 좋아요. 보는 이로 하여금 생기도 돌게 하고요."

"그래서 당신에게서도 생기가 도는구려."

"그런가요? 당신은요? 당신의 생기는 하느님 보시기에 좋은 생기에요? 당신 자신의 생기에요?"

"굿 모닝!"

그때 채령과 빌이 들어와 식탁에 앉았다.

"아침 산책 나갔던 모양이구나."

"네, 동네를 한 바퀴 돌았어요."

"친구가 피곤해하는 줄도 모르고 산책바람을 넣었니?"

"채령 씨의 산책바람에 제가 끌려간걸요."

"그래요. 제가 빌에게 동네구경 좀 시켜 달라고 했어요."

"아니 프랑스어를 알아들어요?"

부르우끼르가 놀라움을 금치 못해 채령에게 물었다.

"눈치지요. 몸의 언어라는 게 있잖아요."

"몸과 언어는 달라요. 한계가 있어요. 그처럼 절묘하게 맞출 수는 없어요."

"아마도 아빠하고 단둘이서만 너무 오래 살아서 그럴 거예요. 전 아빠의 눈만 보면 아빠가 무슨 말을 하려는지 알아요. 세상의 모든 언어는 모두 같다고 생각해요. 감은 같다는 거죠. 음악처럼 말이에요. 그러니 눈만 보면 그 내용도 알 수 있지 않겠어요?"

"마치 신과 인간의 경계에서 말을 하는 것 같군요."

"인간이 신이고 신이 인간 아니에요? 그 속에 그게 있잖아요. 생물들은 그 속에 그게 있는 줄 모르고서 완전합일을 이루고 있다면 인간은 그 속에 그걸 서로 바라보고 있기 때문에 합일을 이루지 못할 뿐이지요."

"이럴 때 내가 할 수 있는 말은 경이롭다는 말밖에 없군요."

"마치 연인 사이처럼 두 사람의 눈빛이 경이롭기까지 하군요."

"여보, 당신이 방금 채령의 말을 알아들을 수 있었다면 영어를 빌 만큼이나 할 수 있었다면 나를 이해하지는 못해도 최소한 오해는 하지 않을 텐데 안타깝구려."

부르우끼르는 식탁에서 일어나 서재로 갔다.

"빌, 채령 씨 파리 시내구경도 좀 시켜 줘야지?"

"네 그럴게요."

빌과 채령이 식탁에서 일어나 밖으로 나가자 끄르안느가 줄리앙에게 간절함을 담고 말했다.

"줄리앙 날 좀 도와줘요. 도무지 뭐가 뭔지 모르겠어요. 무슨 일이 일어나고 있는 거예요."

"저도 지금 무척이나 혼란스러워하고 있어요. 부르우끼르 씨도 아마 마찬가지일 거예요. 우리는 모두 채령에게서 그 어떤 경이로움을 느끼고 있어요. 이성의 문제라기보다 경이로움을 지니고 나타난 한 존재에 대한 쏠림이라고나 할까요? 부인께선 그런 걸 느끼지 못하셨나요? 언어 이전의 그 어떤 것을 휩싸 안는 생동감 같은 거요. 비행기에서부터 줄곧 나는 채령이 쏟아내는 그 어떤 이상한 기운에 감싸여 자신의 감각을 의심하도록 놀라곤 했지요. 채령의 유창한 영어가 바로 모든 걸 증명해주고 있어요. 생각해 보세요. 산골에서 아빠한테 배운 서툰 영어가 아빠를 능가해 모든 이를 놀라게 할 수준이라면 뭔가 경이의 그 어떤 무엇을 짚어볼 수 있지 않을까요?"

"그 아이가 신동이라도 된다는 건가요?"

"한국의 무계에는 처녀무당들이 많은데 말하자면 그와 비슷한 감각을 지닌 게 아닌가 하지요. 왜 옛날에는 여자주술사들이 많았다고 하잖아요. 그 여자주술사들이 요즘은 신기의 재주로 전문화되어 몰라볼 뿐이지요. 끄르안느 씨도 연기할 때는 신들린 모습을 하잖아요. 무당의 신기와 예인의 끼는 다르지 않다고 봐요."

"나는 무당들처럼 남의 혼을 빼지는 않아요."

"혼을 빼지 않는다고요? 연기자가 남의 혼을 빼지 않으면 연기자라고 할 수 있어요? 부르우끼르 씨와 끄르안느 씨는 서로의 혼을 빼앗아서 서로의 가슴에 묻어두고 있잖아요. 그래서 시기도 하고 질투도 하는 거고요."

"그 아이가 그이의 혼을 빼가지는 않을까요?"

"그처럼 자신이 없으세요? 그러면 빼가게 내버려 두세요. 혼은 자유로워야 하니까요. 당신을 위해서지요. 그래야만 당신의 혼도 자유로울 수가 있어요. 사랑의 열쇠는 잠그면 안 돼요. 풀어버려야 해요. 그래야 온전해져요. 저도 채령에게 배웠어요. 채령이 뭐라 한지 아세요? 대자연의 일부에 지나지 않는 사랑을 마치 전체인양 하는 사랑은 하고 싶지 않다고 했어요. 그러니 그 귀여운 아가씨를 어찌 사랑하지 않을 수 있겠어요."

"줄리앙도 그 아이에 빠져 버렸군요."

"빠지는 건 사랑이 아니라니까요. 누군가가 채령에게 빠져버렸다고 해요. 그러면 그건 채령에게 빠진 게 아니라 자기 자신에게 빠진 거예요. 채령은 단연코 사랑의 열쇠를 가지려 하지 않을 테니까요."

"그토록 대단한 아이예요?"

"대단한 게 아니라 스스로 대수롭지 않은 거죠."

"어려워요. 줄리앙의 말은 너무 어려워요. 일반적이지가 않아요. 내가 볼 때는 모두가 손자재롱에 흠뻑 빠진 늙은이들 같아요. 아니면 모두가 신들렸던지. 수컷들이 호르몬에 미치듯이 그 아이가 어떤 특정한 호르몬을 뿜고 있는지도 모르지요. 커피 할래요?"

"아니에요. 나가봐야 해요. 늦었어요."

다음날의 식탁에서였다.

"줄리앙, 모델학교 한번 알아봤어요?"

"네 알아보긴 했지만 채령 김에게 어떨지 모르겠어요. 과정들이 무척 억압적이거든요. 획일적이기도 하고요."

"우리 생각과 다를지도 모르니까 본인이 직접 부딪혀 보게 하는 게 어때요."

"채령 김, 일단 한번 들어가 볼래요?"

"그래요. 언제요?"

"그동안 밀린 일들이 너무 많아서 오늘 내일은 시간을 내기가 어렵겠는데…"

"그러면 나하고 가면 어떨까?"

"그래 주시면 더할 나위 없지요."

끄르안느가 뭐라고 하려다가 줄리앙의 시선과 마주치자 시선을 내려놓았다.

그렇게 해서 그날 채령과 부르우끼르는 함께 모델학교를 방문했다. 규모는 그리 크지 않았지만 모던한 첨단의 기하학적 도형이 곳곳의 자연과 어울려 있었다. 모두가 수업 중이어서 두 사람은 실기수업의 훈령과 움직임이 울려나오는 쪽으로 자연스레 발걸음을 옮겨갔다. 교실 문이 열려있어서 두 사람은 가만히 들어가 한동안 수업광경을 지켜보았다.

"어깨는 왜 저렇게 앞뒤로 재면서 걷지요?"

"엉덩이는 왜 저렇게 배딱거려요?"

"목과 허리는 왜 저렇게 굳어 있어요?"

"팔과 다리는 왜 저렇게 로봇 같아요?"

"표정은 왜 저렇게 인형 같아요?"

"저런 몸동작들이 왜 필요하죠?"

"코믹 카리스마처럼 너무너무 웃겨요."

부르우끼르는 관찰자 채령의 신명나는 비평을 즐겁게 바라보았다.

"그만 집으로 돌아갈까요?"

"아니에요. 어디 또 다른 곳은 없나요? 이처럼 일부러 웃기는 건 처음 봐요. 좀 더 보고 싶어요. 그런데 왜 계속 저 동작만 하고 있어요? 저 동작이 그처럼 어려운 동작이에요? 쿵푸와 태권 동작은 좀 과만하긴 해도 저처럼 무언극 같지는 않아요."

"쿵푸와 태권? 그 동작을 할 줄 알아요?"

"아빠한테서 배운 거라 반쯤 엉터리 무용이 되었을 거예요."

"어디 한번 지금 여기서 해볼 수 있어요?"

"지금요? 창피하잖아요."

"뭐가 창피해요. 누가 뭐라면 내가 혼내 줄 테니 어디 한번 해 봐요."

"좋아요. 저들이 뭐라고 하면 아저씨가 책임지셔야 해요."

채령은 두 팔을 벌려 호흡을 깊숙이 가다듬었다. 그리고는 천천히 가볍고 부드러운 짓으로부터 몸의 기운을 풀어나갔다.

바람이 분다. 가지가 흔들린다. 움이 튼다. 누가 이 새벽을 여는가. 빛이다. 보라 저 눈동자를. 알알이 박힌 별들이 미명의 세계를 연다. 안녕 애벌레야. 초록이 꿈틀댄다. 색깔들이 수줍어 벌거숭이 춤을 춘다. 실루엣이 명암의 옷을 입고 말한다. 언제쯤 비가 올까. 개구리가 웃는다. 독사의 혀가 날름거린다. 괜한 기우다. 가자. 들판의 젖가슴 위로 산책을 나가자. 토끼가 귀를 쫑긋 뒷발을 찬다. 뭐가 그리도 무서운가. 여우의 꾀똥에 미끄러진다. 천둥이 친다. 누가 내 머리를 쥐어뜯는가. 스님의 목탁 소리다. 갑자기 사타구니가 간지럽다. 날개다. 동정녀가 땅에 기는 뱀을 잉태해 날개를 낳았다. 날자, 날자. 사타구니에 날개를 단 이상한 짐승이 하늘을 난다. 칠흑 우주. 길을 잃는다. 그래 자궁으로 다시 들어가자. 자궁 속 우주. 섹스와 음악. 멋진 유영이다. 옷을 입은 채 비를 흠뻑 맞은 여인. 땀이다. 몸이 흘려보낸

감사의 선물. 하나둘 더위를 벗는다. 옷을 벗어 벽난로 앞에 누인다. 몸을 버린 가죽. 그림자도 모른다. 낙엽이 어둠을 포근히 감싼다. 호랑이의 외로운 포효소리. 겨울의 긴 굶주림이 깊다. 눈 위에 펄럭이는 모시적삼은 어느 여인의 애환일까.

박수 소리가 요란하게 울려 퍼졌다. 환호의 괴성이 터졌다. 모델학교 학생들로 둘러싸인 채령은 벗어놓았던 옷을 주워들어 멋쩍게 몸을 가렸다. 부르우끼르는 주체할 수 없는 감동으로 채령을 얼싸안았다.

"이건 무술이 예술로 살아난 신기야!"

그는 내심으로 소리쳤다.

"제가 너무 동작에 몰입했었나 봐요."

"아니에요. 아니에요."

부르우끼르는 말문을 잃고 채령의 어깨를 감싸 안으며 학교를 나섰다.

그날 저녁식탁에서 부르우끼르는 학교에서 있었던 이야기를 모두에게 소상하게 들려주었다. 그런 다음 그는 줄리앙에게 말했다.

"이건 패션쇼의 대전환이에요. 몸짓으로 옷이 태어나는 완전변태의 황홀경이에요. 이 프로젝트는 줄리앙이 맡아 줘야겠어요."

그때였다. 식사하고 있던 부르우끼르가 갑자기 구토와 함께 입에서 피를 토하며 쓰러졌다. 급히 응급실로 옮겨졌다. 원인불명의 진단이 나왔고 몸은 회복되었지만, 영원히 시력을 잃고 말았다.

장안에서는 구구한 소문이 돌았다. 그러나 소문과는 상관없이 일상은 종전의 평온함을 되찾아 모두를 다시금 식탁 앞에 둘러앉혔다.

"자 모두 자리에 앉았나? 그럼 어서들 먹자꾸나."

끄르안느가 부르우끼르의 접시에 이것저것 음식을 집어주었다.

"내 걱정하지 말고 당신이나 어서 들구려."

끄르안느가 부르우끼르의 입에 묻은 음식을 닦아주다 말고 복받치는 울음을 참지 못해 자리에서 일어나 거실로 들어갔다.

"줄리앙, 프로젝트는 잘 진행되고 있나요?"

"네."

"프로젝트의 제목은 뭐로 할 거죠?"

"언젠가 말씀하신 '몸과 옷의 신기'라는 말이 인상적이어서 그걸로 하려고 하는데…"

"좀 더 구체적이면 좋겠어요. '옷이 몸을 입다'는 어때요?"

"채령 씨 아이디어에요? 신이 내린 제목이에요. 강력해요. 흡인력이 대단해요. 그걸로 해요. 언제쯤 완성될 것 같아요?"

"아직 시간이 좀 더 필요할 것 같아요."

"줄리앙, 어렵게 생각하지 말아요. 디자인만 완성해서 채령에게 넘겨요. 채령이 알아서 하게요. 연습 같은 건 오히려 기운을 빼는 일이니까. 즉흥적으로 신기가 솟아나게 하는 게 연출의 관건이에요. 내 말을 명심해요. 그리고 채령, 채령 어디 있어요?"

"네 여기요."

"응, 거기 있구먼. 내가 엉뚱한 곳을 바라보고 이야기하면 보기 싫을 것 같아서. 채령에게는 연습이나 준비 같은 건 필요하지 않을 테니까 옷이 완성될 때까지 내게 와서 날 좀 도와주겠어요?"

"그래요. 무슨 일인데요?"

"쓰던 시나리오를 마무리 지으려고 하는데… 도움이 필요해요."

"그래요. 채령 씨가 좀 수고를 해 줘요. 이이한테는 채령 씨 만 한 적임자가 없을 것 같아요."

끄르안느가 식탁으로 돌아오며 채령이 자기 말을 못 알아듣는 걸 모르듯이 말했다.

"도와드리는 건 어렵지 않지만 대신 조건이 있어요."

"뭔데요?"

"시나리오가 재미있어야 해요."

"어때요? 자신 있으세요?"

줄리앙이 물었다.

"지금까지 내게 제시된 조건 중에 제일 까다로운 조건이라서 자신이 없구먼. 그렇지만 채령과 함께한다니 왠지 자신이 생기는데."

채령이 부르우끼르의 손을 잡고 서재로 향하는 것을 모두가 애처롭게 지켜보았다.

"빌 너는 오늘 학교수업 없니?"

"……"

빌이 어둡게 일어나 자기 방으로 가자 끄르안느가 줄리앙에게 말했다.

"줄리앙 내가 줄리앙 프로젝트를 좀 도와주면 안 될까요?"

"촬영이 없나 보죠? 그렇게 해 주신다면 고맙기 이를 데 없겠지만 글쎄요 끄르안느 씨가 할 수 있는 일이 뭐가 있을까요?"

"지금 스타의 패션 감각을 완전히 무시하는 발언을 하셨어요."

"그랬나요. 이러고 있을 시간 없어요. 어서 가봐야 해요. 일일 비서로 채용할 테니 어서 따라와요. 꾸물대면 안 돼요."

그들은 함께 일을 마치고 나란히 카페에 마주 앉았다.

"우리가 지금 그 어떤 운명의 프로젝트 속에 휘말려 있는 게 아닐까요? 이른바 매트릭스 같은."

"무슨 그런 무시무시한 말씀을."

"그이의 사고 말이에요. 전 왠지 무서운 생각이 들어요. 이 시대에 이런 원인불명의 일이 일어나다니 도무지 갈피를 잡을 수가 없어요. 혹 초자연적인 그 무엇이…"

"세상의 그 어떤 불가사의한 일도 우리가 모를 뿐이지 자연의 섭리를 벗어나 있지는 않아요. 언젠가는 밝혀지겠지요. 설사 밝혀지지 않는다고 하더라도 그 어떤 진실 안에 숨 쉬고 있겠지요. 의학의 영역이란 극히 미미하니까요."

"줄리앙도 우리 모자를 의심하나 보군요."

"그렇지 않아요. 끄르안느. 그 문제는 이미 병원에서 밝혀졌잖아요."

"사람들이 모두 날 쳐다보고 의심하는 것 같아서 눈을 들 수가 없어요. 눈을 뜨고 있어도 모든 것이 제대로 보이지가 않아요. 그이와 함께 나도 장님이 되고 말았어요. 이 일을 어찌하면 좋아요. 줄리앙."

"어차피 스타는 대중 앞에 장님이잖아요. 대중을 일일이 쳐다보고 살 수는 없지요. 무시해 버리세요. 그리고 부르우끼르 씨에게 최선을 다하세요. 그 일만이 모든 것을 보상해 줄 수 있어요. 그리고 우리는 모두가 의심하는 존재라는 사실을 받아들이셔야 해요. 서로의 머릿속에는 서로를 의심하는 장치가 마련되어 있어요. 설사 부르우끼르 씨가 끄르안느 씨를 의심한다 해도 그걸 받아들이셔야 해요. 그러지 않고는 우리의 마음에 평화도 행복도 없어요."

"그래요. 그 말이 맞아요. 지금 내 마음속에는 채령에 대한 의심으로 가득해요. 그 아이가 무슨 마녀처럼만 보여요. 그 아이가 내 집으로 오는 날부터 이런 엄청난 일들이 벌어졌으니까요. 내가 자기를 의심하는 줄 알면 채령은 어떤 마음이 될까요? 그 사실을 또 그이가 알면 나를 얼마나 형편없는 여자로 생각할까요? 그렇지만 그런 마음이 지워지지 않아요. 그게 더 무섭고 두려워요. 악마가 지금 제 속에 있어요."

끄르안느는 흐느껴 울었다. 줄리앙은 끄르안느를 집으로 데리고

와 잠자리에 들게 했다. 줄리앙은 자기도 모르게 부르우끼르의 서재로 발걸음을 옮겨갔다. 두 사람의 웃음소리가 서재에서 새어 나왔다.

"미즈 씨가 저 광경을 보면 어떻게 할까?"

순간 이런 생각이 강렬하게 줄리앙의 뇌리를 스쳤다. 그리고 줄리앙 자신이 미즈 씨가 되어 신 내리듯 몸을 떨었다. 자신의 방으로 돌아온 줄리앙은 환상적인 상상의 힘에 압도되어 잠을 이루지 못했다.

"다 왔나요. 나 책상 앞에 좀 앉혀줘요. 됐어요. 그리고 거기 어디 편하게 앉아요."

"와 이게 다 아저씨가 만든 영화에요?"

"아니에요. 내 영화는 하나도 없어요. 일단 완성하고 나면 두 번 다시 보지 않아요."

"왜죠?"

"다 된 걸 봐서 뭐하게요. 결혼사진 자꾸 꺼내 보는 못난 사람처럼 보일 텐데 안 그래요?"

"그러고 보니 그러네요."

"이거 한번 읽어봐요. 대강 줄거리를 써놓은 건데 읽어보고 감상을 말해줘요. 채령을 위해 영어로 썼어요."

"판타지 영화라 그런지 줄거리만으로는 별 재미를 못 느끼겠는데요."

"아니 벌써 다 읽었어요? 채령을 모티브로 한 건데 언짢은 기분이 들지 않아요?"

"언짢다기보다 갑자기 내가 이상한 사람이 된 기분이네요."

"이상한 사람처럼 보이지 않으려면 어떻게 하면 좋겠어요?"

"판타지에 철학이 없으면 그야말로 애들 장난처럼 보이잖아요. 부르우끼르 씨가 일부러 웃기려고 만든 건 아니잖아요? 코믹한 대사가 아무리 지적이라 해도 철학이 없으면 장난감에 새겨놓은 웃기는 말씀에 지나지 않잖아요."

"좋아요. 그러면 채령 씨가 생각하는 철학은 어떤 건지 한번 말해봐요."

"아저씨 생각을 저한테 떠넘기면 어떻게 해요."

"떠넘기는 게 아니고 조언을 구하는 거예요. 아니 그러지 말고 우리 처음부터 같이 써보는 게 어때요? 어차피 공동 작업이 될 테니까."

"전 글을 잘 못 쓰는데요."

"그러니까 같이 쓰는 거지요. 그럼 같이 쓰는 거예요."

"잠깐만요. 한 가지 단서를 달아도 돼요?"

"단서? 무슨 단서죠?"

"절 영화에 끌어들이지 않는 거요."

"미리 방어망을 치는 거예요? 좋아요. 그런데 왜죠? 미리 방어망을 치는 이유가 뭐죠? 왜 영화출연을 꺼리는 거죠? 남들은 출연하지 못해 안달인데…"

"야단스러운 게 싫어요. 한마디로 영화는 야단법석이잖아요. 야단법석에는 늘 소외되는 사람이 있기 마련이고요. 야단법석을 떨어 사람들을 소외시키고 그 소외된 사람들을 위한 영화를 만들어 또 사람들을 소외시키고 도무지 뭘 하는 건지 모르겠거든요. 주인공과 엑스트라의 영원한 양극화로 인기라는 폭력을 먹고 살잖아요. 영화 속 양극화보다 심한 건 아마 없을 걸요? 풀과 나무들이 조명을 받으면 시들어버리듯이 우리의 생각들도 야단스레 스포트라이트를 받으면 빛이 바래져요. 빛바램은 자기부재 철학부재를 의미하고요."

"채령 씨는 지금 나라는 인간을 이루고 있는 존재 자체의 근간을 흔들고 있어요. 시나리오 작업 자체를 문제 삼고 있는 거예요. 아시겠어요?"

"죄송해요. 하지만 사실인 걸 어떻게요."

"좋아요. 모든 사실을 받아들이기로 해요. 내 인생을 내가 정리할 수 있게 말이에요. 채령 씨가 그걸 좀 도와줘요. 채령 씨의 도움으로 생을 정리하고 싶어요."

"그렇다고 곧 돌아가실 것처럼 그러시면 어떻게요. 저더러 철학을 불어넣어 보라고 하셨죠. 너무 어려워요. 괜히 말을 꺼냈나 봐요."

"차근차근히 해요. 우선, 이 줄거리에서 무엇이 채령 씨로 하여금 철학이 부재하다고 느끼게 하던가요?"

"제자리걸음 요."

"제자리걸음?"

"철학이란 제자리걸음을 못 견뎌 하는 못된 망아지잖아요."

"그래서요."

"무력하고 소시민적인 신경증을 앓는 우울한 도시인들이 초월자에게 갖는 선망과 기대라는 게 아무리 코믹터치로 미화한다 해도 조롱과 질시가 전부인 도로 자기로 되돌아가고 말지요. 서양판타지는 미래지향 문명지향이면서 내면은 상징을 사용해 복잡하기만 하지 망아지 제자리걸음으로 섹스피어네 텃밭만 망치지요. 내면의 자연은 훼손이 되든 말든 공룡판타지에 놀아나고요. 채찍이 필요해요."

"어떤 채찍이요?"

"이럴 테면… 이리 갈까 저리 갈까 하는 역사에 대한 반성과 기대를 어느 방향으로든 끌고 가려는 강력한 힘 같은 거요."

"구체적으로 말하면?"

"주인공의 옷에 걸려있는 주술이 너무 단순해요. 그걸 입으면 초능력이 생긴다는 단순한 설정이 반지제왕 반지처럼 너무 밋밋하잖아요. 주술에다 방향을 부여하면 훨씬 좋아질 것 같은데요."

"어떤 방향을요?"

"아이 꼭 무슨 심문을 하는 것 같아요. 아저씨도 한번 생각해 보세요."

"그래요. 내가 너무 소외되고 있네요. 그렇다고 중독에 이르지는 않을 테니 염려 말아요. 주술에다 방향성을 부여한다? 그 옷을 입으면 이렇게도 되고 저렇게도 된다. 좋은 일도 생기고 나쁜 일도 생긴다. 이를테면 그런 건가요?"

"맞아요. 어떤 옷을 어떤 사람이 어떤 마음과 행동을 하며 입느냐에 따라 달라지는 거죠."

"어떤 옷을 어떤 사람이 입느냐에 따라 달라진다? 채령 씨의 아버지가 만들어 준 옷을 입으면 모두에게 유익한 초능력이 생기고 나처럼 나쁜 마음을 가진 사람이 만들어준 옷을 입으면 모두를 해롭게 하는 초능력이 생긴다. 이렇게 하면 또 너무 상투적인가요?"

"철학은 정서가 아니고 논리에요. 논리는 문리가 아니고 사리구요. 정서가 다른 사람에 따라 다른 정서가 생기는 게 아니고 사리가 다른 옷에 따라 사리가 다른 일이 생기는 거지요. 목화를 기르는 것과 뽕과 누에를 기르는 것과 양을 기르는 것은 다르며 직접 제 손으로 기르는 것과 남의 손을 빌리거나 착취해 기르는 것 역시 다르며 무명과 명주와 양모가 각각 다른 그 다름의 이치가 빚어내는 철학은 종간주의로 열려있어야 한다는 거예요."

"종간주의요? 처음 듣는 말인데."

"철학 사전에는 없는 말이에요. 그냥 아빠가 잘 쓰는 말인데 종과 종의 관계를 중히 여기는 '다름의 주의'를 말해요."

"채령 씨의 입에서 아빠라는 말이 나올 때마다 나는 무언가에 한 대 얻어맞은 것처럼 머리가 띵해져요. 왜 그렇죠?"

"신경과민이에요. 아저씨의 십팔번, 도시인의 신경증!"

"내 십팔번이 신경쇠약이라고요? 하하하…"

부르우끼르가 자조 어린 웃음을 거두며 말했다.

"좋아요. 그럼 종간주의철학을 구체적으로 한번 적용시켜 봐요."

"아저씨는 성폭력의 원조가 무어라고 생각하세요?"

"갑자기 성폭력은 왜요? 그게 옷과 무슨 상관이라도 있어요?"

"기독교신화에 옷이 성폭력의 원조라고 나와 있잖아요. 선악과로 인해 최초의 옷인 무화과 잎으로 부끄러움을 가리는데 그게 바로 옷을 입는 훼손행위잖아요. 반대로 옷을 벗겨 부끄러움을 드러내는 행위부담이 최초의 성폭력이고요."

"아니, 다시 한 번 얘기해 봐요. 못 알아들었어요."

"아저씨가 날 성폭력 하는 일이 생겼다고 쳐요. 도저히 있을 수 없는 일이어서 그 원인을 알고 보니 아저씨가 입고 있는 옷에 성폭력의 주술이 걸려있었어요. 양모의 털가죽 옷 벗기기, 면직의 목화씨 옷 벗기기, 견직의 누에 옷 벗기기, 화학섬유의 시체기름 옷 벗기기가 동시에 한 몸에 옷 입혀져 강력한 주술력을 발휘한 거지요. 그 주술을 풀려면 화학 목화 누에 양모의 애환을 차례로 풀어야 하고요. 어때요. 재밌어요?"

"그런 판타지는 난생처음이에요. 도대체 그런 생각은 어디서 나오지요? 모든 걸 원점으로 돌려 다시 시작해야겠어요."

드디어 '옷이 몸을 입다'라는 프로젝트가 완성되었다. 모두 패션쇼의 오프닝 시간만을 기다리고 있었다. 채령과 줄리앙은 무대 뒤에서 마지막 점검을 하고 있고 관중은 객석에 앉은 부르우끼르와 끄르안느에게 관심을 집중시키고 있었다. 세계적인 영화감독이 시각을 잃고 한국에서 온 소녀의 모델데뷔 무대를 지켜보기 위해 명배우인 부인과 나란히 앉아 있는 모습이 특별해 보였다. 드디어 무대의 막이 올랐다.

이게 뭐지? 하얀 옷 벌레? 꿈이다. 하늘을 보아라. 탈바꿈할 때가 되었다. 누가 번데기에 레코드바늘을 올렸는가. 빛인가 소리인가. 소리가 날개가 되었구나. 그림자가 운다. 아이야 왜 우니? 추위가 아니다. 외로움이다. 누가 몸을 그린다 했는가. 벌레들이 모두 새가 되었구나. 하늘 아래 홀로 우는 홀소리가 아픈가 봐. 혼자서도 소리가 되니 엄마라 하자. 눈이 내린다. 색들이 모두 항복하는 밤. 짝이 필요해. 백성을 따뜻하게 하는 아름다운 꽃, 목화가 온 누리에 피었다. 땅에 울고 땅에 웃는 손과 발이 늙도록 춤을 춘다. 백발이 짝이라면 사양하겠소. 어금니를 물고 혀뿌리로 목구멍을 막는다. 눈밭에 까마귀 두 마리가 총을 맞고 떨어진다. 운명인가 천명인가. 누가 글을 입는다고 했는가. 꽃다운 처녀가 천진한 미소로 순장에 임한다. 소리가 미래여행을 떠나 낳은 오래된 자식이다. 죽은 까마귀들이 살아서 칼날로 날아오른다. 서슬 푸르른 슬기의 유혈낭자한 대물림만은 막아야 한다. 혀를 윗잇몸에 붙인다. 논밭의 눈이 녹는다. 자기도취의 불안이 도시의 신경증으로 드러난다. 고래가 떼돈을 벌려다 생물의 대왕

자리에 오른 게 아니다. 바다웅덩이에 빠져 허우적거렸을 뿐이다. 탈출이냐 해탈이냐. 누에가 뽕잎으로 신혼집을 지어 비상을 꿈꿨더니 아뿔싸 촌놈 왕 서방의 새색시가 되었구나. 어이 이 감촉, 살보다 더 살갑구나. 두 입술을 붙였다 떼며 숨을 토한다. 미리 바쁘다고 핑계부터 대지 마라. 가라 갈 테면 가라. 나중 된 자가 먼저 된 자를 내쫓고 적으로 삼는 게 지혜이더냐. 목동의 풀피리에 반해 척박한 땅에 입 맞추던 뭉게구름 신사. 전쟁이 웬 말이냐. 혀끝을 윙니 잇몸에 대고 방귀를 뀐다. 삼을 쪄서 추렸더니 가난도 그런대로 진국이다. 누가 가난을 고려장이라 했던가. 걸을 수 없어 움막에 머무는 달의 자기 결정권을 빼앗지 마라. 자궁 때문에 움막에 갇히는 별을 욕되게 하지 마라. 가리면 가릴수록 드러나는 자존이 부끄럽고 안타깝구나. 목구멍을 양껏 열어 막힘이 없다. 닿아 우는 닿소리의 기둥서방이 세상 유류를 다 모아 한이라 한다. 지하 돌그릇에 고인 생명의 진이 피를 토하듯 검게 올라와서는 빛을 토하는구나. 누가 이를 힘이라 했던가. 한이 힘이 되니 좋기도 하겠구나. 낯선 아이들아. 너희는 왜 썩지도 않으면서 울고 있느냐. 악어 고래도 소화를 못 시켜 나자빠졌으니 너희가 왕이라. 그만 물러가거라. 고갈의 그날까지 참고 견디어 날개라는 이름의 훼손부담을 억겁의 체온으로 녹여 내리라. 안녕 옷동자!

한글의 아름다운 무늬가 얼룩진 디자인의 퍼레이드가 채령의 마지막 몸의 동작 속에 머물러 막을 내리자 관중들은 모두 자리에서 일어나 기립박수를 보내며 환호의 탄성을 질렀다. 다시 무대의 막이 오르고 줄리앙과 채령이 나란히 손을 잡고 수십 명의 가면을 쓴 분신과 함께 무대 인사를 나올 때까지 관중들의 박수와 환호는 계속됐다. 부르우끼르는 일생일대의 참혹함으로 몸을 떨었다. 이 감격의 순간을 눈에 담지 못한 통한을 주체하지 못했다. 보이지 않는 세계와 보이는 세계의 경계에 절망했다. 눈물이 주체할 수 없이 흘러내렸다.

그때였다. 쇠붙이 새 한 마리가 무대로 날아들었다. 쇠붙이 새는 부르우끼르 씨를 향해 날아가더니 물고 온 약초 한 뿌리를 부르우끼르 씨의 입에 물렸다. 엉겁결에 약초를 받아먹은 부르우끼르 씨는 자기 눈을 의심했다. 눈이 밝아 무대의 채령이 모습을 드러냈고 선악에 찌든 도시인의 신경증이 말끔히 가신 듯했다. 부르우끼르 씨는 무대를 성큼성큼 걸어 나가 채령을 껴안았다. 관중석에서는 환호의 박수가 울려 퍼졌고 부르우끼르의 몸은 환희에 젖었다.

'채령아.'

"아빠!"

'잘했다. 그만하면 성공해서 엄마를 만날 수 있겠다. 내 그놈의 늙은 여우를 골탕 먹일까 하다가 너를 위해 참았다. 그놈의 눈이 밝아져서 또 무슨 짓을 할지 모르니 조심해야 한다.'

"아빠 뭐라고요? 잘 안 들려요."

문예를 부흥하려고 그린 그림이 폐허에서 더 아름다워 보이는 빈사 상태의 아이러니를 한글이라는 문자를 모티브로 백의에 담아낸 패션쇼는 아름다움이 신비의 카타르시스임을 드러나게 했다. 그러나 그 뒤안길에는 수많은 농부와 직조공 봉제공들의 한이 어려 있다는 것을 보여주고 싶었다. 야무진 소감이었다.

'딸 바보 아빠마술, 아름다움'이라고 제목을 붙인 이야기를 채령은 조금은 생소해 했다. 나는 채령이 자식을 보거나 손자를 볼 때쯤 내가 자기를 얼마나 자랑스러워했는지를 알게 될 거라고 믿었다.

5

내가 처음 그녀를 본 것은 '미즈 의상실'의 공장에서였다. 그녀는 텅 빈 공장에 혼자 앉아 책을 읽고 있었다. 개업 디스플레이에 쓸 일감을 가지고 공장에 갔을 때였다.

"다들 아직 오지 않았나요?"

그녀는 책에서 눈을 떼지 않았다.

"이거 빨리 가봉해야 하는데… 미싱사는 어딜 갔죠?"

그녀는 힐끗 나를 올려다보았다.

"아직 아무도 안 왔나요?"

그녀는 눈을 다시 책으로 가져갔다.

"내 말 안 들려요?"

그녀의 눈은 움직이지 않았다.

"이거 주인 마담 옷인데 가봉해서 급히 완성해야 하거든요."

나는 그녀 앞에 일감을 놓아두고 가게로 돌아왔다. 재단실은 가게의 가봉실 위에 있었다.

"공장에 아무도 없던데요. 아가씨 한 사람만 휑하니 앉아서 책을 보고 있길래 맡겨놓고 왔는데…"

"다들 내일쯤 돼야 나올 끼다. 남의 집에 일하고 있는 베테랑들을 빼내오는 일이 그리 쉽나. 하나라도 나왔다니까 다행이다. 기림이 뜨노라 카지.(실 표시 해 놔라 하지)"

"급한 거라고 빨리해 달라고 했는데 책만 보고 앉아 내 말은 안 듣던데요."

"공순이가 책을 본다꼬? 무슨 책 보더노? 이상한 책 아니더나?"

재단사는 광대뼈와 이빨을 한껏 드러내고 기분 좋은 하루를 시작하고 있었다. 기술자로서 최고의 대우를 받고 (그 당시 나는 그보다 많은 봉급을 받는 사람을 어디에서도 보지 못했다) 스카우트되어 와서 첫 업무를 시작한다는 게 여간 자랑스러운 게 아닌 표정이었다.

"김 선생님!"

아래쪽 가게에서 미스 현이 재단사를 불렀다. 부드럽게 상기되고 다정하게 열뜬 음성이었다. 오픈을 며칠 앞두고 첫 업무를 시작한 날이라 모두가 음색부터 달랐다. 미스 현은 가게 주인 마담인 현 여사의 동생으로 가게 창업의 실질적인 계기가 된 인물이었다. 복스럽고 잘생긴 얼굴에 자세히 보아야 알 수 있는 흠결이 아쉬움을 더해주는 후덕한 몸빛을 지니고 있었다. 대학을 나와 몇 년의 혼기를 그냥 보내다가 유복한 현 여사의 유한한 시간과 동생을 생각하는 애틋한 마음이 만나 가게를 탄생시켰다.

"이건 제 옷이고 이건 미스 진 옷인데 세세한 부분은 이따가 미스 진이 나오면 한 번 더 설명을 들으세요."

미스 진은 미스 현의 대학 동기인데 가게 탄생의 실질적인 주역으로 실무적인 모든 일을 섭외해온 인물이었다. 가게의 얼굴인 디자이너의 직함을 가지고 있었다. 그 당시만 해도 전문 디자이너가 널리 배출된 게 아니어서 대개가 학원을 나오거나 실무를 익힌 뒤에 가게를 열어 스스로 디자이너가 되는 게 보통이었다. 그러나 대개의 가게는 디자이너라는 말이 낯설어 그냥 점원이라는 말로 통했다. 직업의 분화가 되어있긴 해도 모두가 작은 규모로 긴밀하게 얽혀있어서 분화된 일들이 폭력적으로 뭉뚱그려져 있었다. 양복 일을 하는 사람은 양복쟁이, 양장 일을 하는 사람은 양장쟁이라고 불렀는데 양복 일은 디자이너가 따로 없어서 디자이너 하면 고급의상실을 떠올리는 식으로 점차 전문화로 나아가고 있었다.

"어이 미즈! 내 공장에 가 있을 테니까 그거 잘라서 공장으로 온나."

내가 열었던 가게 이름이 미즈였기 때문에 재단사는 그때부터 나를 미즈라고 불렀는데 이곳으로 옮겨 오고서도 계속 미즈라고 불렀다. 그런데 묘하게도 이곳 가게 이름도 미즈여서 나는 그 이름으로 불릴 때마다 묘한 느낌이 되곤 했다. 뭐랄까 혹시 주인 마담이 언짢아하지 않을까 하는 경계의 마음과 미스도 미시즈도 여자이름도 가게 이름도 아닌 낯섦이 회전목마를 타는 기분이었다. 지금은 미즈라는 말이 한물간 느낌이지만 그때만 해도 참신하고 신선한 신조어의 이미지를 지니고 있었다. 찌그러진 가슴을 양복으로 가린 나의 외양은 그런대로 고급의상실의 이미지에 누가 되지 않을 정도의 품은 갖추고 있었다. 그러나 회전목마의 시간이 흐를수록 별난 호칭에 재미까지 더해 공장의 심부름하는 아이까지도 나를 미즈 씨라고 불렀고 주인 마담은 물론 손님들까지도 재미있어하며 나를 미즈 씨라고 부르는 데 주저하지 않았다.

"어이 미즈! 아직 안 끝 난나?"

나는 꼼꼼하지도 않으면서 손끝이 느린 편이었다. 게다가 조금 전 공장에서의 환영이 자꾸만 눈에 어른거려 일을 더디게 했다. 자칫 천의 결을 잘못 놓고 자를 뻔했다. 고가의 천을 아차 잘못 잘랐다 하면 몇 달의 봉급으로도 물어낼 수 없는 경우를 당해야 했다. 나를 힐끗 올려다본 그녀의 눈은 모든 색과 빛을 빨아들이기에 충분한 검정빛을 띠고 있었다. 그 검정빛에는 공장 전체의 너절하고 미천한 분위기를 흡수하기에 충분한 윤기까지 머금었다. 공돌이 공순이라는 뜨거운 말들이 그녀의 차가운 공기 앞에서 맑은 물방울로 포복해 내리는 분위기에 나는 압도 되었다.

"미즈! 내려 온나. 점심 무로 가자."

나는 자른 일감을 가지고 공장으로 갔다. 그녀는 조금 전에 가지고 갔던 일감을 펴놓고 혼자서 실 표시를 하고 있었다.

"이것도 오후에 가봉이 되게 해 주이 소이."

그녀는 나를 거들떠보지도 않았다. 나는 그녀에게 점심을 먹었느냐고 물어보려다가 그만두었다. 나는 잠시 그녀 앞에 서서 그녀의 손놀림을 지켜보았다. 얼마나 많은 세월이 저런 손놀림을 가능하게 할까 싶을 정도인데도 그녀의 손은 오랜 상앗빛처럼 희고 맑았다. 내가 그녀를 바라보고 있다는 느낌에 그녀의 속눈썹이 몇 번 허공을 맴돌았다. 나는 내 느낌을 지워주려 가만히 공장을 나왔다.

오픈 날은 그야말로 온갖 웃음의 색깔들이 술렁이는 원시 부족의 축제장이었다. 누구 하나 어두운 빛을 띨 수 없도록 예정된 것처럼 보였다. 가게에는 손님들로 가득했고 그들을 모두 수용할 수 없어 인근 찻집이나 백화점으로 쇼핑하러 다녀오도록 해야 했다. 고급 맞춤복이라는 게 그냥 지나가다가 들어오는 손님이 거의 없다시피 하는 거라 신흥귀족인 '있는 사람들'이 얼마나 끼리끼리 어울려 지내는지를 짐작해 볼 수 있었다. 가게 앞에다 '여기는 있는 사람들이나 들어올 수 있는 무지무지 비싼 집'이라고 써서 붙여놓고 있는 것도 아닌데도 디스플레이 또한 별 차이가 없는 데도 없는 사람들이나 있는 사람들은 잘도 알아서들 하는 걸 보면 세상사 참 기막히고 신기하다 싶었다. 동물들이 냄새 하나로 자기 영역이나 밴드를 식별해 내듯 있는 사람들은 이미 시내에서 '비싼 집' '고급 집' '명품 집'이라는 곳은 소문에 소문으로 훤히 꿰뚫고 있어서 어디에서 어떤 가게가 생겼다 하면 모르면 바보가 되거나 있는 사람 축에 끼지 못해 '뒤처지면 죽는다.'하고 기를 쓰고 몰려다니는 게 아닌가 싶었다.

"아유, 김 여사 어서 오세요."

"이게 누구야 혜영 엄마 아니세요. 너무너무 예뻐지셨네."

"어머, 사모님 이게 웬일이세요."

이처럼 VIP 고객으로 대접받기 위해서 살아간다 해도 과언이 아닌 사람들을 위해서 마련된 장치는 철저하게 머리끝에서 발끝까지 그 어떤 기호로 보장받고 있었다. 내보다 부의 레벨이 낮은 사람이 나와 똑같은 질감의 옷을 입고 있으면 왠지 싼 값에 사기당한 느낌이 들어 다시는 그 가게에 가지 않거나 내보다 부의 레벨이 높은 사람과 같은 옷을 입고 있으면 왠지 그 옷을 맞춰 입은 가게에 신뢰가 가서 다시 찾게 되기 때문에 천을 들여오는 데부터 시작해서 디자인은 물론 바느질 하나하나에까지 신경을 쓰지 않으면 안 되었다.

개업 날 재단사와 나는 밤샘을 해야 했고 그 이후로도 재봉틀 네 대에 일감을 대주기 위해 바쁘게 움직여야 했다. 재봉틀 한 대에 미싱사와 시다, 시다 보조, 마도메 이렇게 네 사람이 묶여 있고 가게의 마담, 마담 동생, 디자이너, 꼬마 점원을 합치면 총 22명이 일사불란하게 움직이고 있었다. 가게는 저녁 7시나 8시면 문을 닫지만, 공장은 11시나 12시까지 일을 해야 했고 다음 날 아침에도 가게는 9시나 10시에 출근을 하지만 공장은 7시나 8시에 출근을 해야 했다. 가게는 일요일마다 쉬지만, 공장은 한 달에 두 번밖에 쉬지 않았다. 이처럼 직책에 따른 노동의 불공평은 고객의 레벨에 따른 계층적 차별만큼이나 심대했다.

나는 저녁 시간을 그녀와 함께하고 싶었지만 할 일도 없이 공장에서 빈둥거리기가 뭣해 일찍 공장을 나와 느린 걸음으로 집을 향했다. 요즘은 그녀도 제법 나를 미즈 씨라 부르는데 그 음색에는 묘한 무늬와 리듬이 실려 있었다. 그녀의 웃는 모습은 내가 천상의 그 무엇에 맞닿은 듯 지상의 모든 어둠을 녹여 맑은 샘으로 솟게 했다. 길을 가도 눈을 감아도 생각에 잠겨도 그녀의 웃는 얼굴은 구름 헤적이는 달처럼 나의 행복한 하늘 위에 떠올랐다. 어쩌다 재단사가 저녁이나 술을 사서 늦을 때면 일부러 공장 주위를 서성이기도 하는데 그녀 옆엔 늘 동행이 있어 멀찌감치 그림자만 밟기 일쑤였다.

그러던 어느 날 나는 그녀가 늘 같이 다니는 시다 보조와 한 집에서 자취하고 있다는 것을 우연히 알게 되었다. 바로 그녀 밑에서 시다 보조 일을 하는 성격이 활달한 앳된 소녀라는 이점을 이용해 나는 그 보조를 통해 그녀에게 쉽게 접근하는 기회를 만들어냈다. 저녁 시간 늦는 날이면 나는 이제 자연스레 그들을 집까지 바래다주었고 첫째 셋째 일요일이 공장이 쉬는 날인데 그날이면 같이 야외에 놀러 나가기도 했다.

"채령 씨는 고향이 어디예요?"

바다 갈매기는 텅 빈 하늘만 맴돌았다.

"부모님 살고 계신 곳이 어디예요?"

갈매기가 머리 위를 맴돌며 끼룩거렸다.

"갈매기의 고향은 어디일까요?"

파도가 바위에 부딪혀 물보라가 갈매기를 쫓았다.

"파도에 고향부모를 잃은 걸까요?"

파도가 밀려들어 와 두 발을 적셨다.

"부모님이 안 계신가보군요."

"안 계신 게 아니라 어디 계신지 모를 뿐이지요."

"미안해요. 난 그것도 모르고…"

"내가 아는 것은 보육원 보모가 들려주는 말이 전부에요."

채령은 바다를 바라보며 손으로 가만히 모래알을 한 줌 쥐었다. 나는 다음 말을 기다렸지만 채령은 아무 말도 하지 않았다. 언젠가는 그 보모가 들려주는 말을 내게도 해주리라고 나는 믿었다.

기술이라는 게 대부분 그렇겠지만 어느 공정의 어느 하나에라도 하자가 생기면 전체가 같이 욕을 먹고 하자 수선을 위한 온갖 까탈과 스트레스를 감내해야 한다. 그중에서도 여자 옷 만드는 일은 가히 까탈의 여왕이자 스트레스의 왕비라고 할만 했다. 양장 기술자들은 섬세하고 꼼꼼한 감각과 예민하고 날카로운 촉수가 필요했다. 어릴 때부터 그런 환경에서 잔뼈가 굵은 기술자들에게는 소위 기술자 곤조(기질)라는 게 있는데 미즈의 재단사는 그 뛰어난 기술만큼이나 무시무시한 기술자 곤조로 유명했다. 주인과 디자이너와의 관계에서는 재단사로 살아남기 위해 많이 부드러운 편이지만 공장일하는 사람과의 관계에서는 가히 신경증 환자라고 할 만큼 성질 더러운 면면을 곧잘 드러내 보이곤 했다.

손님이 맞춘 옷을 찾으러 와 입었을 때 옷이 마음에 들면 웬만한 잘못도 그냥 넘어가지만 일단 마음에 들지 않으면 없는 잘못도 찾아내어 까탈을 지기기 때문에 일차적인 잘못은 디자이너에게 있으며 디자인대로 선이 나오지 않으면 재단사나 미싱사의 잘못으로 돌아왔다. 디자인의 잘못이라는 게 너무나 모호하고 손님도 맞출 때 디자인의 선택에 관여해 승인한 것이기 때문이기도 하겠지만 손님과 디자이너의 관계는 안면 받히는 관계여서 하자가 나면 모든 책임을 재단사가 떠안는 게 보통이었다. 책임은 재단사가 진다고 하더라도 손님 앞에서 일단 하자가 나면 디자이너는 재단사에게 재단사는 공장의 미싱사나 시다에게 잘못을 미루는 제스처를 자기도 모르게 하게 되었다. 나는 디자이너가 손님에게 자기 디자인 잘못을 솔직히 시인하거나 손님이 디자이너 앞에서 디자인 잘못을 용감하게 지적하는 걸 본 일이 없다. 옷 장사라는 게 옷을 파는 게 아니라 사람을 파는 장사라는 것을 보여주는 대목이다. 까탈에 의한 스트레스는 늘 물밑으로 잠행해 아래로 흐르기 마련이었다.

세상 이치가 역류해 까탈에 의한 스트레스가 아래로 흐르지 않고 위로 흐르면 어떻게 될까? 손님은 디자이너에게 디자이너는 재단사에게 이건 내 잘못이니 좀 고쳐달라고 사정을 하고 재단사는 미싱사에게 미싱사는 시다에게 시다는 보조에게 보조는 마도메에게 잘못을 빌고 사정을 하는 현상이 발생할 것이다. 그러나 그런 현상은 절대 일어나지 않는다. 민주주의가 흐름의 아이러니를 역류하는 미아에 지나지 않듯이 허구적 이상으로서의 민주주의로 차고 올라갈 실질적 현실로서의 민주주의에는 애초에 지느러미도 없고 귀소본능도 없었다. 세상에서 가장 복잡한 구조물인 몸에 세상에서 가장 유연하고 유기적인 재질로 만상의 이미지를 찾아 옷 입히는 지고지난한 일을 하면서 그 잘못을 족집게처럼 잡아낸다는 것은 그 자체가 원죄이자 원천오류로서의 악이었다.

"어이 미즈, 오늘은 나오시(하자) 없더나? 까탈 엄마 옷 찾아가면서 아무 말 안 하더나?"

재단사는 틈만 나면 내게 가게의 동정을 살펴 물었다. 그러던 어느 날 드디어 왕 하자가 터지고 말았다.

"김 선생님! 좀 내려와 보시겠습니까?"

미스 현의 음성은 이미 손님의 어두운 얼굴에 감염이 되어 회색 톤으로 내려앉아 있었다. 재단사의 얼굴이 순간 굳는가 싶더니 표정을 애써 가다듬고는 가게로 내려갔다.

"여기 재수 엄마 옷 좀 봐주세요."

디자이너가 어두운 분위기에 상냥함을 얹어 말했다.

"여기가 왜 이리 울어요?"

재수 엄마의 퉁명스러운 불만이 재단실까지 느껴져 올라왔다.

"네, 안감하고의 밸런스가 좀 안 맞나 봅니다. 손 봐 드릴게요."

재단사는 손님에게만은 깍듯이 표준말을 사용했다.

"지금 돼요?"

"어디 좀 갔다 오실 때 없으세요? 갔다 오실 때 찾아가시게 잘 고쳐 놓을게요."

미스 현이 거들었다.

"어이 미즈, 이거 가지고 공장으로 가자."

나는 나오시(하자)난 옷을 들고 재단사와 함께 공장으로 갔다. 재단사의 얼굴은 굳은 채 사뭇 비장감마저 감돌았다. 전선에서 패잔병을 데리고 진지로 돌아오는 장군처럼 진지에 남아있는 병사들에게 어떻게 하면 이 패전의 모멸을 그럴싸하게 전복시킬 것인가를 생각하는 얼굴이었다. 재단사가 하자난 옷을 들고 공장에 들어서면 미싱사들은 그 옷이 자기 팀에서 한 것인가에 온 신경을 곤두세우는데 자기 팀에서 한 것이 아닐 때는 안도의 숨을 내쉬고 자기 것일 때는 죽었구나 하고 죽을상을 짓는데 재단사한테 야단을 먹거나 자존심 구기는 것은 그렇다 치더라도 그걸 고치려면 새것 하나 하는 시간을 잡아먹기 때문에 돈내기(단위에 따른 품삯)로 일하는 입장에서는 여간 골칫거리가 아니었다. 재단사는 이런 입장 곤란한 상황을 여하히 극복하여 빨리 잘못을 고쳐내는가에 온 능력을 집중시키지 않으면 안 되었다. 그럴 때 재단사마다 택하는 방법은 다른데 자기 잘못이 분명할 때는 슬그머니 담 넘어가듯 하고 가게 잘못이 분명할 때는 뒤에서 디자이너에게 생욕을 퍼붓고 미싱사 잘못일 때는 어느 정도의 예를 갖춘 야단으로 때우고 시다 잘못일 때는 작심을 해 본때를 보이게 되는 게 인간으로서의 보편적인 심리였다.

공장에 들어서자 재단사는 내게서 옷을 받아들더니 그녀 앞 작업대에 내동댕이치며 소리 질렀다.

"개× 같이 이걸 옷이라고 해놨나. 그거 한번 봐라. 안에 우라(안감)가 땡기(당겨) 가지고 갈보 ××처럼 쭈글쭈글 안 우는가."

순간 나는 그녀의 눈에서 저 시원의 하늘에서 번쩍이는 빛을 보았다.

"그 바디(가봉마네킹)에 한번 걸어봐라."

재단사는 다소 누그러진 어조로 분위기를 가라앉혔다.

"야, 내 말 안 들리나?"

재단사를 본체만체 그녀는 하던 일을 계속했다. 그러자 그 팀의 재봉사가 일어나서 옷을 바디에 걸었다.

"이거 봐라 이기 뭐꼬?"

재단사는 한층 더 누그러졌다.

"이거 요기서 요까지 뜯어라."

재봉사는 재단사가 바늘을 꽂아주는 대로 막내에게 뜯도록 했다.

"생긴 거는 원시(원숭이) 똥구멍처럼 생기 가지고 옷 안 이뿌다고 지랄한데이."

재단사는 사뭇 얼굴에 미소까지 흘리며 옷 주인을 향해 적의를 돌렸다. 욕이 아래로 흘렀다가 아래가 너무 무거워지자 다시 위로 솟은 것이다. 그래야만 했다. 그래야만 그나마 세상 숨통이 트였다. 답답하던 공기가 억지로나마 순환이 되었다. 그러나 그것으로 끝나지 않았다. 뜯어서 고치고 가져가 입혀 보았더니 조금 낫긴 해도 여전히 울었다.

"괜찮아졌는데요."

미스 현이 그냥 입혀 보내려는 의도의 친절을 보였다.

"그래도 울잖아요."

재수 엄마가 짜증스레 쏘아붙였다.

재단사에게 보이기 위해 불편한 옷을 입은 채 다른 손님들이 있는 자리에서 기다리고 있는 시간이야말로 지옥의 방석 위에 올라앉은 숨 막히는 시간이었다. 재단사가 헐레벌떡 공장에서 불려왔다. 재수 엄마가 다시 거울 앞에 섰다.

"김 선생님, 많이 좋아졌는데 그래도 조금 우는 거 같아요."

아무도 재수 엄마에게 이 정도는 다 우는 게 보통 아니냐고 감히 말하지 못했다. 손님의 의사나 기분이 최고의 권력이었다. 재단사는 핀으로 다시 잘못을 집어내는 시늉을 진지하게 해 보였다.

"죄송합니다. 다시 손봐 드리겠습니다."

재단사는 다시 옷을 받아들고 공장으로 갔다. 재수 엄마는 옷을 벗어놓고 언제 다시 온다는 말도 없이 싸늘하게 식은 몸으로 가게를 나갔다.

"피라미 자지 같은 년이 신랑한테 불만을 가게 와서 털어놓고 지랄이야."

공장에 들어서자 재단사는 자신의 입장 곤란함을 손님한테 뒤집어 씌우는 본능적 방어기전을 욕으로 표출했다. 그런 심리는 피차 정당한 것으로 어쩌면 그게 문제의 핵심인지도 몰랐다. 사실 여자들은 스스로에 대한 불만, 남편에 대한 불만, 자식에 대한 불만들을 사회로 순환시키기 위해 쇼핑과 치장으로 무의식의 화려한 장치를 마련하고 있었다. 재단사는 다시 돈내기에게 뜯어라하기가 미안했던지 내게 옷을 내밀며 좀 뜯으라고 했다. 나는 재단사가 지시하는 부분을 다시 뜯었다. 재단사는 어디를 손봐야 할지를 내심으로 고심하며 뜯은 옷을 바디에 걸었다. 옷의 병도 몸의 병처럼 사지의 이상이 내장이나 뇌의 순환기에서 비롯되어 전혀 엉뚱한 곳을 손봐야 할 때가 흔히 있었다. 옷의 아래쪽이 울면 위쪽을 손봐야 고쳐졌다. 재단사는 넥(목) 부분을 풀어보았다. 의사가 몸을 열어보았다가 이상을 발견하지 못하고 그대로 몸을 덮듯이 재단사도 그런 심정으로 대충 마무리를 지었다.

그날부터 재단사는 재수 엄마가 왔다 갔느냐고 틈만 나면 내게 물었다. 그런 재단사에게서도 어느 정도 그 일이 잊혀 갈 때 가게에서 재단사를 찾았다. 재수 엄마 앞에 불려 나온 재단사는 마치 죄인처럼 질린 얼굴로 심문에 응했다.

"옷이 전번보다 더 심하게 울잖아요."

"정말 그러네요. 도대체 어떻게 된 겁니까?"

"고칠 수 있겠어요?"

이번에는 가게의 모든 사람이 작심한 듯 재단사를 몰아세웠다. 재단사는 줄곧 옷만 바라보며 죽은 사람처럼 서 있었다. 그저 건성으로 다시 우는 옷에다 핀을 꽂은 뒤 재단사는 재수 엄마가 옷을 벗는 사이 재단실을 올려다보며 거칠게 말했다.

"어이, 미즈! 이 옷 갖고 공장으로 가자!"

마치 질게 빤한 전쟁에서 적진을 향해 공격 명령을 내리는 장군처럼 그는 참담한 도시의 허공을 호령하며 공장으로 향했다. 재단사는 거칠게 공장 문을 열었다. 그리고는 들고 온 옷을 죄 없는 허공을 향해 집어 던지며 발악같이 소리쳤다.

"이 개× 같은 년아."

나는 그 욕이 재수 엄마를 향한 것으로 생각했다. 그러나 재단사의 눈은 다른 곳이 아닌 그녀를 향하고 있었다.

"니가 물러 내라 이년아."

그녀의 몸이 굳었다. 굳은 몸을 그대로 둔 채 멍한 시선을 붙들고 감각조차 잃은 듯했다.

"몇 번을 고치게 만들더니 기어이 사고를 쳐 이년아. 이봐라 이년아 얼마나 아이론으로 비비댔던지 안 울던 데가 다 안 우나 이년아."

재단사는 처박혀 있던 옷을 주워들고 다시 그녀 앞에 던지며 말했다.

"어어, 옷 타요."

순간 나는 몸을 그녀에게로 날렸다. 그리고는 잽싸게 그녀가 작업하고 있던 옷 위에 올려 있는 아이론을 들어 올렸다. 아이론 스위치를 뺀 뒤 옷을 살펴보았다.

"잘한다. 이년아. 그래 다 태아 무라."

그녀는 넋을 놓은 채 그 자리에 서서 한참 동안 움직일 줄을 모르더니 이윽고 정신을 가다듬어 걸치고 있던 앞치마를 끌러 작업대 위에 올려놓았다. 그리고는 옷에 묻은 실밥을 털지도 않은 채 웃옷을 걸쳤다. 잠시 그녀는 무언가에 붙들린 듯 자기 앞에 던져져 있는 옷에 시선을 멈췄다. 순간 그녀의 눈에서 저 먼 기억의 하늘에서 번쩍이던 광기가 일었다. 그녀는 재빠르게 가위를 집어 들었다. 그리고는 작업대 위에 강간당한 여인처럼 너부러져있는 옷에 시원하게 가위질을 했다. 그리고는 자기 팀 미싱사에게 조용조용 말했다.

"이 옷 그동안 일한 내 급료로 물려주세요."

그녀의 무표정이 가방을 메고 공장을 나갈 때까지 재단사는 그 조용조용한 기운에 눌려 아무 말도 못 하다가 휑한 공장 분위기를 깨는 일성을 토했다.

“어~쪽(아주 제법인데).”

공장에서 이런 일이 있었다는 것을 꼬마 점원을 통해 알게 된 가게에서는 재수 엄마에게 다시 옷을 맞춰주기로 했다. 그리고 사고를 낸 시다에게는 그 값을 물리지 않고 다시 출근해 일하게 하라고 그 팀 미싱사에게 전했다. 그러나 그녀는 끝내 일하러 나오지 않았다. 아예 모습을 감추고 증발해 버렸다. 나는 동사무소에 주민등록을 뒤져 수소문해도 보았지만, 그녀는 끝내 감감무소식의 세월 속에 모습을 감추고 사람들의 기억 속에서 사라졌다.

나의 의식 속에서는 그녀에 대한 생각이 점점 영역을 확대해가고 있었다. 가게와 공장을 오가며 가짜와 진짜 사이의 모호한 지점을 응시한 채 그저 사람 좋음의 허울을 걸치고 애써 진실을 외면하는 초라한 자의식이 드디어 숭배의 대상을 만나 신앙처럼 간절히 혼자만의 사랑을 키워갔다. 그녀는 어디로 갔을까? 다른 곳으로 일자리를 옮겨 갔을까? 아니면 자신의 존재를 모욕의 손톱으로 할퀴고 찢어발긴 이 지긋지긋한 까탈의 세계를 벗어나 어디 다른 선경의 도원을 찾아 떠난 것일까? 아니면 끊임없는 불안과 스트레스로 자신을 괴롭혀온 운명의 여신에게 복수하기 위해 어딘가에서 서슬 푸르른 저주의 칼을 갈고 있는 것일까?

그녀는 소름 끼치도록 아름다운 비밀을 지니고 은밀한 곳에 숨어 피는 독버섯처럼 처연하게 종적을 감추었다. 그녀는 자신의 아픈 비밀을 누구에게도 털어놓지 않음으로써 그 아픔이 독이 되도록 빌고 또 빌면서 아픔을 치유하는 자기 안의 마녀처럼 보였다. 그녀의 영혼은 실오라기 같은 원한들이 감기고 감겨 실타래를 이룬 거미똥구멍이 직조해낸 세상의 포승줄이었다. 누가 그 포승줄을 받을 것인가? 세상의 모든 날개가 그 찰진 포승줄을 받고 퍼덕이리라. 오, 아름다운 거미여. 그대 포승의 자궁이여. 나는 그대의 신도로서 그 날개 접힌 훼손의 비밀을 사물화로 길게 풀어내는 철학적 작업을 시도하리라. 그리하여 세상에 낱낱이 그 비밀을 공개하여 폭로하리라.

나는 그녀의 실타래를 풀어내기 위해 내심의 고뇌 속으로 길고 긴 여행을 떠났다. 그녀를 홀로 서게 한 것은 무엇인가? 그녀를 그토록 아프게 한 까탈과 스트레스는 어디서 왔는가? 도대체 일이란 무엇인가? 우리는 왜 일을 하며 그 일 때문에 서로에게 이다지 부대껴야 하는가? 일은 어디서부터 어떻게 우리에게 주어졌는가? 인류의 조상들은 왜 일을 이토록 복잡하게 만들어 왔는가? 발달이란 무엇인가? 역사는 과연 진보하고 있는가? 갈수록 복잡해지고 아픔을 주는 역사가 진보인가? 과학적 진화는 진실인가? 생각에 생각이 꼬리를 무는 그 모든 지점에서 나는 그녀를 만났다. 원형 인간들이 사는 지점에 이르러서야 나는 생각을 멈추고 그녀를 진정으로 이해하게 되었다. 나의 터무니없는 생각들은 마침내 인간은 왜 털을 버리고 옷을 입어야 했는가를 역진화의 관점으로까지 몰고 갔다.

나는 실크의 부드러운 속살에 얼굴을 묻으며 그녀를 생각했다. 그녀는 우연히 뽕잎에서 누에를 발견한다. 그것들이 입에서 실을 자아내어 고치를 만드는 것을 보고 그대로 흉내 내본다. 번데기가 고치 속에서 신비한 날개를 만들어내는 것을 보고 자기도 언젠가는 그렇게 해보리라는 꿈을 안고 살아간다. 드디어 인공 고치를 만들 실크가 짜였다. 그것으로 그녀는 인공 고치라는 옷을 만들어 그 속으로 들어갔다. 그녀는 애벌레에서 번데기가 되었다. 머지않아 나비가 될 꿈을 꾸며 옷 속에서 그녀는 마냥 행복했다. 그러나 그러한 행복은 잠시뿐 그녀는 인공 고치를 만드는 일에 취해 밤낮없이 그 일에만 매달렸다. 옷이 그녀의 몸을 옷 속에 가두어버린다. 고치만 필요하다며 번데기는 버려진다. 번데기는 나비가 되지 못한다. 그녀의 꿈은 허공중에 흩어져 번데기로 버려졌다. 나비가 옷을 맞추러 오면 번데기는 열심히 옷을 만들어야만 했다. 정작 자신은 그 아름다운 옷을 한 번도 입어보지 못했다. 나는 그녀의 부드러운 실크 속살에 묻은 눈물을 닦아냈다.

가게는 왠지 손님이 줄어갔다. 오는 손님을 잡아서 다른 손님을 물고 오게 해도 시원찮을 텐데 오는 손님마저 놓치기 일쑤이니 어찌 손님이 줄지 않겠는가. 원인은 어디 있는 것일까? 현 마담은 손님이 없는 썰렁한 가게에 홀로 앉아 답답한 마음을 내게까지 토로했다.

"미즈 씨는 왜 가게를 하다가 그만뒀어요?"

"손님이 없어서요."

"왜 손님이 없었다고 생각하세요?"

"우선, 제가 훌륭한 디자이너가 못 돼 서지요. 훌륭한 디자이너란 손님에게 어울리는 디자인을 멋지게 창조해내는 감각도 필요하지만 우선 손님을 사로잡는 마음의 디자인이 더 중요한데 저한테는 그게 부족하더군요. 즉각적 센스로 감각과 마음을 휘어잡아야 하는데 타고난 천성인지 그게 안 되더군요. 제 센스는 좀 느려서 손님이 가고 난 뒤에 생성되는 것 같아요. 기성복은 제법 뽐낼 정도인데 맞춤복은 늘 한 박자 느려요. 클래식한 미스 진도 좀 그런 것 같아요. 디자인이란 센스교환으로 직관적 간 넘보는 거고 디자이너란 제일선에서 손님 간장 녹이는 사람이어야 하는데 그게 또 안 돼요. 뭐든 타고나야 하겠지만 그 재주는 못 타고난 것 같아요."

그 뒤 가게에선 이런 일이 있었다. 화류계 여인처럼 보이는 뛰어난 미모의 여인이 들어와 옷을 맞추었다. 그녀는 이렇다 저렇다 아무런 말도 없이 그저 디자이너에게 모든 것을 맡겼다. 무슨 옷을 주문한다는 단 한마디 '롱드레스'라는 말만 남기고 줄곧 담배만 피워 물고 있었다. 디자이너로서는 꼬치꼬치 이래 달라 저래 달라고 자기 의사를 관철하고파 하는 사람도 다루기 어렵지만 이처럼 모든 걸 맡겨버리는 사람도 진땀이 날 정도로 다루기가 어렵다. 도무지 무슨 색을 좋아하는지 어떤 기호를 가졌는지 모르기 때문이다. 그녀는 귀찮다면서 가봉도 생략하고 바로 찾으러 오겠다고 했다. 디자이너는 재단사에게 그 점을 주지시키고 꼼꼼하게 체형을 체크해 달라고 부탁했다.

그녀가 옷을 찾으러 왔다. 그녀는 탈의실의 커튼도 가리지 않은 채 그 자리에서 옷을 홀랑 벗었다. 브래지어는 물론 팬티도 입고 있지 않았다. 봄의 싱그러움을 부드러운 실크로 연출해낸 초록 드레스가 그녀의 아름다운 몸을 가리고 차랑하게 드리워졌다. 그녀는 거울 앞에서 이리저리 몸과 옷의 맵시를 비추어보더니 갑자기 신경질적으로 발작하듯이 두 손으로 앞가슴의 옷자락을 잡고 좍 소리를 내며 옷을 찢어 벗었다. 옷은 그녀의 홀랑 벗겨진 몸 아래로 허물처럼 너부러졌다. 그녀는 이렇다 저렇다 말 한마디 없이 발가벗은 채로 지갑에서 돈을 꺼내어 탁자에다 흩뿌리듯 하고는 간단히 자기 옷을 걸치고 가게를 휑하니 나가버렸다. 남자들이 그녀에게 하듯이 그녀는 가게의 여자들에게 그렇게 했다.

나는 그때 재단실에 있었는데 가게에서 좍 하고 천 찢어지는 소리가 올라오자 소름 끼치도록 후련한 그 어떤 짜임의 갈래 같은 비애를 느꼈다. 언젠가 포목점에서 천에 가위 금을 내고 좍좍 필을 자르는 소리를 듣고 실크로드에서 들려오는 그 숱한 영화의 비애를 느꼈듯이 말이다. 화려한 궁궐의 뒤안길에서 들려오는 여인들의 비명처럼 비단 찢어지는 소리는 듣는 사람이 아름답다 못해 처연한 슬픔을 자아내게 했다.

그런 일이 있은 지 얼마 지나지 않아 가게의 디자이너가 바뀌었다. 파리에서 오랫동안 디자이너 수련을 마치고 돌아온 남성 디자이너였다. 디자이너 하나가 바뀌는데도 가게는 새로 신장개업을 한 가게처럼 기대와 흥분으로 술렁거렸다. 어떤 이는 이런 일에도 약육강식의 이론을 적용해 어쩌고저쩌고하는데 디자이너 미스 진은 어쩌면 맞춤복보다 기성복에 더 잘 어울리는 디자이너인지도 몰랐다. 바로 눈앞의 손님보다 가상의 손님에게 차분히 생각하고 다듬어내는 디자인을 아마도 그녀는 잘 해낼 것이었다.

사실 기술이란 어느 수준에 오르면 실수를 하지 않는 이상 그게 그거일 수 있지만, 그 사람이 가지고 있는 기질은 그 기술의 효용성을 달리할 정도로 많은 영향을 미치는데 미스 진은 그 클래식한 성품 때문에 맞춤복 디자이너로서는 한계를 지니고 있었다. 기술이 그게 그거면 그 기술로 만든 옷도 그게 그거일 거고 그런 옷을 손님이 그렇지 않게 느끼게 하는 것은 기술 외적인 기질이나 성품이 얼마나 밝은 얼굴로 가게를 나가게 하느냐에 달려있는데 미스 진은 그게 잘 안 되었다. 손님이 옷을 입었을 때 옆에서 바라봐주는 사람의 표정 하나 말 한마디에 아름다운 정도가 달라진다는 사실을 진실로 받아들였어야 했다.

줄리앙 김. 새 디자이너로 들어온 그는 말씨 몸짓 표정 심지어 걸음걸이까지 여성으로 느껴지도록 부드러움에 이끌려 태어난 감각의 마술사였다. 공장이나 가게는 물론 손님들까지 줄리앙의 이름 앞에 그 어떤 특별한 신뢰와 사랑의 애드벌룬을 띄워 올렸다. 그가 그 환각적 이미지로 손님을 아름다움의 정점에 띄워 올려 혼을 빼놓으면 손님은 덩달아 그를 신뢰와 사랑의 정점으로 숭앙했다. 더군다나 그가 여성적인 말씨와 친화력으로 다가오는 여자이면서 동시에 남자라는 사실이 사회적인 선입견에도 불구하고 여성 고객들로 하여금 그 어떤 특별한 느낌을 제공하기에 충분했다.

미즈 씨라는 호칭에도 줄리앙 김의 그림자가 드리워졌다. 줄리앙 김은 내게 친절했으며 재단사를 노골적으로 싫어했다. 그는 본능적으로 남성의 폭력적인 권위 자체를 싫어했다. 그럴수록 나는 세심하게 재단사를 보필해야 했다.

줄리앙은 나의 잠자리가 보고 싶다고 했다. 그는 굳이 내가 얹혀사는 집에까지 따라왔다. 나는 그때 행려병원에서 알게 된 글 쓰시는 의형님 집에서 얹혀살고 있었는데 달동네 판잣집인 데다가 형님이 사고로 척추를 다쳐 누워만 계시고 형수님이 근근이 가계를 꾸려가고 계셨다. 나의 쥐꼬리만 한 봉급이 조금은 보탬이 되긴 했지만, 어린아이 셋이 딸려 있었기 때문에 사는 게 여간 어려운 게 아니었다. 줄리앙은 우리가 사는 모습을 보더니, 충격을 받은 모양이었다.

"세상에 이런 삶이…"

형수님도 형님이 다치기 전이 아닌 다친 후에 만난 사실을 알고는 그는 눈물을 글썽이며 말했다.

"세상에 이처럼 숭고한 삶이…"

이토록 그는 맑고 순수한 여성의 감성을 그대로 지니고 있었다. 내방은 형님이 거하시는 방을 통해 올라가야 하는 2층 골방이었다. 줄리앙은 이런 곳에서는 그 어떤 감정도 종교적으로 될 수밖에 없다는 한층 각성한 얼굴을 하고 돌아갔다.

그 뒤 줄리앙은 나를 자기 집으로 초대했다. 그는 혼자 아파트에서 살고 있었는데 넓은 집에 너무 아무것도 없어서 우선 나는 놀랐다. 커튼조차 없이 장식이라고는 여러 가지 무늬의 천들을 길게 늘여서 벽과 벽을 이어놓은 게 전부였다.

"이건 커튼도 아니고 뭐에요?"

"사각 건물의 남성성에 여성성을 한번 걸쳐봤어요. 어때요? 괜찮아요?"

"좋은데요. 실용도 장식도 아닌 두 가지가 모두 합쳐져서 마치 타잔이 나무와 나무 사이를 이동하기 위해 늘어뜨려 놓은 덩굴식물 같아요."

"역시 미즈 씨는 보는 눈이 달라요. 감각을 화해시키고 통합시키는 능력이 뛰어나요. 이걸 보고 그런 표현을 하는 사람은 한 사람도 없었어요. 아마 앞으로도 영원히 없을 거예요."

"과찬의 말씀을. 그런데 이게 뭐예요? 무슨 원형경기장의 모형 같은데요. 사람들이 지금 원형경기장에서 무엇을 하고 있죠? 무슨 경기를 하는 것 같은데 무슨 경기죠?"

"알아 맞춰보세요."

"글쎄요. 여러 사람인 거로 봐서 구기여야 하는데 아무것도 없잖아요. 자세들은 아주 갖가지에요."

"방금 자세라고 했어요?"

"왜요?"

"놀라워요. 핵심이 되는 말을 집어내시니."

"자세가 핵심이 된다고요? 더더욱 모를 말씀을 하시는군요."

"자, 이리 와서 차부터 드세요."

"어쩌면 저렇게 작고 정교하게 만들 수가 있지요?"

"어릴 때부터 그랬어요. 여자 아이들보다 더 섬세한 놀이를 즐기곤 했어요. 그런데 미즈 씨는 그런 나를 왜 이상하게 보지 않으세요? 나는 남들이 나를 쳐다보는 눈빛만 보면 알아요. '아, 저 사람이 나를 그렇게 보나보다' 하고요. 그런데 미즈 씨만은 달랐어요. 전혀 그런 눈빛이 아니었어요. 오히려 제가 그런 사실을 인식시키고 싶어 할 정도로요. 그래서 난 생각했죠. 아마도 미즈 씨는 최소한 그걸 나쁜 것으로 생각하지 않는 모양이구나 하고요."

줄리앙 김은 와인을 한잔하자며 분위기를 바꾸었다.

"난 미즈 씨가 그 점에 대해서 어떻게 생각하는지 궁금해요."

나는 와인을 한잔 들이키며 내 생각을 말했다. 그냥 간단히 말해서 될 문제가 아닌 것 같아서 제법 긴 사설을 달아 그가 나를 오해하지 않도록 하고 싶었다.

"솔직히 얘기할게요. 나는 처음 줄리앙 씨를 보고 많은 것을 생각했어요. 아, 삶의 지평은 저토록 넓은 모양이구나 하고요. 그래서 혼자 끙끙거리며 생각했어요. 줄리앙 씨를 제대로 이해하려면 어떻게 해야 하느냐를 요. 그래서 사유의 깊은 곳으로까지 여행을 떠나보기로 했지요."

동성애는 자연스러운 감정인가? 아니면 문화적인 감정인가? 이는 우리의 일상의 감정 중 자연스러운 부분과 문화적인 부분을 나누는 문제와 맞물려 있다. 우리는 가장 쉬울 것 같은 이성애도 자연스러운 부분과 문화화한 부분을 나누기가 쉽지 않음을 안다. 하물며 동성애에 있어서이랴.

의상실에서 일하는 동성애자. 일과 동성애는 무슨 연관이 있는 것일까? 있다면 동성애는 생존 과정에서 생기는 자연스러운 것이 아닌가? 그런데 왜 동성애자들은 자신이 동성애자임을 드러내 놓지 못하고 풍문 속에서만 살고 있는가? 남자의 언행이 지나치게 여성적이라는 이유만으로도 질시와 오해를 받아야만 하는가? 패션디자이너라는 직업 자체가 여자들만을 상대로 하는 직업이고 인위적인 아름다움을 추구하는 직업이어서 변성은 자연스러운 추이이고 심하면 욕구 되는 게 아닌가? 그런 환경이 계속되면 그게 유전적으로 축적되어 태생적으로 나타나는 게 아닌가?

아름다운 사람을 보면 그 사람이 여자이든 남자이든 보는 사람이 여자이든 남자이든 상관없이 아름답다. 여기에 동성애의 포인트가 있는 게 아닌가 한다. 여자가 아름다운 여자를 보고 아름답다고 느끼는 감정이나 남자가 아름다운 남자를 보고 아름답게 느끼는 감정은 아주 자연스럽다.

이러한 감정이 성적이냐는 별로 중요하지 않다. 그때그때의 분위기에 따라 달라질 수 있기에 자연적인지 문화적인지로 나누어진다. 지나치게 성적으로 흘러버리면 동성애 문화로 오해받기에 이르고 지나치게 정신적으로 멈춰버리면 성스러운 형제 자매애나 자연스러운 동료애로 미화되기에 이른다. 따라서 한 감정을 두고 자연적이냐 문화적이냐를 나누는 것은 거의 불가능하다고 느껴진다.

그렇다면 사람이 아닌 동물에게서 이를 확인해 보는 방법밖에 없다. 동물학자의 연구 결과가 있는지 없는지에 대해서는 나는 모른다. 그러나 연구 이전의 유추만으로 짐작해 보는 것도 유용하다.

동물들의 유전과정에서 소수 변이나 돌연변이에 해당하는 불임 부정이나 중성이라는 게 있기 마련이고 그들에게도 어떤 성적 욕구가 존재하는 게 사실이다. 진화가 돌연변이에 의한 것이라면 그들은 결코 이상이나 불구로 따돌려지는 존재가 아니라 그냥 소수 변이의 존재일 뿐이며 그러한 존재로 인정되어야 한다. 동물들의 소수 변이는 어쩌면 다수 변이의 과다번식을 막는 유전시스템의 내재욕구가 아닌가 하는 생각까지 든다.

인간들의 동성애 역시 집단 무의식의 자연적인 결과이거나 문화적인 과정일 수도 있지 않을까 싶다. 무성생식이나 단성생식이라는 것도 있듯이 진화의 유전적 내재일 수도 있겠으나 설명할 수 없는 것들은 모두 전생이나 진화로 설명하려 한 느낌을 줄 수도 있으니 그만두자.

암컷의 발정기가 되면 박이 터지라 싸우는 숫염소들도 발정하지 않거나 수컷들끼리만 있으면 잘들 어울려 무리 짓는다. 인간들도 마찬가지로 동성만이 있는 집단이거나 이성 간의 다각적 경쟁 관계에서는 경쟁 회피나 혐오 내지 낙오되는 무리가 있기 마련인데 그러한 심리적 탈 스트레스 욕구가 동성애로 진전될 가능성 또한 배제할 수 없다. 무리 간의 경쟁에서 양성의 균형이 깨어지면 동성애는 외로움을 달래는 좋은 방편이 될 수도 있다. 문화적 강박을 받지 않는 자연 상태에서 그런 경향은 더욱 두드러질 것으로 생각된다.

문화적 강박감이 없는 상태에서는 수음보다 수간이 수간보다 동성애가 더 자연스러울 수가 있다. 자애, 수애, 동성애, 이성애는 똑같이 지나치게 육체적일 수도 지나치게 정신적일 수도 있다. 파괴적인 욕구를 수음으로 해소한다든가 동물 사랑이나 동성애로 존재감을 위로받는 것은 정신적인 고귀한 행위로 보아도 무방하다.

동성애는 어쩌면 이성애와 동물 사랑의 중간쯤에 놓이는 생물학적 존재감을 위로받는 자연 사랑의 순수한 발로가 아닌가 한다. 정상과 비정상의 이분법으로 자연 사랑을 경직되게 하는 것보다는 훨씬 생태적인 발상이 아닐까? 동성애자가 생태적인가 문화적인가의 문제는 별개로 하더라도 동성애가 영원한 표류자일 수만은 없지 않은가.

내가 얘기를 하는 도중 줄리앙은 고개를 숙였다가 고개를 돌리고 숙였다가 돌리곤 하며 연신 손수건을 눈으로 가져갔다. 얘기를 마치고 나는 줄리앙에게 와인을 권하며 말했다.

"미안해요. 잘 알지도 못하면서 아는 체를 했군요. 난 줄리앙 씨에 대해 많은 것을 알고 싶어요. 아, 아까 그 얘기 좀 해 주세요. 자세 얘기요."

"전 왜 이리 눈물이 많은지 모르겠어요. 걸핏하면 눈물이 나요. 미즈 씨에게 너무 감동했나 봐요. 나는 여태 제게 그토록 깊은 속내를 보여준 분을 보지 못했어요. 제 삶의 지평이 무한히 넓어진 느낌이에요. 이 엄청난 선물을 어떻게 무엇으로 갚아야 할지…"

"그랬다니 다행이군요. 전 무척 조심스러웠는데… 저 원형경기장 모형에 대한 설명은 안 해줄 참인가요?"

줄리앙은 그제야 자리를 그쪽으로 옮겨갔다.

"이 원형모형 속의 사람들이 하는 경기는 자세 경기에요."

"자세 경기? 처음 듣는 경기 이름인데요. 어느 나라에서 주로 하는 경기죠?"

줄리앙은 쾌활하게 웃었다.

"어느 나라에서 하는 경기냐고요? 지금 이 안에서만 하는 경기에요. 제가 만든 창작 조형물이니까요."

"정말 이걸 손수 만들었다니 믿기지 않아요. 어디 손 좀 봐요. 이 정교한 걸 만드는 손은 도대체 어떤 손인지 좀 보게요. 마치 사람들이 개미처럼 움직이고 있는 것 같아요. 하나하나의 자세가 모두 다르게요."

"그러니까 자세 경기죠. 사람들이 저마다 자기 몸짓을 자랑하는 경기지요. 한 개인을 자세히 관찰해보면 그 개인을 대표하는 자세가 있어요. 시야를 좀 더 넓혀서 보면 그 자세는 어느 한 기질이나 유형을 대표하고요. 자세라는 게 사물을 대할 때 가지는 마음가짐이나 태도잖아요. 그것이 곧 자연의 질서를 다스리고요. 그러한 자세에는 흑인종과 황인종과 백인종의 구분도 없으며 남자와 여자의 구분도 없어요. 다만 인간으로서의 바른 마음가짐과 태도만이 있지요. 인간으로의 맵시 그것은 여자에 버금가는 말하자면 여자도 남자도 아닌 여자와 남자 사이의 아름다운 풍모를 이루는 형세나 자세를 말하지요."

"그 자세들이 아름다움의 경연을 벌인다는 건가요?"

"경연이라기보다 자세 하나하나들이 진지한 자아를 실현하고 있다고나 할까요? 석가는 석가를 대표하는 자세가 있고 예수는 예수를 대표하는 자세가 있듯이 모두 자기 자세를 갖지요."

"그렇다면 여기에 석가도 있고 예수도 있나요?"

"그렇진 않아요. 남녀의 구별이 없듯이 개인의 구분도 없어요. 다만 그런 유형이 있을 뿐이지요."

"그렇다면 경기는 어떻게 하나요?"

"내가 경기를 만들고 그 경기의 선수이자 심판이 되지요. 나는 이따금 선수들을 교체하지요. 선수교체가 바로 경기이며 선수교체의 동기와 이유가 경기의 규칙이 되고 재미가 되어 절 즐겁게 해 주지요."

"주로 어떨 때 선수를 교체하나요?"

"미즈 씨 같은 분을 만났을 때요. 살면서 아주 특별한 자세를 가진 사람을 만나면 그 자세가 지금 뛰고 있는 선수와 같은 유형의 자세인가를 판단하고 그 자세가 아닌 자세거나 그 자세보다 더 훌륭하게 대표성을 갖는다 싶을 때 새로 선수를 투입하거나 교체하지요."

"너무 훌륭해요. 지금까지 나는 이처럼 독특한 예술을 본 적이 없어요. 사람들이 칭송해 마지않는 비디오아트를 허깨비예술이라 비판했는데 이제 알았어요. 그것이 왜 허깨비인지를요. 바로 그런 치기 어린 자세만 있고 이런 자세들의 진지한 게임이 없었군요. 비디오를 화랑으로 들이는 건 예술이고 빛을 방으로 들이는 전등의 발명이나 빛을 사진과 함께 방으로 움직여 들이는 활동사진의 발명은 왜 예술이 되지 못하고 기술로 주저앉아 비디오아트의 성공을 지켜보아야 하는지 평소 궁금했는데 인간의 모든 행위가 예술이라는 사실을 이 자세 경기가 잘 보여주는군요. 온통 세상을 떠들썩하게 시선을 모으고는 옷이나 벗는 치기 어린 행위예술에 비하면 너무 은밀하고 조용해서 마치 은자의 신선 놀이와도 같아요. 정말이지 너무나 훌륭해요."

나는 진심으로 그에게 감탄의 칭송을 아끼지 않았다.

"칭송은 감사하지만, 인간의 자세는 누군가의 체온이 가꾸어 주지 않으면 아무리 훌륭해도 흉물처럼 보여요. 왜 그런지 모르겠어요. 극중 인물도 연기자의 명연기가 있어야 존재감이 살아나듯이 옷 짓는 일을 하면서도 옷과 몸이 서로의 욕이 되고 흉이 되는 느낌을 지울 수가 없어요. 미즈 씨는 그런 걸 못 느꼈나요. 왜 그런지 좀 가르쳐 줘요."

"글쎄요. 이 경우와 같은지 모르지만 아무것도 걸치지 않은 원시 부족의 몸을 TV에서 주요 부위를 모자이크해 내보내는 것을 보고는 심한 모욕을 느낀 적이 있어요. 숲이 몸을 아름답게 감싸주는 건데 숲을 지워버렸으니 오욕만 남는 거지요. 그렇지만 옷과 몸이 욕이 되고 흉이 된다는 얘기는 충격적이네요. 그게 사실이라면 우리의 감각은 사물의 훼손에 대해 본능적으로 부담을 느끼는 게 아닐까요. 그래서 까탈도 부리는 거고요."

"방금 뭐라고 하셨나요? 훼손을 몸이 알고 부담으로 느껴요? 우리 몸이 자연에 익숙하거나 서툴러서가 아니고요? 느낌이 완전히 다르네요. 미감의 역전이네요. 하긴 인간의 조형물은 풀이 무성하면 흉물이 되고 옷도 생명이 왕성하면 추리해지긴 하죠. 몸짱의 노출욕이나 팔등신의 벗은 몸 비율이 바삭 마른 모델을 선호하게 되니까요. 역시 미즈 씨는 달라요."

"저 역시 옷 짓는 일을 하면서 옷에 밀려나는 몸이 안타까울 때가 있어요. 디자이너가 디자인한 옷이 유행될 때 뿌듯하시지요. 그러나 그 유행이란 게 뭐죠? 기존의 디자인을 밀어내는 거잖아요. 유행에

뒤쳐진 옷들은 쓰레기로 버려지고요. 가난한 사람들은 늘 뒤쳐져서 주워만 입지요. 개천에선 용 안 나오고 쓰레기에선 명품 안 나오죠. 패션 신분사회지요."

"가난한 사람들이 몸의 노동으로 밀려나는 것도 문제지만 그들이 신분을 나타내는 값비싼 메이커를 구매하는 걸 보면 너무 슬퍼요."

"디자인이 곧 돈이니까요. 흔히 패션이 디자인을 합성한다고 생각하기 쉬운데 그건 탄소동화작용이 탄수화물을 합성한다고 하는 것과 같아요. 생물계 전체가 그로부터 생성되잖아요. 생산 자체지요. 탄수화물이 생산 자체라면 디자인은 생물 자체가 되고요. 생물을 디자인한다는 각성이 필요해요."

"생물을 디자인하다니 처음 들어보는데요. 생태적 디자인을 의미하는 건가요? 하긴 모든 재질이 생물의 잔해니까 생물 전체를 관장하는 거네요. 디자인에 그걸 어떻게 적용하지요? 난감한데요. 함부로 하지 말고 난감한 자세로 임하라는 거로 이해해도 될까요?"

"소박한 디자인을 강조한 건데 내가 너무 황당했나요? 자자, 그런 얘기 그만하고 당신의 예술을 위해 브라보!"

"나의 작품을 이해하는 유일한 당신을 위하여 브라보!"

그의 행복해하는 모습을 보고 나는 점점 난처한 생각 속으로 빠져들었다. 그 행복을 감당하기에는 나는 너무나 먼 곳에서 그를 바라보고 있다는 자책을 숨길 수가 없었다. 밤이 깊어가자 그는 나를 자기 침대에서 자게 했다. 그리고 자기는 거실 소파에서 자겠다고 하면서 잠시 침대에 걸터앉았다. 그는 아무 말도 하지 않았다. 그냥 그렇게 한참 앉아 있더니 나를 바라보지도 않고 가만히 내 손에 자기 손을 얹었다. 나는 그대로 굳은 채로 어색한 시간만을 느꼈다. 갑자기 그가 내 손을 힘껏 쥐었다 놓더니 참을 수 없는 울먹임으로 방을 박차고 나갔다.

"아."

나는 가늘게 한숨을 토했다. 이 일을 어찌한단 말인가? 저 외로움을 어찌한단 말인가? 아득히 먼 곳으로부터 표류해온 저 아픔을 어찌한단 말인가? 눈앞에 수 없이 널려있는 이성을 보고도 이성이라 할 수 없는 저 아린 슬픔을 어찌한단 말인가? 아프도록 슬픈 외로움을 저렇게 버려두고 어떻게 잠을 이룬단 말인가?

줄리앙과의 유대가 사랑과 우정을 넘어 인간적인 깊이로까지 무르익어 갈 무렵 고급 맞춤복거리에는 혜성같이 나타난 고객에 대한 입소문이 자자했다. 모 재벌의 내연녀로 VIP 고객의 명단에 새로이 등장해서 사람들의 호기심을 심심찮게 자극하는 모양이었다. 그녀는 절대 자신의 모습을 가게에 나타내지 않고 집에 앉아서 디자이너와 재단사를 불러 옷을 맞추고 가봉을 하고 배달을 하게 한다는 거였다. 앉은 자리에서 한두 벌 맞추는 것도 아니고 네댓 벌씩 마음에 들면 열 벌씩도 맞추기 때문에 그것만으로도 그녀는 사람들의 입소문에 오르기에 충분했다. 그리고 그녀는 절대 옷을 고치는 법이 없으며 마음에 들지 않는 옷은 모아놨다가 자선단체에 기증한다는 거였다. 자선단체에서는 그녀의 옷만 따로 특별세일을 연다고 했다.

그러나 그 소문이 나돈 지가 꽤 오래됐는데도 이상하게 미즈에선 그 사실을 모르고 있었다. 현 마담이 그 사실을 뒤늦게 알고 자존심 상해하고 있을 때 가게로 전화가 걸려왔다. 디자이너와 재단사 보조를 보내 달라는 거였다. 절대 재단사가 아닌 재단사 보조라고 몇 번이나 강조했다고 한다. 마담은 재단사에게는 절대 비밀로 하고 줄리앙과 나를 은밀히 그녀에게 보냈다.

어리어리한 저택에 들어서자 줄리앙과 나는 각각 다른 방으로 안내되었다. 얼마나 기다렸을까 내가 궁금해 하자 지금 다른 방에서 디자인을 정하는 중이니 조금만 더 기다리라고 했다. 잠시 후 방문이 열리고 짙은 화장을 한 젊은 여인이 나타났다. 나는 오랜만에 여자 몸의 치수를 재보는 거라 약간 떨리는 손으로 간단히 마쳤다.

"언제까지 그 일만 하고 있을 거예요?"

나는 뜻밖의 질문에 당황했다.

"무슨 말씀이신지?"

"아, 아니에요. 가보세요."

나는 거실에서 기다리고 있는 줄리앙과 함께 그 저택을 나왔다.

"혹시 미즈 씨 아시는 분 아니에요?"

"누가요?"

"누구긴 누구예요 방금 옷 맞춘 그분이지요."

"아니요 전혀 모르는 분인데요."

"이상한데요. 우리를 부를 때도 재단사 보조를 보내 달라고 했고 또 방금 나한테도 재단사 보조가 일을 잘하느냐고 묻던데요."

"화장을 짙게 해서 그런지 전혀 모르는 얼굴이던데요."

"화장했다고요?"

"네, 화장을 아주 짙게 해서 무슨 화장을 집에서 이렇게 짙게 하나 하고 생각했지요."

"분명히 다른 사람은 아닐 테고… 그래요 틀림없어요. 미즈 씨를 잘 아는 분이 미즈 씨에게 자신을 숨기려고 따로 미즈 씨를 만날 때만 짙게 화장을 한 거예요. 디자인을 정할 때는 화장을 짙게 하면 디자인이 화장에 영향을 받기 때문에 되도록 엷게 하는 게 좋거든요. 잘 생각해 보세요. 이건 보통 일이 아니에요."

"그래요. 맞아요. 그녀예요. 그녀가 틀림없어요. 그러나 그럴 리 없어요. 지금이 어느 땐데 하루아침에 왕비가 돼요? 그녀는 바로 얼마 전만 해도…"

"미즈 씨. 이 시대야말로 자고 일어나면 왕이 되고 왕비가 되는 시대에요. 보세요. 하루아침에 대통령도 되잖아요."

나는 흥분했다. 그녀가 마침내 품은 독을 내뱉고 있다. 이 일을 어찌하면 좋은가? 가슴속으로부터 깊고 아득한 슬픔이 밀려왔다. 원수를 갚겠다고 자기가 원수가 되다니. 원한을 갚겠다고 자기에게 원한을 뒤집어씌우다니. 까탈이나 스트레스에서 해방되려고 그보다 더 큰 억압과 번민의 세계로 들어가다니. 이 일을 어찌하면 좋단 말인가? 그녀의 옷을 자르고 공장으로 가져갈 때도 나의 몸은 가볍게 떨고 있었다. 재단사가 이 사실을 알면 공장 사람들이 이 사실을 알면 어떤 마음이 될까? 나처럼 슬퍼할까? 아니면 부러워할까? 자존심 상해 할까? 세상이 하루아침에 달라지리라고 기대하다니. 세상을 하루아침에 바꿔보려는 야심을 품다니. 팔자를 하루아침에 고치려는 마음을 먹다니. 이 일을 어찌하면 좋단 말인가? 다행히 공장 사람들은 채 사모님이라는 디자인 전표 이름을 알아보지 못했다.

그녀로 인해 나는 가게에서 하루아침에 기대주로 떠올랐다. 고급 맞춤복의 최고 고객을 알고 있는 사람이라는 사실 하나 만으로 나는 사람들의 기대와 부러움을 샀다. 사람들의 궁금증은 하늘처럼 부풀어 올랐다. 그러나 나는 아무 말도 할 수 없었다. 가봉 날이 다가왔다. 이번에도 어김없이 재단사가 아닌 재단사 보조를 보내라는 전화가 걸려왔다. 나는 가게 주인에게 자신 없다는 핑계로 재단사를 보내 줄 것을 권고했다.

"그 여자는 절대 옷을 고치지 않는데요. 염려하지 말고 다녀와요. 이럴 때 실기를 안 해보고 언제 해봐요. 아마 그분도 미즈 씨 실습 시키려고 일부러 미즈 씨를 부르는 걸 거예요. 빨리 다녀오세요."

나는 솔직히 가고 싶지 않다고 말했다.

"누구 망하는 거 보려고 그래요? 왜 그래요? 그 여자와 도대체 어떤 관계이기에 그래요? 그러지 말고 빨리 다녀와요."

나는 하는 수 없이 줄리앙과 함께 그녀 집으로 갔다. 왠지 떨리고 흥분되어 그녀 앞에서 무슨 일을 저지를 것만 같았다. 이번에는 그녀가 직접 거실에서 우리를 맞았다. 화장도 치장도 하지 않은 수수한 차림이었다. 그녀는 애써 친절을 보였고 손님 대접의 예로 분위기를 선도했다. 간단히 차를 권하고 마실 때까지 나는 그녀와 시선을 마주치는 걸 피했다. 줄리앙이 그녀에게 많은 말을 시켰고 모든 일이 줄리앙과 그녀 사이에서만 오갔다. 나는 그저 옆에서 불안한 시선을 감추기에 급급했는데 그녀가 그걸 즐긴다는 느낌까지 들어 괜히 언짢았다.

그녀는 방에서 가봉할 옷을 갈아입고 나왔다. 그녀의 몸 냄새가 가까이 다가왔다. 그녀의 눈이 거울을 바라보았다. 나는 그 앞으로 바싹 다가가 그녀 시선을 가리고 섰다. 손으로 가리고 있는 앞가슴 깃에 핀을 꽂아 여몄다. 그녀의 가슴 계곡 깊은 곳에서 이상한 바람이 불었다. 신비하면서도 약간은 눅눅한 울울한 바람이었다. 그 바람이 나의 심장판막을 훽 건드리고 지나갔다. 빌어먹을 나의 몸은 바보같이 왜 그렇게 떨리는지 줄리앙이 이를 눈치 채고 내 곁에 바싹 붙어 색깔이 너무 잘 어울린다며 호들갑을 떨었다. 그러기를 여러 차례 내 몸은 어느새 떨림조차 잃고 질펀하게 곤죽이 되어있었다.

가봉을 마치자 그녀가 손수 따끈한 커피를 끓여 내왔다.

"채령 씨라고 그러셨죠? 채령 씨의 눈빛은 지금까지 제가 보아온 그 어떤 여성의 눈빛보다 검은 것 같아요. 그 검은 빛이 너무나 탈

듯이 검기 때문에 왠지 두려움까지 느껴져요. 혹시 그 불에 데어서 타버릴까 봐서요."

시선을 줄곧 그녀에게서 떼지 않던 줄리앙이 커피를 마시며 말했다.

"칭찬이에요 아니면 비난이에요? 저 자신은 남을 태우기는커녕 저 자신을 태울까 봐 걱정인걸요."

그녀와 줄리앙이 얘기를 하는 동안에 나는 은밀히 그녀를 훔쳐보았다. 그리고 내밀히 그녀에게 속삭였다.

"제발 채령 씨 그러지를 말아요. 그렇게 자신을 태워 어쩌자는 거예요. 그래서 자신에게 얻는 게 뭐에요? 과거에 대한 복수, 불행에 대한 저주, 그런다고 그것들이 없어지나요? 당신을 누르고 있는 이 무거운 공기를 어서 빨리 벗어버려요. 먹구름을 벗어나면 햇살이 보여요. 맑은 시냇물 소리가 들리는 들판을 달려요. 돌부리에 걸려 넘어져 보아요. 꽃들의 향기에 입맞춤해요. 첨벙첨벙 논물 춤을 춰요. 길쌈을 매어 봄에 짠 무명으로 봄옷을 지어 입어요. 제발 부끄러움과 두려움의 그늘에서 벗어나요 채령 씨."

나의 간절한 시선에 얼핏 그녀의 눈길이 와 닿았다.

"제발 채령 씨."

나는 자리에서 말없이 일어났다.

"옷이 언제쯤 완성될까요?"

그녀가 내게 물었다. 내가 머뭇거리자 줄리앙이 대답했다.

"급하지 않으시면 여유를 좀 주세요. 되도록 열심을 내어 완성되면 연락드릴게요."

"그리고 참, 옷을 가지고 오실 때는 손볼 때가 있을지 모르니까 수고스럽지만, 가봉을 하신 분이 직접 가지고 오셨으면 해요."

"이 디자이너도 손님께서 완성된 옷을 입으신 아름다운 모습을 확인할 권리가 있는데요."

"바쁘실 것 같아서…"

"여러 가지로 배려해 주셔서 감사합니다. 옷이 예쁘면 다시 불러 주세요."

돌아오면서 줄리앙이 말했다.

"너무 아름다워요. 그리고 두 분이 너무 잘 어울려요. 그런데 미즈 씨는 왜 그리 어두워요? 사랑은 초월이라는 거 몰라요? 너무 심각하지 말아요. 가볍게 초월해요. 그러지 않으면 사랑은…"

줄리앙은 말을 잇지 못했다.

"그녀가 날 위해 그러는 게 아니에요. 누군가를 엿 먹이려는 거예요."

"무슨 말이에요? 제게 좀 자세한 사연을 말해줄 수 없어요?"

"지금으로서는…"

"슬픈 일이군요. 진실이 가려져 있으니…"

"가봉한 옷 말인데요? 디자인대로 선이 잘 나왔던가요?"

"왜요? 무슨 이상이 있었어요?"

"조금은 이상해요. 품이 대체로 컸을 뿐 아니라 이상체형이 아닌데도…"

"그래요. 품이 좀 큰 것 같았어요. 치수를 김 선생님이 직접 잰 게 아니어서 여유를 좀 많이 줬나 했어요."

"제가 괜한 의심을 하나 봐요."

"아니에요. 그러고 보니 좀 이상해요. 이건 보통 일이 아닌데요. 김 선생님이 미즈 씨를 질투하는 거 알아요?"

"……"

"사람들이 미즈 씨에 대해 갖는 인간미와 김 선생님에 대해 갖는 인간미의 차이에 대한 심한 질투심 같은 걸 느끼는 것 같아요. 질투심이 해코지로 바뀌어서는 안 되는데…"

나는 망연히 허공을 응시했다. 지난 일들이 나쁜 유추로 거슬러 올려졌다. 김 선생님이 그녀에게 심하게 군것도 다 나 때문이란 말인가? 지금 그녀는 또 김 선생님에게… 김 선생님은 또 내게… 나는 참담히 고개를 저으며 생각을 떨쳤다.

불안한 날이 계속되었다. 마담은 내가 직접 가봉 수정을 하도록 했지만 나는 감히 그렇게 할 수 없었다. 그리고 김 선생님께 앞으로 채 사모님의 옷은 모두 미즈 씨에게 맡기라고 지시했다. 불안은 더욱 그 형체를 알 수 없도록 깊어졌다.

내가 완성된 옷을 가지고 그녀 집을 방문했을 때 그녀 집에는 삼엄한 경비와 함께 그녀의 남자가 와 있었다. 그는 육십 대 초입의

중후한 모습으로 나를 맞았다. 그녀는 그 곁에 조용히 서 있었다.

"어서 오세요. 이리와 앉으세요. 당신은 차라도 한잔 내오지 그래. 나는 저이가 맞춘 옷을 가져와 입을 때 옆에서 지켜보는 게 취미지요. 바쁜 시간을 내어 일부러 같이하려고 애를 쓰는 편이지요. 어디 봐요. 어유, 색깔이 곱네요."

그녀가 차를 내왔다.

"어서 드세요. 당신은 어서 옷부터 입어 봐요. 이번 옷을 디자인한 사람은 프랑스에서 공부한 사람이라면서요? 어디 봅시다. 이건 투피스고 이건 블라우스 응 이 원피스부터 입어 봐요."

그녀가 원피스를 들고 방으로 들어갔다.

"어때요. 기술자 생활이라는 게 무척이나 고달프죠? 나도 옛날에는 그와 비슷한 생활을 해 봤지요. 그래서 그 어려움을 누구보다도 잘 알아요. 저 사람이 그 생활을 한 얘기를 듣고는 가슴이 아팠어요. 그래서 나의 어려웠던 때를 대신 보상하는 심리로 저 사람에게 권했지요. 마음껏 한번 옷을 맞춰 입어보라고요."

그녀가 옷을 입고 방에서 나왔다. 마치 패션쇼의 모델처럼 걸어 나와 그이 앞에 다가와 섰다.

"어디 봅시다. 좋아요. 아주 좋아요. 느낌이 달라요. 이국적이에요. 특히 그 색깔이 당신 분위기와 매치가 잘 돼요. 어서 다른 옷도 입어 봐요."

나는 내심으로 안도의 숨을 내쉬었다. 첫 번째 관문은 무사히 통과한 것이다.

"여자 옷 만드는 일이라는 게 무척 피곤하죠? 여자라는 동물 자체가 남자보다 좀 복잡하니까요. 안 그래요?"

그녀가 블라우스와 투피스를 입고 나왔을 때 나는 그녀의 표정에서 사고가 났음을 직감했다.

"당신 표정이 몹시 못마땅한 표정인데 어디 봐요?"

"이 옷 패턴터치(가봉수정)를 누가했죠?"

나는 아무 말도 못 하고 몸이 굳고 말았다.

"패턴(옷본)은 누가 떴어요?"

이 일을 어찌하면 좋단 말인가?

"당신이 뜨지 않았지요? 그자의 짓이지요?"

나는 죄인처럼 고개를 숙이고 숨죽였다.

"당신답지 않게 왜 그래요? 평소에는 당신이 나서서 기술자 실수는 그 앞에서 꼬집는 게 아니라고 하던 사람이… 어서 벗어놓고 다른 옷이나 입어 봐요."

"꼭 남의 옷을 입은 것 같잖아요. 일류 옷이 이런 경우는 없거든요."

그녀가 다시 다른 옷을 입어보기 위해 방으로 들어가려 하자 나는 자리에서 벌떡 일어나며 말했다.

"잠깐만요. 잘못된 옷은 손봐 드려야죠."

"아, 괜찮아요. 그러지 않아도 돼요. 당신 혼자의 잘못이 아니잖아요.”

굳이 마다하고 다시 방으로 들어가려는 그녀의 팔을 나는 강하게 움켜잡고 제지했다.

“그럴 수는 없어요. 모두가 제 잘못이니까요.”

나는 그녀가 입고 있는 옷에다 핀으로 여기저기 잘못의 분량을 집었다. 그녀는 나의 완강함에 순순히 몸을 맡긴 뒤 다른 옷을 갈아입기 위해 다시 방으로 들어갔다.

“미안해요. 저 사람이 저러는 사람이 아닌데 저러는 걸 보니 무슨 다른 일로 기분이 나빴나 봐요. 여자들이라는 게 저래요. 우리 남자들이 이해합시다.”

다행히 다른 옷들은 그럭저럭 괜찮았다. 그녀는 고칠 옷을 넣은 백을 내 앞에 내밀며 말했다.

“고친 옷을 가지고 올 때는 재단사를 보내세요.”

“손을 제가 봤으니까 제가 책임을 지고 와서 봐야지요.”

“알았어요. 그만 돌아가 보세요. 가게로 제가 전화를 할 테니까요.”

나는 돌아오며 생각했다. 생각에 생각이 눌리고 눌려 입에서 희미한 소리가 새어 나왔다.

“아 아… 그녀는 나를 사랑하지 않는구나.”

희미한 절망이 자잘하게 부서져 안개로 피어오른 길을 나는 걷고 또 걸었다. 그녀가 사랑하는 것은 도대체 무엇인가? 아 아 안개를 사랑하는 여자여. 절망을 사랑하는 여자여. 내가 그대를 사랑하는 줄을 왜 그대는 모르는가? 내 이 빈약한 가슴에 이다지 뜨겁게 안긴 줄을 왜 그대는 모르는가? 나는 어디가 어디인지도 모르는 희미한 안개로 뒤덮인 절망의 길을 걷고 또 걸었다. 그 앞에 홀연히 줄리앙이 나타났다.

"옷 어땠어요? 예뻐요? 투피스가 다시 돌아오셨네. 다른 옷들은 다 괜찮았어요? 표정이 왜 그래요? 무슨 일이 있었어요? 채령 씨가 뭐라고 했어요? 아이 궁금하잖아요? 어서 말해줘요. 그렇게 끝까지 아무 말도 안 하시면 나 정말 화낼 거예요. 집으로 안 가고 제 아파트로 온 걸 보니 무슨 일이 나도 단단히 났군요. 도대체 무슨 일이에요?"

"그녀는 날 사랑하지 않아요. 아무도 사랑하지 않아요. 세상의 그 누구도 사랑하지 않아요. 오직 자기 자신만을 사랑해요. 자신의 그 잘난 자존과 허영을요. 도대체 옷이 뭐기에 일이라는 게 뭐기에 우리를 이렇게 괴롭히죠?"

"자, 이 위스키 드시고 마음을 좀 푸근히 가라앉혀요. 목욕하실래요? 따뜻한 물에 몸을 좀 담그시면 훨씬 나아질 거예요."

나는 위스키를 몸 깊숙이 밀어 넣었다. 몸이 조금 훈훈해져 왔다. 줄리앙은 욕실로 들어가 욕조의 물을 데웠다.

"한잔 더 하실래요?"

"줄리앙, 저 옷 좀 봐요. 저 옷이 왜 저렇게 되었지요?"

"어머, 이 핀들은 다 뭐야? 이건 말도 안 돼."

"김 선생님이 정말 절 질투해서 저런 일들이 생긴 걸까요? 내가 자기보다 뭐 나은 게 있다고 뭐 질투할 게 있다고 저러는 걸까요? 인간이란 게 저러지 않고는 살아갈 수 없는 걸까요? 몸과 몸이 이다지 다른 몸을 견디기 어려워하는 이유가 뭔지 줄리앙 좀 말해줘요. 제발 좀 가르쳐줘요. 이 옷 때문인가요? 이까짓 것이 뭐라고 제발 뭐가 뭔지 길 안내를 좀 해줘요."

"자, 목욕물이 데워졌으니 우리 목욕부터 해요. 그 옷을 잠시나마 벗어놓고 자유의 웅덩이로 들어가요. 따뜻함이 우리를 위로해 줄 거예요."

줄리앙은 나를 부축해 옷을 벗게 했다. 겉옷을 벗을 때까지 나는 그의 부축을 받았다. 줄리앙은 친절하게 나의 속옷까지 벗겨주려 했다. 나는 한사코 그의 친절을 사양했다. 내가 욕조에 몸을 담그고 있을 때 줄리앙의 벗은 몸이 욕실 문에 어른거렸다.

"우리 등 밀어주기 할래요?"

어느새 그의 알몸이 욕실로 들어서고 있었다.

"물이 따뜻해요? 어때요. 몸이 훨씬 부드러워졌죠? 어디 봐요. 제가 등을 밀어드릴게요."

그가 비좁은 욕조 속으로 들어왔다. 순간 나는 벌떡 몸을 일으켰다. 나의 알몸이 그의 눈앞에 흉하게 드러났다. 그가 눈을 휘둥그레 뜨고 내 몸을 살폈다. 내가 욕조 밖으로 나가려 하자 그가 내 팔을 잡았다.

"어디 봐요. 이럴 수가… 전 이런 줄도 모르고… 왜 이랬어요. 다쳤어요? 어디가 아팠어요?"

그는 내 등의 흉터와 찌그러진 몸에 조심스레 손을 가져가며 말했다.

"이런 비밀을 혼자서 삭이고 있었군요. 왜 제게 진작 말해주지 않았어요. 제가 이런 슬픈 비밀조차 함께 할 수 없는 사람이었나요? 너무해요. 정말 미즈 씨는 너무 냉정한 사람이에요. 어쩌면 이럴 수가 있어요. 어쩌자고 이런 아픔을 혼자서만 삭이고 있었냐고요?"

줄리앙은 두 팔로 내 몸을 감싸 안았다. 나는 다시 욕조로 주저앉았다. 그가 울면서 내 몸을 어루만졌다. 나는 인간과 인간이 가질 수 있는 가장 부드러운 손길에 내 몸을 평온하게 맡겼다. 그의 숨결이 내 귓가에 맴돌았다. 숨결이 점점 거칠어져 왔다. 나는 내심으로 그에게 속삭였다.

"줄리앙 제발 이러지 말아요. 나는 당신에게 아무것도 줄 수 없어요. 내 영혼은 당신의 사랑을 감당할 만큼 넓고 깊지를 못해요. 지금 내 영혼은 작은 콩밭에 가 있어요. 당신의 사랑에 아무런 메아리도 보내지 못하고 그저 한 알의 콩알에만 매달려 있어요. 용서해요. 용서해줘요. 아무런 진정도 없는 날 제발 내버려 둬요."

그녀에게서 가게로 전화가 왔다. 고친 옷을 재단사가 가지고 오게 하라는 거였다. 주인 마담이 내게 상의해 왔다. 나는 그래서는 일이 더 복잡해져서 안 된다고 말하고 이 일은 내가 책임을 질 테니 내게 맡기라고 했다. 나는 고친 옷을 들고 다시 그녀 집을 찾았다. 그녀는 아예 대문을 열어주지 않았다. 재단사를 보내라는 거였다. 나는 문밖에서 끈질기게 버티며 말했다. 이 옷은 처음부터 내가 재단을 하고 가봉한 옷이니 제발 끝까지 내가 책임을 다할 수 있게 해달라고 사정했다. 이윽고 대문이 열리고 나는 어느 천정이 높은 체육실 같은 곳으로 안내되었다.

그곳에선 놀랍게도 그녀가 도복 차림으로 무도 수련의 동작들에 열중하고 있었다. 안내인은 그녀의 수련 동작이 끝날 때까지 앉아서 기다리라며 의자를 내주었다. 나는 의자에 앉아 그녀의 동작을 지켜보았다. 그녀의 동작은 내게 신선한 충격을 주었다. 이미 그녀의 동작은 어느 수준에 도달해 있었고 가히 무가 예의 지경에 이르는 아름다움을 지니고 있었다. 그러나 그녀가 왜 이런 모습을 내게 보여주는지에 대해 생각해 보았다. 그리고 무엇이 그녀를 이런 동작에 몰두하게 하는지에 대해서도 생각해 보았지만, 도무지 앞뒤 수렁만 깊어질 뿐이었다. 그녀가 동작을 마치고 내게로 와서 말했다.

"미안해요. 기다리게 해서. 기다린 김에 좀 더 기다려주시겠어요? 잠깐 샤워 좀 하고 올 테니까요."

그녀가 샤워를 마치고 돌아왔을 때 내가 놀랄 정도로 그녀는 아주 낯선 차림을 하고 있었다. 나는 그녀가 그때 공장에서 일하던 바로 그 옷차림을 하고 있다는 것을 알았다. 그녀는 나를 작고 아담한 방으로 데리고 갔다. 그 방에는 재봉틀과 작업대가 놓여있고 그 작업대 위에는 아이론이며 온갖 옷 만드는 도구들이 늘려 있었다. 그녀는 그때 그 자기 자리에 가 앉았고 나는 그때 늘 마주 보고 앉던 자리에 앉게 했다.

"낯익은 것들이라 이제 좀 마음이 놓일 거예요. 그동안 미즈 씨를 본의 아니게 불편하게 해서 미안해요. 내심으로는 많이 놀라고 편찮은 점이 많았을 거예요. 미즈 씨가 그동안 내게 보여준 관심과 애정에 대해 늘 고마워하면서도 왠지 이렇게 자꾸만 겉돌게 되고 엉뚱한 방향으로 일이 진행되어가는 것을 보면서 아, 이게 운명이라는 거구나 하고 생각했어요. 저 자신도 제 운명에 대해 한 치 앞을 내다보지 못했으니까요. 앞으로도 마찬가지겠지만요. 물론 제 의지도 조금은 작용했겠지요. 그러나 남들이 생각하는 것처럼 그렇게 온전히 내 의지로만 된 것은 아니에요. 많은 부분 상대의 의지에 의한 거라고 할 수 있어요. 나는 그저 우연한 기회에 상대에게 내 속마음을 털어놨을 뿐이에요."

'아 아, 채령 씨가 그렇게 아무한테나 자신의 속마음을 털어놓던 사람인가요?'

나에게는 그 하찮은 속마음도 드러내 보이지 않던 것에 서운해 했던 나의 속마음이 나도 모르게 내심으로 중얼거렸다.

"미즈 씨도 내게 크게 실망하고 있는 줄 알아요. 하지만 내게 찾아온 기회를 놓치고 싶지 않았어요. 절대로요. 그동안 내게 가해진 사무치는 폭력들이 그 기회를 놓치는 걸 절대 용납하지 않았어요."

"그래서 이처럼 저열한 복수극을 펼치는 건가요? 그렇게 해서 채령 씨가 얻는 게 뭐죠? 이에는 이, 불에는 불로 세상을 활활 태워서 남는 게 뭐죠? 모두가 잿더미가 되는 걸 그렇게도 보고 싶은가요? 그렇게 하면 채령 씨를 괴롭힌 사람들이 모두 잘못을 뉘우치고 용서를 빌 것 같은가요? 돈을 있는 데로 뿌려서 행복을 굴복시킨다고 행복을 마음대로 살 수 있나요? 채령 씨의 아름다운 몸에 그토록 많은 사람의 수고를 옷 입힌다고 그 아름다움이 배가 될 수 있나요? 제발 채령 씨. 채령 씨 본래의 아름다움으로 되돌아올 수는 없나요? 지금 그 모습처럼 요."

"난 아름답지 않아요. 아름다움이 아름답게 살아가는 게 얼마나 힘든 일인지 알아요? 미즈 씨는 모를 거예요. 남자들은 몰라요. 영원히 알 수 없어요. 남자들은 여자를 아름답다 하면서도 그 아름다움이 아름다움으로 지켜지는 걸 못 견뎌 하지요. 여자의 아름다움을 지킬 수 없게 하는 아름다움이 남성적 아름다움이기도 하니까요. 얼마나 많은 여자가 평생을 상대적 부끄러움으로 살아가는지를 안다면 결코 아름다움을 요구하지는 못 하지요. 상대적 아름다움이 아무렇지 않게 예술로 창조된다 하더라도 한번 부끄러운 여자는 결코 본래의 아름다움으로 돌아갈 수 없지요. 난 본래의 내 모습으로 돌아갈 수 없어요."

"난 채령 씨에 대해 아무것도 아는 게 없어요. 그게 나를 괴롭히고 있어요. 지금 내게는 채령 씨의 아름다운 모습만이 보여요. 채령 씨가 어떤 불행한 과거를 가졌는지 저는 알지 못해요. 그 사실이 얼마나 큰 괴로움인지를 안다면 내게 당신의 고통을 당신의 슬픔을 어루만질 기회라도 줘 봐야 하는 게 아니겠어요? 제발 내게 모든 걸 얘기해 줄 수 없나요. 날 사랑하지 않아도 좋으니 제발 당신의 모든 것과 함께하는 영화를 누리게 해줄 수는 없나요?"

"오늘은 이만 돌아가세요. 앞으로는 당신과 이렇게 직접 만날 기회는 없을지도 몰라요. 그러나 먼발치에서는 자주 보게 될 거예요. 보더라도 제발 아는 체는 하지 말아주세요. 정 보고 싶으면 쿵푸 도장으로 나오세요. 아침마다 그곳에서 연습하니까요. 어디서든 절 아는 체 하거나 쫓아다녀서는 안 돼요. 제 주위엔 늘 감시자가 있어요. 이따금 제 쪽에서 만날 기회를 만들 테니까 늘 그 자리에 있기만 하세요. 제게는 당신이 혈육처럼만 느껴져요. 그러나 혈육은 아니잖아요. 그러니 조심하지 않으면 괜한 오해를 받게 돼요. 그리고 절 알고 싶으면 이걸 읽어보세요. 제 일기장이에요. 이걸 당신한테 주는 이유는 내게 놔둘 수가 없어서 그래요. 그 옷은 거기 두고 어서 가보세요."

나는 또 꼭두각시처럼 그녀가 시키는 대로 움직였다. 아, 이게 무슨 나인가? 이게 무슨 내 삶이란 말인가? 남의 시선 속에 갇혀 사는 그녀의 삶은 또 무슨 놈의 삶인가? 그녀는 또 무슨 음모를 꾸미고 있기에 나를 먼발치로 자주 보게 된다는 건가? 지금 내가 사는 삶이 과연 살만한 가치가 있는 삶인가? 주인 마담이란 사람이 가게에 나와 앉아서 한다는 일이라고는 종일 잡다한 여자들의 수다 친구가 되어주는 일이고 그 여자들은 집에서 받은 스트레스를 가게에 나와 풀고 가게나 공장 사람들은 또 그녀들의 스트레스를 풀어주기 위해 스트레스를 받는 이 지옥 같은 스트레스 시스템을 가동하기 위해서 저 먼 제 3세계의 여인네들은 부르튼 손으로 작물을 기르고 길쌈을 매며 또 얼마나 많은 피땀을 흘려야 하는지? 이런 피곤한 삶이 과연 살아낼 가치가 있는 삶인가에 대해 나는 참담히 생각하고 또 생각해 보았다.

사람과 목화의 만남, 사람과 누에의 만남, 사람과 양의 만남, 사람과 석유의 만남, 사람과 사람의 만남이 모두가 첫사랑이 되어야 함에도 이다지 지리멸렬한 사랑이 되어 서로를 괴롭히고 있을 바에야 차라리 아름다운 첫사랑의 기억을 독버섯에 담아 영원히 들이키고 싶었다.

6

일기라는 게 자기 자신만의 은밀한 비밀을 적어놓은 글이라고는 하지만 대부분 남이 볼 지도 모른다는 의구심과 남에게 보여주고자 하는 무의식이 작용해 비밀들을 교묘히 숨기고 있는 게 보통인데 그녀의 일기장도 대충 훑어봐도 별다른 것이 있는 것 같지 않았다. 그런데도 그녀가 하찮은 일기장의 비밀까지도 숨겨야 했다면 그녀는 지금 자신도 알 수 없는 그 어떤 미래에 대한 불안을 감지하고 있는 지도 모른다는 생각까지 들었다. 나는 그 점이 너무나 궁금해 일기장의 맨 마지막 장을 펼쳤다.

파도가 밀려온다. 가슴 속이 울렁거리며 먹은 것들이 창자 속에서 밀려 올라오려 한다. 참아야 한다. 올라오는 덩어리들을 억지로라도 꾹꾹 눌러 다시 밀어 넣어야 한다. 파도 따위는 아무것도 아니다. 거대한 흰고래를 잡아 잘려 나간 다리의 원혼을 달래 주어야 한다. 세상을 구하기 위해 자신의 몸을 불사른 그 참혹한 꿈의 원혼을 달래 주어야 한다. 나는 할 수 있다. 나는 그 꿈을 이룰 수 있다. 그러나 왠지 불안하다. 요즘 들어 주변에서 이상한 기운이 느껴진다. 집안의 아줌마들 운전기사들, 감시망을 점점 좁혀오는 형사들의 눈빛 같다.

날짜도 없이 적어나간 일기들은 도무지 읽어도 구체적으로 짚여오는 게 없었다. 나는 일기의 맨 앞장으로 넘어갔다.

햇볕이 뜨겁다. 그늘조차 없는 보육원은 건물 안에 갇혀 드는 것이 유일한 그늘이다. 열세 살의 한 소녀가 건물 한쪽 후미진 곳에서 낮잠을 자고 있다. 학교에서 돌아온 소녀의 피곤한 몸은 점심을 먹자마자 그곳에서 잠에 떨어졌다. 소녀는 몸에서 이상한 손길을 느끼고 잠에서 깨어났다. 평소에 자기가 무슨 왕자처럼 굴던 원장의 아들이 자신의 몸을 더듬고 있었다. 소녀는 본능적으로 일어나 소리를 지르며 달아났다. 원장의 아들은 소녀를 잡아 창고로 끌고 갔다.

"소리 지르면 죽일 거야."

원장의 아들은 다시 소녀의 몸을 더듬었다. 소녀는 원장아들의 코를 입으로 물어버렸다. 원장아들이 지르는 비명을 뒤로하고 소녀는 보육원을 도망쳤다. 소녀의 발걸음은 자기도 모르게 한때 보육원에서 있으면서 자기를 부모처럼 보살펴준 보모의 집으로 옮겨갔다. 보모는 울면서 나타난 소녀를 자기 집에 있게 했다. 소녀는 그곳에서 이웃집 미싱사 언니와 함께 평화시장으로 일을 배우러 나갔다.

그녀의 일기 앞부분은 이처럼 한참 뒤에 수기나 수필형식으로 쓴 것이었다. 수기 역시 두서없이 이것저것 생각나는 대로 적은 것이라 당시의 상황과 감정을 정확하게 읽어내기란 어려웠다. 골라서 편집을 해 읽거나 살을 붙여 읽어야 했다. 그중 나의 눈길을 끄는 부분이 있었다.

포대기에 싸인 핏덩이. 그것은 저 깊은 곳으로부터 떨어진 숙명의 파편이었다. 전쟁 중에 남자의 무리가 여자의 몸에 엎드려 포복하던 하릴없는 배설 속에 섞여 나온 출생. 그게 무슨 비밀이라고 나는 사람들에게 감추고 또 감추었다.

채령.

포대기 속에 성도 없이 적혀있었다는 그 이름은 어쩌면 한 맺힌 엄마의 이름인지도 몰랐다. 엄마의 이름도 모르는 내가 아빠의 성을 모르는 게 무슨 대수라고 성 없음을 이다지 슬퍼하는지, 차라리 아빠가 누구인지 모르는 게 낫다 싶다가도 아빠의 성을 '채'가라고 한다면 '채령'이 엄마의 이름일지도 모른다는 따스한 위로가 사라지는 것처럼 느껴지는가 하면 '채 령'이 엄마와 아빠, 부모와 내가 썰렁하게 떨어져 버린 것처럼 여겨져 나는 또 괜히 슬퍼졌다. 나는 차라리 신화에서처럼 박에서 나온 아이가 되고 싶다. 나 자신이 나의 시조가 되고 싶다.

언젠가 바닷가에서 잠깐 내게 얘기를 꺼내다 만 출생의 비밀을 만나니 갑자기 목젖에서 뜨거운 것이 복받쳐 올라왔다. 정체불명의 아이일 바에 차라리 박에서 나온 신화 속의 아이가 되고 싶어서 '박'이라는 성을 붙였다기보다 원장의 성이 박가여서 박가가 된 사실을 지우고픈 욕구에서 비롯된 게 아닌가 싶어서 나는 더욱 가슴이 아팠다. 나는 애써 가슴을 진정시키며 다음 글을 읽어나갔다.

포대기에 싸인 핏덩이가 엄마 삶의 가장 깊은 부분이라면 내 삶의 가장 깊은 부분이라 할 수 있는 첫 멘스가 하필 원장아들의 손이 더듬고 지나간 때와 일치해 피를 상처라 생각한 나머지 심한 충격에 빠져 혼자서 고민하던 일이 다달이 찾아온 멘스로 인해 더욱 불안해하던 성에 대한 무지를 다행이라 여기던 때에 나는 첫 경험의 상처가 토해내는 내 몸 깊은 곳으로부터의 피 울음소리를 들어야만 했다.

미싱사 언니에 의해 부모가 없는 고아라는 사실이 공장에 알려지자 사람들은 몹시 안쓰러워하면서도 한편으로는 어딘가 함부로 대하는 태도들을 보였다. 울이 되어주는 것이 하나도 없는 예쁘장하게 생긴 여자아이는 세상의 모든 고추달린 남자들이 참을 수 없는 그 무엇을 자기도 모르게 풀어 헤쳐 함부로 하게 하는 마술에 걸려들게 하는지 그때마다 나는 들판에 노출된 한 마리 새끼사슴이 되어 몸을 떨어야 했다.

다음 부분부터는 글들이 시커멓게 지워져 있어서 간신히 복원해내느라 애를 먹었다.

미싱사 언니와 늘 행동을 함께하는 것을 남자들로부터의 유일한 방패로 삼고 있던 나는 미싱사 언니의 연애 사건으로 인해 그 방패를 잃고 말았다. 처음에는 미싱사 언니와 함께 언니 애인을 만나러 나갔는데 그 자리에는 어김없이 그 언니 애인의 친구가 함께 나와 맛있는 것을 사주곤 했다. 그러다가 차츰 미싱사 언니는 애인을 만나러 혼자 가게 되고 그럴 때마다 나도 혼자 집으로 가곤 했다. 그러던 어느 날 언니 애인 친구가 집까지 데려다주겠다며 따라와 가지 않고 언니가 애인과 데이터를 마치고 오면 같이 가겠다고 우겼다. 나는 그가 싫었고 그도 그를 알았다. 그날 언니는 집에 들어오지 않았고 그는 나를 덮쳤다. 반항하던 내 몸엔 피멍이 들었고 나는 그 충격에 일어나지 못했다.

나는 검게 지워진 글들을 보면서 언젠가 줄리앙이 그녀를 보고 눈빛이 타는 듯이 검어 왠지 두려운 느낌까지 든다고 했던 말이 떠올랐다.

밤늦게 재단사 오빠가 미싱사 언니를 앞세워 집으로 찾아왔다. 내가 일하러 나오지 않아 궁금해 찾아왔다고 했다. 그 오빠는 평소에도 시다들에게 매우 친절하게 대하고 정성껏 작은 일이라도 도와주려고 해서 시다들이 모두 오빠라고 따르며 좋아했다. 그 오빠는 나의 몰골을 보더니 어떻게 된 일인지를 물었고 나는 순순히 지난밤의 일들을 일러주었다. 오빠는 걱정하지 말고 몸이 나아지면 공장에 다시 나오라고 하면서 돌아갔다. 그리고 뒤에 안 일이지만 미싱사 언니에게는 이런 사실을 공장에 가서는 얘기하지 말라고 단단히 일렀다고 했다.

미싱사 언니의 말에 의하면 오빠가 그 사람이 일하는 곳으로 찾아가 여러 사람 앞에서 자기 여동생을 겁탈했다며 두들겨 패는 바람에 창피해서 그 직장을 그만뒀다고 했다. 그때부터 오빠는 나를 정말 친동생처럼 대했다. 내가 어쩌다 점심을 못 싸오면 자기 점심을 먹으라고 주기도 하고 저녁에 집에 갈 차비로 풀빵을 사주고는 집까지 걸어서 가기도 했다.

특히 오빠는 내게 공부를 계속하라고 중학교 과정의 책들을 구해주었는데 나는 그것들을 틈만 나면 들여다보며 오빠의 고마움에 답했다. 나는 그래도 보육원에서 초등학교는 다닐 수 있었지만, 오빠는 가정형편이 어려워 야간 공민학교를 다니다 말았다고 했다. 대학 공부까지 하고 싶지만 도저히 시간을 낼 수가 없어서 잠시 공부를 중단하고 있다고 했다. 오빠는 공부보다 다른 곳에 더 신경을 쓰고 있었다. 우리들이 일하는 환경이 너무나 나쁘다고 하면서 어떻게 하든지 좋게 개선해 보려고 노력했다.

오빠는 눈코 뜰 새 없이 바빴다. 오빠는 드디어 코피를 터트리고 말았다. 나는 그런 오빠가 너무나 안쓰러워 오빠 일을 도와주고 싶었지만 내 일만으로도 벅차 도저히 시간을 낼 수가 없었다. 바쁜 철이 되자 주인은 미싱사와 시다들에게 잠 안 오게 하는 주사까지 맞히며 밤일을 시켰다. 사흘 밤이나 주사 맞고 일했더니 눈이 침침해서 앞이 보이지 않고 손도 제대로 펴지지 않았다. 재단사가 주먹을 불끈 쥐고 주인에게 항의했다.

"이러다간 저 애들이 죽어요. 영영 일을 못 하게 된다고요."

주인은 하루만 더 하루만 더 하면서 미련하게 일을 밀어붙였다. 그러다가 미싱사 언니 하나가 일을 하다가 재봉틀 위에 왈칵 피를 토해냈다. 오빠가 급히 병원으로 데리고 갔다. 폐병 3기라는 진단이 나왔다. 주인은 다음날 그 미싱사 언니를 나오지 못하게 하고 재빠르게 다른 미싱사를 구해 넣었다. 오빠는 재단 작업대를 주먹으로 내리치며 내가 알 수 없는 깊은 분노로 홀로 오열하며 울부짖었다.

"왜? 왜? 왜?"

나는 오빠를 제대로 이해하지 못했지만 불쌍한 미싱사 언니와 매정한 주인 사이에서 심한 갈등을 일으키는 듯 보였다. 사실 우리들의 작업환경이라는 게 '평화시장 여공은 시집가도 삼 년밖에 못 써먹는다.'는 말이 나올 정도로 이곳에서 5년 이상을 일하고 건강하다는 여공은 본 적이 없으며 모두가 영양부족에 만성 소화불량과 신경성 위장병 기관지염 폐결핵을 앓거나 종일 앉아있어 다리가 붓고 허리 어깨에 신경통 월경불순 생리통을 앓고 있었다. 그러던 어느 날 나는 우연히 오빠와 주인이 다투는 소리를 들었다.

"재단사는 재단사가 할 일만 하지 왜 시다들 일까지 해! 그러면 시다들의 버릇만 나빠지잖아!"

"애들이 피곤해해서 좀 일찍 보내준 걸 가지고 뭘 그러세요."

오빠는 피곤해하는 우리를 일찍 집에 보내주고 혼자 남아 마무리 작업을 했는데 주인에게 그만 들켜버린 것이다.

"앞으로 다시는 그러지 마!"

"어제 밤일을 한 애들인데 좀 일찍 보내야지요. 그러고 그 애들이 할 일을 제가 대신 마무리했지 않습니까?"

"이놈 봐라. 주인한테 대드네. 말 안 듣고 그렇게 제멋대로 하는 놈하고는 같이 일할 수 없으니 당장 그만둬."

"좋습니다. 그만두라면 그만두지요. 그렇지만 이런 식으로 직원들을 대하면 누구도 여기서 일하지 않을 겁니다."

오빠는 간단히 주인을 쏘아붙이고 공장을 나갔다. 나는 오빠가 그만두게 돼서 안 됐다는 마음보다 왠지 후련한 마음이 들었다.

"오빠가 그만뒀으니 나도 그 공장 그만둘 거야."

"얘는? 네가 왜 그만둬."

"오빠가 없는 곳에서 어떻게 일해? 하늘 끝까지 따라갈 거야."

"얘가 정말?"

오빠는 싫지 않은 표정으로 날 쳐다보며 웃었다.

"오빠 배고프지? 내가 빵 사줄게."

"네가 무슨 돈이 있다고 빵을 산다고 그러니? 내가 사줄 테니 가자."

"또 집까지 걸어서 가려고?"

"오늘은 주머니가 두툼하니 걱정 놓으라고."

우리는 함께 웃으며 빵집으로 갔다.

"오빠, 오빠는 내가 싫지? 밉지 않아?"

"갑자기 그게 무슨 소리야. 내가 채령이를 얼마나 좋아하는데…"

"말로만?"

그랬었구나. 그랬었구나. 나는 채령의 상처가 사랑하는 사람에게 흠이 되어 사랑받지 못하는 게 아닐까 하는 불안으로 몸속 깊이 떨고 있음을 알았다. 그게 알게 모르게 내게까지도 전해지는 것 같아 가슴이 아팠다. 이제부터 수기는 오빠에 대한 자세한 기록으로 넘쳐났다.

나는 오빠의 관심을 끌 수 없었다. 오빠의 관심은 온통 엉뚱한 곳에 가 있었다. 오빠의 입에서는 이상한 말들만 튀어나왔다.

“채령아 근로기준법이라는 게 있는데 너처럼 어린 아이들에게는 노동을 시켜서는 안 되고 마음껏 뛰놀며 공부할 수 있게 해줘야 한다는 것을 법으로 정해 놓은 것이지.”

나는 어린아이라는 말이 못마땅했지만, 그 말이 너무 엄청난 말속에 담겨있어서 감히 아무 말도 못 하고 듣기만 했다. 그 뒤 오빠는 재단사들의 모임을 만든다고 쫓아다니며 무언가 큰일을 도모하는 듯했지만 나는 오빠가 내게 대해 관심이 멀어진 것 같아 우울한 나날을 보내고 있었다. 나는 한동안 오빠를 만나지 못했다. 그러다가 어느 날 오빠가 내 앞에 불쑥 나타나 서류 같은 것을 펼치며 말했다.

“채령아 이것 봐. 드디어 모임을 결성했어. 모임의 이름은 ‘바보회’야. 어제 창립총회를 했는데 내가 회장으로 선출됐어.”

“그런데 오빠, 왜 하필 이름이 바보회야?”

“우리가 모두 바보잖니. 업주들에게 부당한 대우를 받으면서도 바보처럼 입도 뻥긋 못하잖니. 그걸 우리가 철저히 깨달아서 바보 신세를 면하자는 거야.”

“다른 재단사들이 그러는데 노동운동은 달걀로 바위치기라며 그걸 하겠다고 설치는 놈들이 바보라고 그러던데…”

“어떤 놈들이 그래? 그래, 그렇다고 해. 바보가 되든지 안 되든지

들이박아나 보고 죽자는 거니까. 바보로 살아왔으니 또 다른 바보로 새 출발을 하는 거야. 그런데 너 그런 재단사들 말 들으면 안 된다. 잘 들어 우리 바보회는 말이다. 앞으로 해야 할 일들이 아주 많거든. 한번 들어볼래? 내가 읽어줄 테니 잘 들어봐라."

바보회의 활동목표.[1)]

첫째, 평화시장 일대의 3만 근로자들의 근로조건이 근로기준법대로 준수되도록 투쟁하자.

둘째, 조직을 확장하고 근로기준법 및 노동운동에 대해 알아보고 함께 토론하고 정보를 교환하자.

셋째, 근로자들의 노동실태를 조사해 근로감독관에게 시정토록 요구하자.

넷째, 독지가를 찾아내어 근로기준법을 준수하는 모범업체를 만들자.

"어때? 근사하지? 채령이 네가 이걸 좀 보관하고 있을래? 내가 어디 좀 갔다 올 테니까."

나는 오빠가 주고 간 서류뭉치를 들여다보았다. 무언가 중요한 게 담겨 있을 것 같았다. 그래서 나는 같은 것이 여러 장 있는 것을 한 장씩 몰래 따로 보관했다. 오빠가 하는 일이 어떤 것인지 나중에 혼

---

1)전태일 평전(조영래 지음. 돌베개) 참조

자서 꼼꼼하게 들여다볼 생각이었다.

나는 채령 씨가 평화시장 기성복으로 일을 시작했다는 사실에 놀랐다. 언젠가 날렵한 손놀림에 감복하긴 했지만 미즈 재단사가 그토록 그녀에게 신경증을 보인 것도 어쩌면 그녀가 싸구려 기성복으로 일을 배웠다는 사실을 알고는 아예 그녀의 일은 거칠다는 선입견으로 대한 게 아닌가 생각되었다. 맞춤복이 고객과 가게, 가게 내의 일하는 사람 간의 갈등을 조장하는 일이라면 기성복은 기업주와 노동자의 갈등을 조장하는 일이라는 것도 그녀의 글을 통해 알게 되었다. 말하자면 전자는 인간 내면의 갈등을 조장해 그 영향이 안으로 곰삭는다면 후자는 인간 외면의 갈등을 조장해 그 영향을 사회로 폭발시킨다고 할 수 있었다. 그녀의 의식은 가까스로 사회에 눈을 떠 점차 사회화의 길로 나가고 있었다. 계속 오빠라는 사람에게 자신을 투영해 사회의 진실들을 만나가고 있었다.

나는 오빠가 들고 다니는 책을 몰래 펼쳐보았다. 책은 온통 한문 투성이로 한 줄도 읽어나갈 수 없었다. 나는 심한 충격을 받고 오빠에게 물었다.

"오빠 이 책 무슨 책인데 이렇게 어려운 글로 쓰여 있어? 오빠 이 글 읽을 줄 알아?"

"응, 나도 겨우 사전을 찾아가며 읽고 있는데 제목은 '축조 근로기준법 해설'이고 내용은 글자 그대로 근로기준법을 쉽게 해설해 놓은 거야."

"쉽게 해설해 놓은 게 온통 한문투성이야?"

"그러게 말이야. 이럴 땐 대학생 친구 하나만 있어도 원이 없겠다. 대학 나온 사람이 그러는데 법은 권위를 상징해서 쉽게 읽혀지면 안 된데."

"오빠가 판검사가 되면 되잖아. 노동운동 같은 건 때려치우고 공부를 하면 되잖아. 대학생 친구를 부러워할 게 아니라 오빠가 직접 대학생이 되라고. 오빠라고 뭐 대학생이 되지 말라는 법 있어? 내가 돈 벌어서 학비를 대줄 테니까 오빠는 공부만 해. 왜? 그러면 안 돼?"

오빠는 심각한 얼굴로 나를 바라보더니 타이르듯 말했다.

"너 아주 맹랑하구나. 오빠 걱정은 말고 너나 잘해. 네 공부나 열심히 하란 말이야. 알겠어? 그런 소리 또 하면 혼날 줄 알아!"

그날 이후 나는 심한 고적감에 빠져 우울한 나날을 보냈다.

"그래 공부를 하자 이를 악물고 공부를 하자. 한문 한 자 모르는 나 같은 것을 오빠가 거들떠보기나 하겠어. 오빠의 마음을 사로잡으려면 공부를 해야 해. 오빠가 부러워하는 건 대학생이지 나 같은 무지렁이가 아냐."

나는 심기일전하여 공부에만 매달렸다. 그러던 어느 날이었다. 일을 마치고 공장을 나가는데 오빠가 거기서 나를 기다리고 있었다.

"오빠, 여기서 뭐 해?"

"응, 널 만나려고…"

나는 오빠가 날 만나러 온 사실이 너무나 기뻤다. 오빠는 이미 여러 군데서 주인과 의견이 맞지 않아 싸우고 그만둔 일이 있었는데 이번에는 좀 다른 것 같았다. 나는 오빠와 가까운 포장마차로 갔다.

"오빠, 왜 무슨 일이 있었어?"

"응, 일하는 데서 잘렸어."

"잘렸다고? 지금까지는 오빠가 잘랐잖아."

"이번에는 달라. 주인들 사이에서 노동운동하는 위험분자라고 소문이 쫙 퍼져서 평화시장에서는 발을 못 붙이게 됐어."

"오빠, 그렇다고 이렇게 풀이 죽어 축 늘어지면 어떻게 해요. 힘내요. 오빠."

"고맙다. 그런데… 너한테 이런 부탁하기가 뭣하긴 한데 나… 지금…"

나는 손가락으로 오빠의 입을 막으며 말했다.

"어려운 얘기는 말로 하지 않고 눈으로 하는 거래요. 오빠 내 눈을 봐요. 어디 오빠가 무슨 얘기를 하려는 지를 맞춰보게. 음 알았어요."

나는 지갑에 비상금으로 꼬깃꼬깃 넣어놓은 돈을 꺼내 오빠에게 건네며 말했다.

"지금 가진 것은 이것뿐이니 더 필요하면 말해요. 내일 갖다 드릴게요."

“고맙다. 채령아. 내 다시 일하게 되면 꼭 갚을게. 그리고 더 필요하면 또 얘기할게.”

“이거 빌려주는 거 아니에요. 저축하는 거예요. 같은 돈이라도 빌려주는 거 하고 저축하는 거 하고는 천지 차이잖아요.”

나는 오빠에게 나도 모르게 존댓말을 쓰고 있었다. 오랜만에 만나서일까? 내가 나도 모르게 성숙해 있는 걸까? 아니 오빠 앞에서 성숙한 여자가 되고 싶은 걸까?

채령 씨의 성품에 그처럼 활달하고 상냥한 면이 있다는 사실에 나는 잠시 읽기를 멈추고 지금의 채령 씨를 떠올렸다. 첫사랑의 채령 씨와 지금의 채령 씨는 그야말로 사랑의 저축과 사랑의 부채만큼이나 달랐다. 저축과 부채가 뒤엉켜 인간을 성숙하게 한다고는 하지만 채령의 성숙해지고픈 마음이 제발 빚더미에 올라앉지 말기를 간절히 바랐다. 채령이 어떻게 성숙해지고 있는지 어디 한번 들여다보도록 하자.

그 뒤에도 오빠는 내게 여러 번 돈을 빌리러 왔다. 그리고 평화시장을 중심으로 한 3만 근로자들의 근로조건 실태를 조사하기 위해 바쁘게 뛰어다녔다. 나는 그러한 오빠가 공부하는 오빠보다는 못하지만 재단 일에만 매달려있는 오빠보다는 보기가 좋았다. 나는 오빠가 진정으로 훌륭한 사람이 되기를 바랐다. 평화시장에서 해고당한 이후 평화시장이 아닌 피복 계통의 일자리를 전전하며 며칠씩 재단 일, 재봉틀일, 심지어는 시다 일까지 하면서 돈을 마련하는데도 노동조건에 대한 설문지를 돌리고 사람들을 만나는데 턱도 없이 모자라 빚을 지고 있는 형편을 잘 알지만, 넉넉히 도움을 주지 못하는 것이 안타까웠다. 내가 오빠를 위해 할 수 있는 일은 아무것도 없어 보였다. 여유도 없고 배움도 없고 아예 나에 대한 사랑에는 관심도 없는 듯이 보였다.

그런데 그런 오빠의 소식이 갑자기 뚝 끊겼다. 아무도 오빠의 소식을 아는 사람이 없었다. 아무리 나에 관해 관심이 없다 해도 두툼한 책과 서류 봉투를 끼고 돌아다니는 게 눈에 뜨일 때는 든든한 버팀목이 되어 마음자리를 지켜주고 있었는데 소식조차 없어지자 내 마음은 안정을 잃고 지난날 깊은 곳으로부터의 황량한 울음소리가 다시 들리는 듯 불안했다. 나는 여기저기 수소문해 그의 집을 찾아갔다. 그의 어머니는 자기 아들을 찾는 여자는 처음 보는지 다소 경계의 눈빛을 보이며 있는 곳을 가리켜 주기를 꺼려하더니 친오빠처럼 나를 아껴주었다는 말에 안도하며 자세하게 위치까지 일러주었다.

오빠는 삼각산 기슭의 작은 기도원에 딸린 교회신축공사장에서 인부 노릇을 하고 있었다. 수염도 머리도 깎지 않은 텁수룩한 모습으로 일하는 오빠를 보자 나는 마치 먼 나라에 온 사람처럼 아득한 그리움으로 서서 움직임을 잃었다. 오빠도 나를 보더니 한동안 서서 물끄러미 바라만 보았다. 오빠가 천천히 내게로 왔다. 가까이 와서도 아무 말도 하지 않았다.

"오빠."

내 목소리는 가는 떨림으로 젖어있었다.

"못난 모습을 보여줘서 미안하구나."

"왜 내게 연락하지 않았어요."

"그래 우리 어디 가서 앉아서 얘기하자. 아 참, 여기서 잠깐 기다릴래. 내 목사님한테 얘기하고 올 테니까."

우리는 인근 숲길을 걸었다.

"어떻게 여기를 알았니?"

"왜 제게 연락하지 않았어요?"

"응, 내가 좀…"

"제가 아직도 갓 들어온 시다 아이로 보이세요?"

"그게 아니라…"

"제가 오빠를 생각하는 반만큼이라도 절 생각했으면 그토록 매정하게 소식을 끊을 수는 없었을 거예요."

"그래 이 오빠가 잘못했다. 저기 가서 좀 앉을래?"

우리는 아늑한 소나무 숲으로 가 앉았다. 한동안 침묵이 흘렀다. 열여덟 성숙한 몸으로 스물둘의 혈기왕성한 몸 곁에 가까이 있다는 것만으로 침묵은 금방 몸빛으로 물들었다. 오빠 손은 괜스레 풀만 뜯고 있었다.

"전 자꾸 오빠가 절 피하는 것 같은 느낌을 지울 수가 없어요."

"……"

"그게 사실인가 보군요."

"채령아, 난 네가… 사실 두려워… 가까이하기가… 조심스럽다 못해 두렵기까지 해. 난 널 행복하게 해줄 수가 없어. 내게는 동생들이 있고 엄마가 있고 또 구름 잡는… 결코 포기할 수 없는 평화시장이 있어. 동생들 학비도 못 대주는 주제에 노동운동으로 잔뜩 빚만 지고 있어. 그런 내가 어떻게 널 사랑하겠어? 지금 내겐… 사랑할 시간도 여유도 없어. 넌 말이다… 얼마든지 좋은 사람 만나 행복해질 수 있어. 공부 열심히 하고 있지? 검정고시로 고등학교 졸업 자격증만 따면 너는 누구보다도… 내가 얼마나 널 아끼는지 알지…"

나는 오빠의 손을 잡아 내 무릎에 얹었다. 그리고 돌 일을 하며 난 상처를 어루만지며 말했다.

"오빠는 큰일을 하세요. 전 곁에서 지켜만 볼게요. 전 오빠를 도와줄 아무런 힘이 없어요. 혈혈단신에다 무지렁이에다… 몸까지 더렵혀진…"

나는 오빠의 손 위로 얼굴을 묻으며 복받치는 가슴을 진정시켰다. 오빠의 다른 한쪽 손이 가만히 내 머리카락을 쓰다듬었다. 오빠의 손이 내 몸에 닿자 지난 십팔 년의 외로움이 한꺼번에 눈 녹듯 녹아내리는 서러움이 와락 울먹임으로 터져 나왔다. 오빠가 들먹이는 내 어깨를 감싸 안았다. 나는 오빠의 품에 묻혀 울고 또 울었다. 나의 울음이 그치자 오빠가 지그시 눈을 감으며 말했다.

"채령아, 내 시 하나 외어 볼 테니 들어볼래?"

오빠는 나지막한 목소리로 누군가의 시를 외웠다.

당신은 나의 죽음 속으로 오셔요.
죽음은 당신을 위하여
준비가 언제든지 되어 있습니다.
만일 당신을 쫓아오는 사람이 있다면
당신은 나의 죽음의 뒤에 서십시오.
죽음은 허무와 만능이 하나입니다.
죽음의 사랑은 무한인 동시에 무궁입니다.
죽음의 앞에는 군함과 포대가 티끌이 됩니다.
죽음의 앞에는 강자와 약자가 벗이 됩니다.
그러면 쫓아오는 사람이 당신을 잡을 수는 없습니다.
오셔요. 당신은 오실 때가 되었습니다. 어서 오셔요.

지난 십팔 년의 외로움이라는 글귀가 내 마음을 오랫동안 붙들었다. 혈혈단신 무지렁이의 깊은 상처 속에 핀 십팔 년의 외로움을 이해하기는 쉽지 않았다. 채령 씨가 내게서 도망가지 않고 오빠에게처럼 다가온다면 나 역시 채령으로부터 도망가게 될 수밖에 없을 것만 같은 이유가 그 말 한마디에 숨 쉬고 있었다. 그 외로움을 감싸 사랑해 주기에는 내 능력의 가슴이 너무나 좁고 볼품없어 보였다. 세속적인 거대한 능력의 가슴은 도저히 가질 수 없는 아득한 것이며 사랑은 바로 눈앞에서 그걸 필요로 한다면 이 세상 그 누가 그로부터 도망가지 않겠는가? 사랑하면 할수록 사랑할 수 없게 되는 사랑하기 때문에 헤어진다는 유행가 가사가 새삼스럽게 나를 각성시켰다. 나를 초라하게만 하는 세속의 거울 속을 한시바삐 도망치고 싶었다. 내 이 좁고 초라한 가슴을 받아줄 대자연의 품으로 하루속히 도망치고 싶었다. 그러나 나는 채령의 사랑이 무르익어 가는 글 속의 모습이 어서 보고 싶었다.

그 뒤 오빠는 평화시장에 다시 모습을 나타냈고 재단사로 취직해 이리저리 바쁘게 뛰어다녔다. 평화시장은 오빠의 피를 끓게 하는 용광로인 양 이곳에만 오면 그의 눈은 빛나고 그의 수족은 오직 나약한 생명체들의 열악한 환경을 개선하기 위한 일념으로 바쳐졌다. 오빠는 빡빡머리로 나타나 사람들을 놀라게 했다. 작고 단단함이 더욱 돋보였다.

"저 사람 한동안 안 보이더니 그사이에 큰집 갔다 온 모양이군."

모자를 푹 눌러써서 머리를 가리고 돌아다니는 오빠 속에 감춰진 마음의 결단을 혼자서 은밀히 이해하는 기쁨으로 나는 행복했다. 어느 날 오빠는 약간 상기되고 흥분된 얼굴로 내 앞에 나타났다.

"채령아, 드디어 기회가 왔어. 신문사 기자들이 정식으로 진정서를 제출해 보라고 했어. 자기들이 적극적으로 도와주겠다고 했어. 평화시장 얘기가 신문에 실릴 수 있게 된 거야. 이제 본격적으로 조직을 갖추어서 근로조건 개선을 위한 실태조사를 대대적으로 해서 세상에 알리는 거야. 이거 봐. '삼동친목회'라는 모임도 새로 만들었어."

"삼동이란 말이 무슨 뜻이에요?"

"응, 평화시장 · 동화시장 · 통일상가의 세 건물을 가리키는 것이야. 앞으로 일을 해나가려면 구체적이고 광범위한 그 무엇이 필요하거든. 활동계획을 한번 들어볼래?"

오빠는 노동조건과 작업환경을 조사하여 노동청에 개선을 요구해 관철되지 않을 때는 데모나 농성으로 항의하고 협력자를 확보해 조직을 넓혀 노동조합으로 발전시킨다는 이야기를 장황하게 늘어놓으며 자랑스러워했다.

"어때? 전보다 훨씬 구체적이지."

"오빠가 자랑스러워요."

"왜 자꾸 말을 높이고 그래. 간지럽게."

"하늘만큼 높아 보이는 걸 어떻게요. 뚝 떨어뜨려요? 엉덩뼈가 부러지게."

"이건 땅의 문제야 모두가 땅 위에서 평등하게 살아가기 위한 최소한의 준비운동이야."

"저희 시다들도 삼동회에 가입하면 안 돼요? 여자는 안 된다는 조항도 없잖아요?"

"응, 그게…"

“우리들을 위하는 거라고 하면서 여자는 차별하는 거잖아요.”

“여자라기보다 이런 일 하기는 너무 어리고… 이 일이 워낙 거친 일이라…”

“알았어요. 괜히 한번 해본 소리예요. 뒤에서 열심히 밀어드릴게요. 입소문으로요. 그게 우리들 장기잖아요. 시간이 늦었어요. 그만 가봐야겠어요.”

나는 오빠 몰래 오빠의 주머니 속에 꼬깃꼬깃 접은 지폐를 밀어 넣고 자리에서 일어났다. 그 뒤 나는 '재단사 꼬드기는 여자들의 모임'을 만들어 재단사들을 삼동회에 가입시키는 일에 앞장섰다. 그래서 무려 5명이나 가입 시켜 오빠의 칭찬을 들었다.

나는 채령 씨의 용의주도함에 흐뭇한 미소를 흘렸다. 사랑하지 않을 수 없는 여자 채령. 바로 그 점 때문에 닥쳐올 폭풍이 염려되었다. 그러나 어쩌랴 태풍이 몰아친다 한들 만물이 그토록 휘휘 희열찬 몸짓들로 격려를 아끼지 않을 것을…

오빠들이 노동청에 진술서를 낸 다음 날 오빠는 석간신문 게시판 앞에서 그 기사가 신문에 실려 나오기를 가슴 조이며 기다리다가 새로 나온 신문 한 장을 사 들고 미친 듯이 평화시장으로 달려왔고 한자리에 모여 기다리고 있던 삼동회 회원들은 바라던 기사가 난 것을 확인하고는 환호성을 지르며 모두 얼싸안았다고 했다. 내가 그 소식을 듣고 하던 일손을 놓고 오빠들에게로 갔을 때는 신문 300부를 손목시계를 잡히고 사 와서는 모두 상기된 얼굴로 모여앉아 신문을 파는 일에서부터 시작해서 진지하게 다음 대책을 숙의하고 있었다. 오빠가 나를 보자 신문을 한 장 건네며 읽어보라고 했다. 나는 한쪽 자리에 앉아 '골방서 하루 16시간 노동'이라는 큼지막한 표제 아래 '소녀 등 2만여 명 혹사, 거의 직업병, 노동청 뒤늦게 고발키로, 근로조건 영점, 평화시장 피복 공장'이라는 기사를 읽어나갔다.

다 읽고 난 나는 빛나는 눈을 들어 오빠 쪽을 바라보았다. 오빠는 무언가 열기를 토하면서도 내 쪽을 힐끔힐끔 돌아보았다. 나는 신문을 들어 흔들며 내 마음을 전했다. 다시 공장으로 돌아온 나는 도무지 일이 손에 잡히지 않았다. 나는 미싱사 언니에게 우리 재단사도 지금 신문 판다고 자리를 비웠으니 우리도 그 핑계로 나가서 신문이나 팔자고 꼬드겨 오빠들에게로 달려갔다. 나는 오빠에게 나도 신문을 팔아보겠다며 신문을 받아들고 나섰다.

나는 정말 신이 났다. 큰 모조지를 잘라서 그 위에다 붉은 글씨로 '평화시장 기사 특보'라고 쓴 단장을 만들어 어깨에다 두르고 시장 내 이 건물 저 건물을 쫓아다니며 신문을 파는 일은 정말 신나는 일이었다. 어린 시다들에게는 무료로 주기도 해 신문은 삽시간에 팔려 나갔다. 그날 저녁 평화시장 일대는 축제 분위기로 들떴다. 군데군데에 노동자들이 몰려서 신문 한 장을 두고 서로 어깨 너머로 읽으면서 웅성거렸다. 평화시장의 오랜 침묵이 깨어졌다.

그날 저녁 나는 일을 마치고 오빠들이 모여 있는 다방으로 갔다. 오빠들은 한층 고조된 분위기에서 다음 대책을 의논하고 있었다. 나는 한쪽 구석에 앉아 오빠들의 회의가 끝나기를 기다렸다. 오빠가 먼저 가라고 손짓을 보내왔지만 나는 일어나지 않았다. 오빠의 인생 22년이 오로지 한곳으로 쏠려 터트려진 환희의 날을 축하해 주기 위해서 나는 기다려야만 했다. 이윽고 다방 아가씨가 마칠 시간이 되었다고 억지로 문을 닫는 바람에 나는 오빠들과 함께 다방을 나왔다.

"막차 놓치면 어쩌려고 그래."

"우리 집 이쪽으로 이사했잖아요."

"아 참 그렇지. 요즘 내가 정신없다니까."

"정신이 없는 게 아니라 정신이 너무 커져서 그런 게지요. 오빠, 당선을 축하드려요."

"당선이라니?"

"오빠가 평생을 걸쳐 쓴 소설이 신문에 당선이 됐잖아요."

나는 손에 쥔 신문을 흔들어 보이며 말했다. 오빠는 빙그레 웃으며 흡족한 표정을 지었다.

"오빠, 축하주 한 잔 어때요? 가요."

풀빵에서 술로 바뀐 지가 얼마 되지 않으면서도 나는 제법 술꾼인 양 했다.

"지금 시간 얼마 없어. 괜히 앉았다가 사 놓은 술 다 마시지도 못

하고 일어서면 우리만 손해잖아. 다음날하고 그만 집에 가자. 내가 네 집까지 바래다줄 테니까."

"집에 바래다줄 시간은 있고요?"

"나야 통금에 걸려 파출소에서 자나 집에서 자나 그게 그건 걸."

오빠는 날 기어이 집에까지 바래다주었다. 내가 오빠의 손을 꼭 쥐고 걷는데도 으슥한 골목에서조차 오빠는 끝내 날 안으려 하지 않았다. 그럴 때마다 나는 잠을 이루지 못했다.

깊은 곳으로부터 번진 채령 씨의 상처가 점점 곪아서 덧나는 게 아닌가 하는 우려가 생기는 대목이다. 아니나 다를까 그녀는 다음 장에서 가해자를 추적하고 있었다.

그 자식의 이름이 미싱사 언니의 입에서 흘러나오자 나는 소름 끼치는 전율을 느꼈다. 그 자식이 어디서 일한다고? 그래 그 자식의 낯바대기를 문질러주자. 눈에다 고춧가루를 뿌리고 영원히 지워지지 않는 흉이 남도록 벅벅 문질러주자. 나는 그 자식의 공장과 집 사이를 추적해 어둑한 곳을 체크해 두었다.

이 짤막한 글만으로는 그 일이 실행에 옮겨졌는지의 여부는 알 수 없지만 한참 뒤 쪽의 어느 말미에서 이런 글을 발견할 수 있었다.

그 자식이 오늘 공장에 나오지 않았다고 한다.

그 절제된 언어로 봐서 그녀는 완전범죄를 계획하고 있었던 것만은 분명해 보였다. 그리고 다음 글에서 그녀는 그러한 성격의 일면을 분명하게 드러낸다.

작업하다가 말고 신문을 팔러 나갔다고 주인에게 야단을 맞았다. 오빠가 큰일을 위해 저렇게 바쁘게 뛰어다니는데 나는 돈 몇 푼 벌겠다고 앉아 주인에게 야단이나 맞고 있으니 참 한심한 생각이 들었다. 이 기회에 잠시 일을 그만두고 오빠를 도와 노동 운동이나 할까도 싶었다. 그러나 오빠가 노동 운동한다고 또 직장에서 잘렸으니 나만이라도 돈을 벌어야지 하는 생각이 깊은 곳에서 올라왔다.

다음날 오빠들은 8개 항의 요구 조건을 적은 건의서를 가지고 평화시장주식회사 사무실을 찾아갔다고 했다. 바보회 시절에는 건의서를 들고 몇 번이나 사무실로 올라가려다가 '떨려서' 그만두곤 하던 오빠들이 신문 보도에 용기백배하여 당당하게 따졌다고 하니 여간 발전한 게 아니었다. 회사 측에서는 그저 힘써 보겠다는 말로만 얼버무렸다고 하니 신문 보도도 별수 없다 싶었다. 그런데 신문보도가 나간 이후 형사들이 오빠들의 주변을 맴돈다고 했다. 그러던 어느 날 오빠가 재단 보조로 취직했다는 말이 들렸다. 나는 한달음에 달려가 오빠를 만났다.

"오빠."

"여기 있는 줄 어떻게 알았지?"

"거꾸로 내려가는 계급도 있어요?"

"노동청 근로감독관이 모두 취직을 하면 일주일 이내로 진정 사항을 개선해 준다고 했어."

"오빠, 그게 말이나 돼. 그 말을 믿어요? 오빠들을 모두 직장에 묶어 놓으려는 거잖아요. 참 정말 순진도 하시네. 근로감독관이라는 작자가 속으로 그러겠네요. 이 순진한 바보들이 잘도 속아 넘어간다고."

"두고 보면 알겠지."

"보나 마나예요 오빠."

오빠는 조금은 자존심을 다친 모양으로 다소 시무룩해졌다. 그러나 일주일이 지났는데도 개선은커녕 감독관이라는 작자는 코배기도 보이지 않았고 오빠들이 다시 감독관을 찾아가 따졌으나 현실적으로 도저히 불가능하다는 대답만을 들었다고 했다. 오빠들은 말로서는 안 되겠다고 하며 노동청에 대한 국회의 국정감사가 있는 날 노동청 정문 앞에 가서 데모하기로 계획을 세웠다. 그러나 그 사실을 어떻게 알았는지 감독관이 다시 찾아와 며칠만 참고 기다려주면 요구조건을 들어주겠으니 데모계획을 중지해 달라고 요청했다. 오빠들은 또 한 번 속는 셈 치고 데모를 보류했다. 역시 국정감사가 끝나고도 감감무소식이었다. 그 뒤 근로감독관이 오빠를 찾아와 점심을 사주며 한다는 소리를 듣고는 그동안 오빠들을 가지고 놀았다는 느낌이 들어 오빠들보다 내가 더 화가 났다.

“너희들 요구 조건은 당초부터 도저히 실현 불가능한 무리한 것이니 그만 포기하는 게 좋겠다. 내가 개인적으로나 가정적으로나 무슨 애로사항이 있으면 얼마든지 도와줄 테니 이제 노동운동은 그만하고 여기서 손 떼는 게 어떻겠나?”

오빠는 격앙된 어조로 약속이 틀리지 않느냐고 따지고 덤볐다고 했다. 감독관은 도리어 화를 벌컥 내면서

“그렇게 타일러도 말을 안 듣겠다는 거야? 그렇다면 이제 국정감사도 끝났으니 어디 너희들 맘대로 한번 해봐라.”

감독관의 노골적인 배신을 오빠로부터 전해들은 삼동회 회원들은 모두 격분해서 다시 평화시장 앞에서 데모를 감행하기로 결의했다. 나는 오빠들의 데모에 동참하기 위해 아예 일손을 놓고 오빠들을 도왔다. 나는 플래카드를 만드는 일과 협조자들을 동원하는 일을 맡았다. 데모할 때 외칠 구호는 ‘근로기준법을 준수하라!’ ‘일요일은 쉬게 하라!’ ‘16시간 작업에 일당백 원이 웬 말이냐!’ 등으로 했다. 나는 미싱사 언니들과 시다들을 데모 현장에 동원하는 일로 바쁘게 돌아다녔다. 기업주들에게 데모계획이 누설되지 않도록 따로 불러내어 은밀히 이야기해야 했다.

드디어 그날이 왔다. 오빠는 노동청 출입 기자에게 오늘 오후 1시경에 데모가 있을 것이니 평화시장에 와서 취재해달라는 부탁을 했다. 평화시장 일대는 각 작업장으로 통하는 일곱 개 골목 모두에 시

장 경비원들이 쫙 깔려 있었다. 경비원들은 두 명씩 짝을 지어 곤봉을 들고 각 골목길을 지키고 서 있었다. 삼엄한 분위기가 감돌았다. 오빠들과 나는 그런 와중에도 각 작업장을 돌아다니며 은밀히 연락을 취했다.

"점심시간에 좋은 구경거리가 있을 테니 국민은행 앞으로 나와 보세요."

"무슨 구경인데?"

"하여간 나와 보면 알아요."

1시가 가까워져 왔다. 벌써 꾸역꾸역 밀려 나오기 시작한 노동자들이 잠깐 사이에 500명이나 되었다. 국민은행 앞길이 웅성거렸다. 경비원들이 모인 사람들을 해산시키려 들었다. 그때 2층 경비실에서 오 형사가 오빠들을 부르며 모두 올라오라고 손짓했다. 나는 오 형사라는 인물이 어떤 인물인지 얘기를 듣고 알고 있는 터라 벌써 일이 틀어졌음을 알았다. 오 형사라는 인물은 신문 보도 이후 평화시장에 파견되어 나온 정보계 형사였다. 그는 삼동회 회원들 주변을 맴돌면서 능구렁이처럼 오빠들에게 공감을 표시하는 척하면서 친절하게 밥도 사주고 어려운 일을 도와주며 정보를 수집해 왔다. 오빠 중에는 그에게 속아 넘어간 오빠도 있었다. 데모계획을 다른 사람들에게는 다 숨기면서 그에게는 협조를 구하기까지 했다.

형사들은 곳곳에 서 있었고 기업주들은 문을 닫고 노동자들을 밖으로 내보내지 않았다. 오빠들은 풀이 죽어 경비실로 올라갔다. 나도 따라 올라 가려 하자 오빠가 너는 여기 있으라고 했다. 나는 슬그머니 꽁무니에 따라붙었다. 경비실에는 오 형사가 평화시장주식회사 직원들과 함께 있었다.

"왜 불렀습니까?"

"거기 좀 앉게나. 시간이 지나면 차차 개선될 텐데 왜들 그렇게 서두르나."

"그때가 언젠데 여태 한 가지도 개선된 게 없습니다. 그러니 우리는 투쟁할 수밖에 없습니다."

"어허, 이 사람들 성급하긴… 서로 좋은 게 좋은 거 아닌가."

오 형사와 회사 측 사람들은 유들유들 웃으며 시간을 끌었다.

"오빠, 이 사람들하고는 얘기해 봤자 소용없어요. 어서 나가요."

오빠들이 밖으로 나가려 하자 오 형사가 앞을 막아섰다.

"주변에는 형사들과 경찰들이 쫙 깔렸어. 어디 너희들 마음대로 해봐라."

"국가의 녹을 먹는 사람들이 국민을 위할 생각은 않고 협박을 해요? 나가요. 오빠."

"어어, 이 아가씨는 누군데 이래 버릇이 없지."

"나가자. 시간 낭비만 할 뿐이다."

오빠가 문을 나서자 회사 측 책임자로 보이는 사람이 오빠를 잡고 말했다.

"조금만 더 참아주게. 우리가 일주일 내에 조처해 보겠네. 그때까지만 참고 기다려주게."

적잖이 위축감을 느끼고 있던 오빠들은 이 약속을 듣고 다소 마음이 풀려 누그러졌다.

"그렇다면…"

"안 돼요. 오빠. 이 사람들의 말에 한두 번 속았어요. 어떻게 하든지 이 순간을 모면해 보려고 하는 소리예요."

오빠가 난처한 표정을 짓자 다른 한 오빠가 오빠에게 말했다.

"그래도 한 번만 더 속아 보는 게 어때요."

"그렇다면 한 번만 더 믿고 기다려 볼 테니까 그때까지는 꼭 약속을 지키도록 해 주십시오."

그렇게 해서 또다시 일은 수포가 되고 말았다. 사람들은 실망하고 괜히 나왔다고 투덜대며 각자의 작업장으로 돌아갔다.

"너는 왜 오빠들의 하는 일에 톡톡 나서니? 누구는 그걸 몰라서 물러서는 줄 아니? 사태가 우리에게 불리하게 돌아가니까 그런 거지."

"오빠, 좀 솔직해질 수 없어요? 마음이 약해져서 그런다고. 사태가 불리할 때마다 물러선다면 우리에게 유리할 때가 언제 있을 것 같아요?"

자존심 때문인지 심각하게 생각을 재고해봐야겠다는 것인지 오빠는 더 말을 하지 않았다.

약속한 날짜는 또다시 아무런 기미도 보이지 않고 지나갔다. 오빠들은 다시 모였다. 오빠는 심각한 얼굴로 '근로기준법 화형식'을 하자고 제의했다.

"이번에는 모두 희생할 각오로 싸웁시다!"

오빠는 사뭇 비장한 어조로 말했다. 다시 날짜가 잡혔다. 현수막에는 '우리는 기계가 아니다!' '일주일에 한 번만이라도 햇빛을!'이라는 구호가 덧붙여졌다. 탁자 하나를 준비해 사람들이 모일 때 그 자리에 내어놓고 오빠가 근로기준법 책을 들고 그 위에 올라가서 근로기준법 중요 조문들을 읽고 '이런 조문들이 다 무슨 소용이냐! 지켜지지도 않는 이따위 허울 좋은 법은 화형에 처해 버리자!'라고 외치면서 오빠가 구호를 선창하면 모두 복창하고 난 뒤 책을 불사르기로 했다. 오빠는 자신이 휘발유를 준비하겠다고 하며 이번만은 어떤 희생을 치르더라도 결단코 물러서지 말고 싸우자고 힘주어 말했다.

드디어 그날의 아침이 밝았다. 나는 활동하기에 편한 운동복에 모자로 남장하고 평화시장으로 갔다. 평화시장 일대는 왠지 아침부터 이상한 긴장감이 감돌고 있었다. 시간이 갈수록 경비원들은 전보다 더 불어났고 출동한 기동대가 이곳저곳에서 삼엄하게 진을 치고 있었다. 각 작업장에서는 업주들이 종업원들에게 '오늘 몇몇 깡패 같은 놈들이 주동이 되어 좋지 못한 움직임이 있으니 절대로 가담해서는 안 된다'고 주의를 주었다. 그러나 국민은행 앞길에는 전보다 더 많은 사람이 모여 웅성거렸다.

오빠들은 형사들의 눈을 피해 평화시장 건물 3층의 어둠침침한 복도의 한쪽 구석에 모여서서 아래를 내려다보고 있었다. 오빠 중 몇 사람은 이미 경비원들에 끌려가서 감금되어 있었다. 오빠들은 준비된 현수막을 몸에 감고 옷 속에 감추었다.

드디어 기다리고 기다리던 시간이 다가왔다. 오빠들은 현수막을 꺼내어 펼쳐 들고 아래로 내려갔다. 2층 복도에까지 왔을 때 형사 두 명이 뛰어와서 현수막을 빼앗으려 했다. 오빠들은 뺏기지 않으려고 몸부림쳤다. 현수막이 찢어졌다. 몇 명이 형사들에게 얻어맞고 끌려갔다. 나머지 오빠들은 현수막 없으면 못 할 줄 아느냐고 소리치며 국민은행 앞으로 뛰어 내려갔다. 나는 왠지 오빠가 보이지 않는 것을 알고 다시 건물로 뛰어 올라갔다. 3층 어둠침침한 곳에서 갑자기 오빠가 나타나 나의 얼굴을 두 손으로 잡아당겼다. 그리고 나의 입술에 진한 기름 냄새가 나는 키스를 퍼부었다.

오빠는 나를 밀쳐내고 정신없이 아래로 뛰어 내려갔다. 한동안 멍해 있던 나는 순간 뜨거운 그 무엇이 가슴을 쳤다.

"오빠 안 돼!"

나는 기겁을 하고 오빠한테로 달려갔다. 오빠는 보이지 않고 커다란 불덩어리 하나가 활활 타오르며 사람들 속으로 달려 들어가는 게 보였다.

"근로기준법을 준수하라!"

"우리는 기계가 아니다! 일요일은 쉬게 하라!"

"노동자를 혹사하지 말라!"

불덩어리 속에서 짐승의 울부짖는 소리가 들렸다. 불짐승은 그 자리에 쓰러졌다. 누군가가 근로기준법 책을 불속으로 집어던졌고 누군가는 웃옷을 벗어 불을 끄기 시작했다. 이윽고 불이 꺼지자 시커먼 숯덩이가 드러났다.

"오빠, 오빠…"

나는 무엇을 어떻게 해야 할지를 몰라 덜덜 떨면서 오빠를 내려다보며 울었다. 기자들이 뛰어와서 수첩을 꺼내 들고 오빠에게 무언가를 물었다.

"내 죽음을 헛되이 하지 말라…"

오빠는 무어라고 입술을 움직거리며 까맣게 탄 얼굴 근육을 실룩거렸다. 그러더니 맥없이 고개를 떨어뜨리며 몸을 움직이지 않았다.

"오빠 안 돼… 죽으면 안 돼…"

나는 기어드는 소리로 울먹이며 몸을 떨었다. 앰뷸런스가 왔다. 병원으로 옮겨진 오빠는 응급치료를 받고 온몸을 붕대로 감았다. 누군가가 오빠의 집으로 달려가서 어머니를 모시고 왔다.

"물, 물 좀 주시오."

아들의 참상을 본 어머니가 울부짖었다.

"엄마한테 누가 연락했지? 어머니 놀라셨지요. 너무 걱정하지 마세요. 마음을 굳게 가지세요. 어머니 우리 어머니만은 날 이해할 수 있지요? 나는 만인을 위해 죽습니다. 어머니 걱정하지 마세요. 슬퍼 마세요."

오빠는 손을 내밀려고 몸을 움칫하다가 되레 잠잠해지며 말했다.

"어머니, 내가 못다 이룬 일 어머니가 꼭 이루어 주십시오."

"그래, 아무 걱정 말고 어서 나을 생각이나 해."

"어머니, 친구들 좀 불러 주세요."

오빠 친구들이 오빠 머리맡으로 다가갔다.

"너희들 부모님께 효도하고 조금 시간이 남으면 우리 어머님께도 날 대신 효도를 해줄 수 있겠나? 그리고 우리가 하려던 일, 내가 죽고 나서라도 꼭 이루어주기 바란다. 그럴 수 있겠나? 내 하나 죽는다고 세상이 달라지냐고 빈정대던 친구들과는 다른 거지?"

오빠는 벌떡 일어나려고 하면서 친구들에게 다그쳤다.

"왜 대답이 없지?"

"그래, 네 말대로 꼭 이룰게."

"어디 한번 맹세해봐."

"맹세한다!"

오빠는 그제야 안도하며 잡고 있던 기력을 놓았다. 오빠는 바로 옆에서 줄곧 지켜보고 있는 나에 대해서는 아무 말도 건네지 않았다. 내가 오빠라고 불렀지만 대답은커녕 반응조차 없었다. 옆에 있는 줄 몰라서일까? 그렇다 하더라도 어쩌면 그렇게 한번 찾지 조차 않는지? 나는 아연한 먼 나라로 뚝 떨어져 혼절한 느낌이었다. 너무나 슬퍼 아무 소리도 못 하고 그저 지켜만 보고 있던 나는 이 뜻밖에 찾아든 충격 때문에 무슨 말을 건네기는커녕 숨소리조차 제대로 낼 수 없었다.

"만 오천 원짜리 주사 두 대만 맞으면 우선 화기는 가시게 할 수 있는데…"

"의사 선생님 집을 팔아서라도 갚을 테니 제발 그 주사 좀 맞게 해 주세요. 네?"

"그러면 근로감독관의 보증서를 받아오세요."

그때 마침 노동청에서 파견 나와 있던 근로감독관 한 사람이 병원까지 따라와 있었다.

"내가 무엇 때문에 보증을 서요."

근로감독관은 슬그머니 자리를 피했다. 어머니는 다시 의사에게 가서 사정했다.

"그 약이 지금 여기에는 없으니 다른 병원으로 옮기도록 하세요."

오빠는 다른 병원으로 옮겨졌다. 그 병원에서도 회생할 가망이 없다는 진단이 나왔다. 어머니는 물 달라고 졸라대는 아들에게 가제에 물을 적셔 입을 축여주며 죽어가는 아들을 지켜보고 있었다. 오빠는 점점 기력이 탈진해 죽은 듯 잠잠히 누워만 있더니 희미하게 눈을 떴다.

"배가 고프다…"

그리고는 힘없이 고개를 떨어트렸다. 오빠는 끝내 나를 찾지 않았다.

나는 임종의 곡소리에도 침대가 옮겨지는 분주한 소리에도 슬픔인지 아픔인지 모를 멍멍한 혼절의 상태에 있었다. 그저 꿈결 같은 걸음으로 시체가 가는 길을 따라갈 뿐이었다. 야단스러운 장례식의 오열 속에서도 나는 내내 울지 않았다. 언제나 가족들이 중심자리에 있었고 오빠의 마지막 기억의 자리에서 밀려났듯이 나는 장례식의 소란으로부터 완전히 한쪽으로 밀려나 있었다. 나는 꽃 한 송이 향 한번 피워보지 못하고 한쪽에 우두커니 서서 과연 오빠가 나를 지금이 자리에서 지켜보고 있을까를 곱씹으며 오빠와의 영혼의 끈을 놓지 않으려 애쓰고 있었다. 생전의 오빠 같으면 저 많은 조문객을 보며 흐뭇해할 테지만 세속의 욕이 끊긴 지금이야 정신을 차리고 나를 쳐다보고 있을지도 모른다는 헛된 갈망을 내내 끊지 못하고 있었다.

'노동운동의 신기원을 이룩한 장렬한 열사의 죽음'

이렇게 세상이 오빠를 영웅으로 만드는 사이 나의 사랑은 오빠로부터 빠르게 소외되어갔다. 나는 오빠의 영웅심과 입맞춤 사이에서 오랫동안 방황했다. 아무리 생각해도 대의를 위한 희생이 영웅심으로 모욕될 리 없는데 입맞춤이 석유냄새에 묻혀 오염된다는 게 믿기지 않았다. 그 영웅심이란 게 소외된 자와의 입맞춤을 위한 것이면서도 말이다. 인간은 맹수가 되는 것과 맹수의 짝이 되는 두 가지 성업을 동시에 이룰 수 없다. 썩어 문드러지기 위해 썩어 문드러지는 게 인간이다. 노동운동이라는 게 새로운 삶을 위한 심벌 놀이에 지나지 않는다면 그와 그 자식이 과연 뭐가 다른지 묻고 싶었다. 마지막 이름 한번 불러주지 않고 눈을 감은 게 자신을 잊게 하려는 거라고 억지를 부려도 소용없었다. 노동은 공공연하고 사랑은 은밀한 것이어서라고 해도 효용이 없었다. 노동은 사랑으로 돌아올 수 없었다.

그러나 나는 왜 그를 오빠라고만 했을까? 지금 이토록 사람들의 입에 오르내리는 오빠의 이름 석 자를 왜 나는 한 번도 마음 놓고 불러보지 못했을까? 오빠를 그이라고 부르지 못한 것은 한 번도 나를 그녀라고 불러준 사람이 없었기 때문이 아닐까? 순결을 잃은 여자는 그녀가 될 수 없는 걸까? 세상의 그 누구도 오빠의 이름과 나의 이름에 그 어떤 연관을 지어 부르는 사람이 없었다. 생전에 오빠와 옷깃만 스쳤어도 노조 간부가 되고 노동운동의 선구자가 되는 세상으로 변해갈 때 나는 청계피복노조에도 가입하기가 싫어 청계천을 떠났다.

나는 고급맞춤복으로 옮겨간 미싱사 언니를 찾아갔다. 그곳에서 나는 새 삶을 시작했다. 고급맞춤복 팀에는 미싱사가 대부분 남자이고 여자미싱사는 없었는데 미싱사 언니는 고급 일을 배우기 위해 시다부터 시작했고 난 그 밑 일부터 시작했다. 왜냐하면 일이 그만큼 까다로워서 처음부터 꼼꼼하게 다시 배우지 않으면 안 되었기 때문이었다. 그러나 보수는 싸구려 기성복의 시다보다 오히려 많이 받았다. 옷에도 빈익빈 부익부가 있었고 한 지붕 밑에 이토록 다른 세상이 존재한다는 사실에 놀랐다. 나는 얼마 지나지 않아 시다로 올라갔고 시다 언니는 미싱사로 올라가 나는 언니 밑에서 미싱사 일까지 열심히 익혔다. 기술이란 신참이 아무리 잘해도 일정 경력이 있어야

인정을 받았다. 미싱사 언니가 아프거나 일이 밀려 바쁠 때 대신 미싱사 일을 해 칭찬받을 정도였으나 자리가 쉽게 나지 않았다. 그렇게 해서 나는 오빠를 서서히 잊었고 왠지 십 년은 훌쩍 늙어버려 전혀 다른 사람이 되어있는 느낌이었다.

그즈음 나는 그때까지 공부해온 것을 시험이나 한번 쳐보자 싶어서 중학교 졸업 검정고시를 보아 합격했다. 그리고 그런 공부는 하지 않기로 했다. 오빠가 그토록 소중하게 여기던 학력이란 게 아무런 의미가 없어 보였고 그런 쓸데없는 일에 인생을 소모하고 싶지 않았다. 사실 나는 그전에도 영어단어 하나 외우는 것보다 시 한 편 외우거나 소설 한 편 읽는 게 더 좋았다. 나는 그때부터 세상의 모든 시집과 소설책을 읽어나갔다. 나의 모든 것이 그 속으로 빨려 들어갔다. 오빠로부터 소외된 사랑도 그 속으로 들어가 말끔히 세례를 받고 밝은 표정으로 웃을 수 있었다.

그녀 수기의 이 부분에서 나는 잠시 일기장을 덮었다. 이제야 조금 그녀가 보이기 시작했고 그녀의 모습 전체가 온전히 체경 속에 들어왔다. 그녀 인생이 한 켜 접히는 부분에서 나는 편리해진 손에 들린 도구나 그를 장악하기 위한 무기를 버리는 것과 같은 엄청난 힘을 느꼈다. 그러나 그 뒤가 나와 연관된 부분이라는 생각에 다시 화들짝 일기를 펴들었다. 글은 점차 수필형식으로 바뀌어서 갔고 나는 많은 부분을 건너뛰어 나와 연관된 대목을 찾아 눈길을 멈추었다.

세상은 온통 꿈을 좇아가는 사람들로 가득했다. 내게는 문학소녀의 꿈같은 것도 없었다. 그저 시들해진 세상에서 재미를 찾아 숨어버린 것에 지나지 않았다. 그러나 그런 재미도 갖고 있지 않은 사람처럼 보이면서도 세상일에 그저 사람 좋은 얼굴을 한 사람이 있었다. 사람 속은 알 수 없는 것일 테지만 도무지 무슨 생각을 하고 있는지 종잡을 수 없는 웃음을 늘 흘리고 있는 그 표정에서 나는 어쩌면 하늘을 치고 오르는 영웅심이 아닌 식욕처럼 편재된 욕망으로 흘러내리는 영웅심이라는 것도 있을지 모른다는 생각을 하게 되었다. 마치 영원한 보조로 만족하는 듯이 도무지 상승으로의 기미도 보이지 않는, 아니 주인에서 보조로 강등됨을 즐기기라도 하듯 편안한 마음으로 심부름하는 아이에게까지 어려워하는 말씨를 구사하는 것을 어떻게 이해해야 할지 나는 한참이나 골똘히 생각해 보아야만 했다.

아무리 찾아봐도 나에 대한 글로 보이는 글은 이 불확실한 글귀 말고는 찾을 수가 없었다. 그녀가 자기 오빠에게 소외감을 느꼈듯이 그녀에게 나는 심한 소외감을 느꼈다. 그러나 영웅시되고 신화화된 오빠에 대한 실망이 세월의 때에 묻어 전환점을 맞은 지점에서의 글이라는 점에서 나는 다소 위로를 받았다. 그녀는 그 지점에서 또다시 과거의 아픈 기억을 떠올리게 하는 사건을 만났다. 그게 바로 미즈재단사와의 만남이었다. 그녀가 그 사건을 어떻게 기록하고 있는지 한번 읽어보자.

나는 그 자식을 다시 만났다. 지우려고 하면 할수록 지워지지 않는 얼굴이 낯바대기만 바꾼 모습을 하고 나타났다. 순결을 짓밟은 그 자식이 내 몸 깊은 곳에 상처를 주었다면 이 자식은 내 마음 깊은 곳에 상처를 주었다. 나는 지금까지 그처럼 심한 모욕을 받아본 적이 없다. 욕이 몸을 뚫고 들어가느냐고들 하지만 뚫고 들어가는 정도가 아니고 숫제 들어가서 온몸을 헤집어 놓는다. 마음을 뚫고 들어가 온 마음을 헤집어 놓는 몸의 상처보다 결코 못 하지 않다. 몸의 욕은 회복할 도리가 없어 좌절 쪽으로 기울지만, 마음의 모욕은 회복을 위한 무모한 갈망 쪽으로 복받친다.

이 자식을 어떻게 본때를 보이지? 하는 생각이 구체화하여 막상 본때를 보이려면 내게 본때가 있어야 했다. 지금의 내게는 본때를 보여줄 본보기가 될 만한 그 무엇도 없었다. 시다 생활 백날 해봐야 본때는커녕 아이론 때만 더덕더덕 달라붙는다. 그렇다면 이 지겨운 시다 생활을 청산하고 본때를 보일만 한 일을 찾아보자. 지금 내가 할 수 있는 일이라고는 몸을 파는 일밖에 없다. 그때 내 머리를 치고 떠오른 것은 '한강 언니'였다. 전번에 일하던 가게의 디자인 전표에서 자주 보아온 이름인데 한강의 기적을 일으키는 그룹회장님과 정치권력 실세들이 드나든다는 국내 제일가는 '한강'이라는 요정을 운영하는 가게 최고 고객인 언니의 전표 이름이었다. 나는 그 언니를 한번 찾아가 보기로 했다.

가기 전에 나는 나 자신에게 물어보았다. 몸을 파는 일은 사실 여부와 관계없이 사람들로부터 몸을 더럽히는 일이라는 인식의 빨간 주홍글씨를 새겨 넣는 일이다. 그에 대한 미련이 있는가? 놀랍게도 나는 이미 더럽혀진 몸이라는 '이미'라는 말로 미련이라는 말을 몰아내고 있었다. 그러나 나는 그때 본때라는 말이 오빠가 자주 쓰던 '보여주자'라는 말과 다르다는 것을 알지 못했다. 개인의 사랑을 버리고 인류를 사랑한 성인들처럼 나에 대한 사랑을 버리고 민중을 사랑한 오빠의 '보여주자'에는 자기희생이 있었지만 나의 본때에는 자기성취와 보복의 구더기만 들끓었다.

내가 '한강'을 수소문해 찾아갔을 때는 벌건 대낮이어서 언니를 만나지 못했다. 요정이 밤 장사라는 사실조차 구체적으로 와 닿지 않은 나의 사회 감성은 그처럼 완전 숙맥이었다. 저녁에 나는 다시 언니를 찾아갔다.

"그런데 여긴 어떻게 알고 찾아왔지?"

"네, '한강언니'라는 말이 제겐 너무 익숙했거든요."

"여기 있던 아가씨와 친구 사이였나?"

"아니에요. 제가 일하던 의상실의 디자인 전표에 그 이름이 늘 적혀 있었거든요. 전 그 의상실 공장에서 시다 일을 했고요. 언니께서 입고 있는 옷 중에는 제 손길이 닿아있는 옷이 많이 있을 거예요."

"그런데 왜 그 일을 그만두고 이런 일을 하려고 그러지?"

"돈 때문에요."

"왜 부모님이라도 아픈가? 아니면 동생 학비?"

"아니에요. 전 혈혈단신 고아인걸요."

"그런데 왜? 돈은 벌어서 뭘 하게?"

"꿈을 키우려고요."

"무슨 꿈?"

"저 자신을 고양하는 꿈을요."

"여긴 순진한 아가씨의 꿈을 고양하는 곳이 아니라 더럽히는 곳이야. 알겠어?"

"네 잘 알아요. 하지만 몸과 돈의 교환이 그렇게 나쁜 것만은 아니라고 생각해요. 남이 나쁘다고 생각하는 것보다 나 자신이 그 나쁘다는 것으로부터 얼마나 자유로울 수 있느냐가 중요하다고 생각해요."

"그래? 학교는 어디까지 나왔지?"

"검정고시로 중학교 과정을 마치고는 학력에 매달리는 저 자신이 싫어서 그만두고 제가 좋아하는 시집이나 소설책으로 대신했어요."

"네 대답이 너를 거절하지 못하도록 만드는구나. 어디 그럼 당장 결정을 하지 말고 우리 두고 한번 생각해 보자. 이건 한 인생을 좌우하는 아주 중요한 일이니까. 집에 가서 한 번 더 심각하게 생각해 봐. 기회는 얼마든지 있으니까."

"그러면 언니의 승낙이 떨어질 때까지 여기 나와서 청소나 하면서 지내면 안 될까요? 저 벌써 하던 일 그만뒀거든요. 집에 빈둥빈둥 있는 것보다 그게 낫잖아요. 지금이라도 뭐 제가 할 일이 있으면 시키세요. 무료봉사할게요."

"얘가 정말 사람을 아주 붙들어 매는구나."

그렇게 해서 나는 그곳에서 청소하며 며칠을 지냈다. 그러던 어느 날 저녁 한강언니가 날 불렀다. 나는 언니가 계신 방으로 갔다. 그곳에는 손님 두 분이 계셨다.

"이리 와서 인사드려라."

"안녕하세요."

"내가 최 회장님께 네 얘기를 했더니 널 한번 보자고 해서 불렀다."

"그래, 이름이 뭔가?"

"채령입니다."

"최가라고? 본이 어디야?"

"죄송합니다만 최가 아니고 채인데 그게 성인지 이름인지 저도 잘 모릅니다."

"자기 이름을 자기가 모른다고?"

"강보에 싸여 버려졌을 때 그 속에 적힌 이름이 그냥 한글로 '채령'이라고만 되어 있어서요."

"아, 참 고아라고 했지. 사장님이 노래 대신에 시 낭송을 하는 아가씨라고 칭찬을 하던데 지금 여기서 시 한 편 낭송해볼 수 있겠나?"

"낭송이라뇨? 그냥 중얼거릴 뿐인데…"

"그래, 그러면 어디 한번 중얼거려봐."

한강언니가 손뼉을 치자 모두 따라서 손뼉을 쳤다.

당신은 나의 촛불 속으로 오셔요.
촛불은 당신을 위하여
언제든지 준비가 되어 있습니다.
만일 당신을 쫓아오는 사람이 있으면
당신은 나의 촛불 뒤에 서십시오.
촛불은 허무와 만능이 하나입니다.
촛불의 사랑은 무한인 동시에 무궁입니다.
촛불 앞에는 군함과 포대가 티끌이 됩니다.
촛불 앞에는 강자와 약자가 벗이 됩니다.
그러면 쫓아오는 사람이 당신을 잡을 수 없습니다.
오셔요. 당신은 오실 때가 되었습니다. 어서 오셔요.

나의 엉터리 시 낭송에 모두 박수로 답했다.

"시 제목이 뭐지?"

"'오셔요'라는 한용운의 시 일부인데 죽음을 촛불로 제 나름대로 바꾸어 본 건데 어때요? 좀 이상하죠?"

"아니에요. 아주 좋았어요. 이거 미스 채 시 낭송 들으러 매일 와야겠는 걸… 그런데 죽음과 촛불은 아주 다른데 바꾼 이유가 뭐지?"

"죽음은 일제강점기의 어두운 시대를 반영한 건데 지금 시대와는 좀 안 맞잖아요. 형광 불빛처럼 밝은 시대에는 촛불이 외려 위로가 되고 지금도 죽음 앞에는 촛불을 켜잖아요."

"우와 설명을 듣고 보니 그게 더 좋은 것 같은데? 앙코르 같은 거는 없나? 이왕이면 자작시로 말이야. 자 박수."

"그래, 이왕 한 김에 한 수 더 읊어 보렴. 회장님이 무척이나 아쉬우신가 보다."

"아이 갑자기 생각이 잘 안 나요. 자작시는 아니지만, 무명작가의 책에서 본 건데 좀 야한 거라도 괜찮아요?"

"이런 자리에서는 야할수록 좋지."

"욕하시면 안 돼요."

남자의 성은 도구의 연장이어요.

마구 찌르고 쑤시고 생야단을 치지요.

인구도 늘어나고 여자도 할 짓이 아니어요.

인간의 성생활은 남자가 수동적인 게 맞아요.

고분고분 누워 기다리는 남자를 생각해 보아요.

세상의 평화가 이거구나 싶지요.

무엇보다 남자가 생야단을 치지 않으니

여자가 얼마나 편하겠어요.

남자가 수동적일 때 더 남자다워질 수 있대요

고분고분 누워서 여자를 기다리는 남자가 되어요.

인간의 성생활은 여자가 능동적인 게 맞아요.
본연의 능동성을 되찾아 세상 편한 밤을 즐기어요.

"죄송합니다. 너무 이상한 시라서…"

"아니에요. 아주 좋았어요. 이거 산전수전 다 겪은 우리가 외려 무색해지는구먼…"

나는 그날 그 자리에서 오빠의 '모범기업체 설립계획'을 떠올렸다. 오빠가 그토록 어렵게 생각하던 것이 어쩌면 쉽게 이뤄질 수 있을지도 모른다는 생각이 들었다. 한편으로는 이런 생각이 얼핏 뇌리를 스쳤다. 나의 본때가 오빠의 '보여주자'를 계승하고 있다는 생각 말이다. 나는 일기장을 덮으려다가 그와 연관된 시 하나를 발견했다.

어쩌나

어쩌나 내가 아닌 곳으로 흐르는 강물을
가자 가서 보자 설마 강물이 영영
낯선 곳으로만 흐르지는 않을 테지
내가 나의 냄새를 찾아 강물을 거스를 때도
설마 영영 낯선 곳으로만 오르지는 않을 테지
흐르고 오르는 것이 다른 길이 아닌 것을

어쩌나 이 길은 연어의 길이 아닌 것을

그녀의 일기는 가장 깊은 곳에서의 해후를 꿈꾸고 있었다.

나는 그녀를 만나기 위해 쿵푸 도장을 찾았다. 도장은 그녀의 집 부근에 있었다. 그녀는 보이지 않았지만 나는 수련 신청을 하고 아침 시간에 매일 가서 기초수련을 받았다. 그러던 어느 날 그녀가 나타났다. 그녀는 나를 처음 보는 사람처럼 인사를 청했고 내게 자세를 고쳐주며 은밀히 다가와 말했다.

"모범업체설립계획을 세우고 있는데 좀 도와주시겠어요?"

"내가 도울 게 뭐가 있어야지요? 전 아무것도 제대로 하는 게 없어요."

"이 기회에 재단사로 한번 뛰어보는 게 어때요?"

"안 돼요. 그럴 실력이 못 돼요. 누구 가게 망치게요?"

"그러면 재단 보조라도…"

"그럴 수 없어요. 재단 보조는 재단사 소관이에요."

"공장 매니저는 어때요?"

"그런 건 필요하지 않아요. 재단사가 공장 매니저인걸요."

"이번에는 달라요. 고급 기성복 메이커로 완전히 새로운 시스템으로 운영할 거예요."

"그러면 더더욱 안 돼요. 기술자들은 기술이 있어야 관리가 가능해요."

"자신의 무능을 즐기시는군요. 능력은 스스로 구하는 자에게만 주어진다는 것을 왜 모르세요."

나는 더 대꾸하지 않았다. 그녀는 다음에 이야기하자며 먼저 도장을 나갔다. 그런 일이 있고 얼마나 지났을까? 미즈 가게 바로 앞에 의상실을 연다며 대대적인 인테리어 공사가 벌어졌다. 이따금 그녀의 모습이 보였다. 미즈 주인 마담의 얼굴이 심각해졌다. 줄리앙의 모습이 보이지 않았다. 웬 낯선 여인이 새로 온 디자이너라며 가게로 출근을 했다. 모든 것이 빠르게 변해갔다. 드디어 그녀 가게가 오픈했다. 가게는 보통의 가게보다 화려함이나 규모에 있어서 눈부셨으며 가게 이름은 '채령'이었다. 나는 그곳에서 줄리앙을 보았다.

그날 저녁 나는 줄리앙의 아파트를 찾아갔다. 줄리앙은 아직 오지 않았다. 나는 아파트 앞에서 기다렸다. 줄리앙이 왔다.

"언제 왔어요? 오래됐어요? 많이 기다렸겠군요. 미안해요."

"오픈 파티는 어땠어요?"

"알고 계셨군요. 미안해요. 미리 얘기했어야 하는 건데 정말 미안해요."

"내게 미안할 게 뭐 있어요."

"미즈 마담 욕 많이 하죠? 그분한테는 정말 면목이 없어요."

"그런데 왜 하필 그 자리죠? 장소가 좋지 않아요."

"나도 채령 씨한테 그 점을 지적했지만 막무가내에요. 한 같은 것이 맺혀있나 봐요."

줄리앙은 줄곧 말을 하면서도 내 눈빛을 어루만졌다.

"왜 채령 씨의 스카우트 제의를 사양했죠?"

"모르겠어요. 아마 너무 위험스러워 보여서 그랬을 거예요."

"뭐가요? 왜 위험스러워 보였을까요?"

"자기 힘으로 쌓아 올리지 않은 것은 모두가 위험하게 보여요."

"세상에 온전히 자기 힘으로 쌓아 올린 게 있을까요? 벽돌은 벽돌에 의존해야 자기 모습을 이룰 수 있잖아요."

"그녀의 경우는 너무 엄청난 것이 너무 급속하게 이루어지고 있어요."

"미즈 씨야말로 지금 뭔가를 두려워하고 있는 게 아닐까요?"

줄리앙이 내 손을 어루만졌다.

"채령 씨를 잃을까 봐서요."

내 손끝에 줄리앙의 따스한 입김이 닿았다.

"너무 염려 말아요. 다 잘 될 거예요."

줄리앙의 얼굴이 내 눈앞으로 다가왔다.

"난 이미 채령 씨를 잃었어요. 세상이 채령 씨를 데려갔어요. 채령 씨는 세상의 물결에 휩쓸려 떠내려가고 있어요. 살려달라는 말 한마디 없이요."

줄리앙의 입술이 내 입을 막았다.

"다 잊어버려요."

목구멍에서 심한 역겨움이 올라왔다. 나는 임신한 여자처럼 심한 구토를 했다. 나는 급히 화장실로 갔다. 줄리앙이 따라왔다.

"왜 그래요? 괜찮아요?"

"뭘 잘못 먹었나 봐요. 그만 집에 가봐야겠어요."

"지금이 몇 신데 집에를 가요? 12시가 넘었는데…"

"벌써 그렇게 됐나요. 미안해요."

나는 그제야 줄리앙에게 미안한 생각이 들었다.

"줄리앙 내가 줄리앙에게는 너무 예의가 없지요?"

"난 그게 좋아요. 좀 더 허물없이 대했으면 좋겠어요. 그 옷도 좀 벗고요. 옷 하나 벗는 것도 마음대로 못하는 관계는 전 싫어요."

"그래요. 난 어디 가서 옷 하나 벗는 것도 마음대로 못해요. 그게 잘 안 돼요. 그러니 아예 관계라는 게 이루어지지 않아요. 사랑은 말할 것도 없고요."

"미즈 씨는 뭐랄까 자유로운 것 같으면서도 결코 자유가 무언가를 만끽하지 못하는 그 어떤 망설임 같은 것에 머물러 있는 것 같아요?"

"잘 보셨어요. 난 자유를 두려워해요. 자유가 방종으로 흘러드는 욕구 없이 어떻게 자유로울 수 있는가에 의문을 품고 있으면서도 그래요."

"자유를 두려워하는 건 질투 때문이에요. 질투가 없으면 자유는 아름다움으로 여생을 마칠 텐데 질투는 왠지 또 자유만을 사랑하는 것 같거든요. 미즈 씨와 채령 씨와의 관계에 무심해지려고 노력하지만 그게 잘 안 돼요."

"나는 아무것도 얻지 못할 것 같아요. 사랑도 자유도 그 어느 것도요. 그렇다고 질투하는 것도 아니고요. 그게 무심이라는 것의 허울이 아닌가 싶어요."

"미즈 씨와 얘기를 하고 있으면 나 자신이 무한히 고양됨을 느껴요. 그게 사랑이라는 걸까요?"

"그렇다면 나도 줄리앙을 사랑하는 게 되게요. 아니에요. 두 사람이 동시에 사랑하는 것은 불가능해요. 한쪽을 애써 부인해야만 해요. 그렇지 않으면 둘 다 사랑이 아니게 돼요."

"그 보세요. 또 자연스러움을 두려워해 자신을 지키려 하잖아요."

"그래요. 난 구제 불능이에요."

"미즈 씨는 그저 가만히 있기만 하세요. 내가 다 알아서 할 테니까요. 남성적인 것은 때로 여성적인 것에 능동성을 저당 잡힐 필요가 있어요."

줄리앙은 억지로 나의 옷을 벗겨 욕실로 밀어 넣었다. 채령이 이 사실을 알면 서로 사실을 사실 그대로 알게 되면 모두가 고립될 수밖에 없는 블랙홀로 우리는 빨려들고 있었다.

채령의 가게는 날로 번창해져 갔다. '채령'이라는 이름은 이제 그녀의 이름이 아니라 세상의 이름이 되고 있었다. 쿵푸 도장에서 나는 이따금 그녀를 보았지만 별다른 교감도 주고받지 않았다. 그녀는 이

즈음 새로 바뀐 도장의 관장에게 태권이라는 새로운 동작을 익히고 있었다. 태권을 시작한 뒤부터 그녀는 나보다 먼저 도장에 나와 연습에 열중했다. 나의 쿵푸 동작은 아직도 지지부진했다. 어느 날 내가 조금 일찍 도장으로 나갔을 때 나는 그녀가 탈의실에서 관장과 단둘이 있는 것을 보았다. 쿵푸와 태권을 동시에 구사하는 관장은 누가 봐도 남성적인 매력에 잠시 시선을 빼앗기게 되는 외양을 지니고 있었다. 그녀에 대한 불안이 새로운 국면으로 치닫고 있음을 직감케 했다.

재단사는 자신의 성격적인 결함이 나로 인해 메워지는 상황을 되도록 오래 붙들어 두려고 했다. 나도 이제 재단사로 독립할 때가 되었지만 그런 상황을 뛰쳐나갈 마음을 먹지 못하고 있었다.

"어이 미즈 술 한잔할래?"

술을 그다지 즐기지 않는 재단사와 나는 어느 일식집에 마주 앉았다.

"'미즈'도 이제 한물갔다."

손님이 반으로 줄어 미싱사 두 사람이 그만둔 터라 재단사는 심각한 어조로 말했다. 재봉틀 한두 대로는 자신이 봉급을 타 먹기가 미안한 상황이 되기 때문에 그의 불안은 어쩌면 당연한지도 몰랐다. 이대로 나가면 한 대로 줄어드는 것도 시간문제였다. 나는 그것을 불안으로까지 느끼지는 못했지만, 그에게는 생존이 걸린 문제였다.

"우리가 먼저 다른 데로 튈래?"

"어디 그럴 데가 있어요?"

"알아보면 안 있겠나? 기성복 메이커 같은 데 말이야."

나는 그 말이 '채령'을 두고 하는 말임을 알았다. 그는 은근히 내 마음을 떠본 것이다.

"자리 나는 데가 어디 그렇게 쉽게 있겠어요?"

"니도 한번 알아봐라."

나는 그의 천진무구한 발상에 고소를 금치 못하면서도 그가 한때 나를 질투한 것도 어떤 감정의 원칙이 있어서가 아니고 다만 생존에 민감한 감각을 지녔기 때문이라는 것을 알았다. 기술이라는 것도 어쩌면 예민한 생존 감각이 빚어낸 산물인지도 몰랐다. 심한 스트레스를 주는 욕의 기술과 함께 말이다. 나는 기술과 욕이 함께 밴 그의 얼굴에서 어쩌면 교환과 착취도 같은 얼굴인지도 모른다는 생각을 하게 되었다.

일요일이었다. 일요일은 회장님이 오지 않는 날이어서인지 그녀가 도장에서 지내는 일이 많았다. 내가 조금 늦게 도장으로 나갔을 때 도장에는 몇 사람만이 남아 수련을 하고 있었다. 나는 그녀가 보이지 않는 것을 알고 오늘은 일찍 집으로 갔나 하다가 구석자리에 있는 관장실로 가보았다.

"안 돼요. 그럴 수 없어요."

"왜 안 된다는 거죠? 미국으로 가서 처음부터 다시 시작해요. 미국 애들은 동양 무술 하면 껌벅 한데요. 내 친구 하나는 3년 전에 갔는데 지금 완전히 자리를 잡았어요. 이곳을 정리하면 그곳에서도 충분히 도장을 열 수가 있어요. 내 것만 가지고는 안 돼요. 위장 결혼으로 내가 먼저 가서 준비하고 있을 테니까 당신이 이곳을 정리하고 와서 도장을 열면 돼요. 둘이 힘을 합하면 안 될 게 뭐가 있어요."

"왜 내 말을 못 알아들어요. 나는 지금 이 상황을 빠져나갈 수가 없어요. 그건 죽음을 의미해요. 모든 게 내 것인 것이 하나도 없다는 것을 왜 몰라요."

"그러니까 모든 걸 현금으로 바꾸어 뭉칫돈을 만들라는 거지. 그게 왜 안 된다는 거죠?"

"내가 뭉칫돈으로 만들게 내버려 둘 것 같아요? 설사 그게 가능하다 해도 난 싫어요. 팬티까지도 미국 것이라면 껌벅하는 당신의 그 속물근성이 싫다고요. 그 얘긴 못 들은 거로 하겠어요. 그만 가봐야 해요. 비키세요."

나는 밖으로 나가 그녀를 기다렸다. 잠시 후에 그녀가 나왔다. 그녀는 나를 보자 흠칫 놀라더니 빠른 걸음으로 자기 집을 향해 걸어갔다. 나는 그녀 뒤를 따라붙으며 말했다.

"잠깐 얘기 좀 해요."

"무슨 얘기요?"

"잠깐이면 돼요."

"전 할 얘기 없어요."

"잠깐이면 된다니까요."

나는 그녀의 팔을 잡아당겼다.

"왜 이래요? 제가 감시당하는 걸 알고도 이래요?"

"감시당하는 사람이 그 짓까지 해요?"

"그 짓이라뇨?"

그녀가 갑자기 멈춰서며 날 쏘아보았다.

"미안해요. 저기 좀 앉아요."

그녀가 먼저 가로수 벤치로 가 앉았다.

"무슨 얘긴지 해보세요."

"……"

"시간이 없어요. 어서 말해요."

"당신이 지금 무슨 일을 하고 있는지 알아요?"

"……"

"몇 천 년의 역사를 한꺼번에 건너뛰려 하고 있어요. 몸에 휘발유를 잔뜩 뒤집어쓰고요. 가랑잎 같은 바람만 불어도 불꽃이 일어날 몸을 하고서요. 그게 얼마나 갈 것 같아요. 제발 부탁이에요. 제 자리로 돌아와요."

"그럴 수 없어요. 당신이 뭘 안다고 그래요. 내 인생은 내가 알아서 할 거예요."

"당신의 오빠는 그래도 사회를 변화시키는 숯으로나 남았어요. 그러나 지금 당신이 하는 일들은 남들에게 검정을 뒤집어씌울 뿐이에요. 당신 자신까지도 요."

"여성 기성복의 신기원을 이룩하고 있어요. 메이커로서의 자리도 잡았어요. 더 바랄 게 없어요. 이제는 스스로 굴러갈 거예요. 내가 없이도 요."

"그래서 태풍의 진로를 바꾸었나요?"

"무슨 얘기에요?"

"당신답지 않군요. 이젠 진실까지 숨기려 드는군요. 왜 그렇게 됐죠? 치욕까지도 아무렇지도 않게 드러내던 당신이 왜 그처럼 타락한 모습을 보이죠? 무엇이 당신을 그렇게 만들었나요?"

"타락이라뇨? 함부로 말하지 말아요. 난 그 사람을 사랑해요."

"사랑한다고요? 그게 사랑이라고요? 한 인간의 뒷모습은 증오하면서 앞모습만 사랑하는 게 사랑이냐고요? 도대체 그게 사랑이라면 이 세상에 사랑 아닌 게 없겠군요."

"난 내가 그이를 증오하는 것까지도 사랑해요. 됐나요. 이만 갈래요."

그녀는 싸늘히 나를 돌아보며 벤치에서 일어났다. 나는 멍하니 그대로 앉아있었다. 그녀가 한두 발짝 떼어놓다 말고 다시 벤치에 앉았다.

"미안해요. 당신이 날 사랑하는 거 알아요. 이 세상의 그 누구보다도 진실하다는 것도 알아요. 그러나 난… 모르겠어요. 내가 왜 이렇게 됐는지. 왜 내가 그 사람을 좋아하게 됐는지 솔직히 잘 모르겠어요. 그게 육체적인 거라고 해도 좋아요. 이젠 육체적인 것과 정신적인 것의 구분도 잘 안 돼요. 모든 게 뒤죽박죽이 되어 갈피를 잡을 수가 없어요. 그렇지만 자꾸만 몸이 그쪽으로 기울어요. 정신까지도 사로잡혀서요."

"한 가지만 약속해 줘요. 당신 자신을 제자리에 앉히는 거요. 그것만이 참과 거짓을 밝혀줄 수 있어요. 그런 다음에 당신이 그 사람을 사랑하든 그 사람이 당신을 사랑하든 하세요."

"내 자리는 이제 바뀔 수 없어요. 역사가 거꾸로 돌아갈 수 없듯이 요. 그걸 요구하는 건 무리예요."

"역사를 거꾸로 돌리라는 게 아니에요. 암초를 피해 방향을 바꾸라는 거지요. 당신 말대로 정신과 육체는 같은 것인지도 몰라요. 사랑과 미움이 다르지 않듯이 요. 그렇지만 언젠가는 드러날 거짓만은 가려야 할 게 아니에요. 당신 자신을 거짓되게 하는 것이 무언지는 알아야 할 게 아니겠어요. 난 요즘 나 자신을 거짓되게 하는 이 바닥이 싫어졌어요. 시골로 길쌈이나 매로 들어가야겠어요."

"난 그처럼 한가한 생각이나 하고 있을 여유가 없어요. 설사 내 인생을 내가 파멸시킨다 해도 하는 수 없어요. 절 욕하셔도 좋아요. 전 이미 틀렸어요. 당신 같은 마음을 갖긴 틀렸어요. 그러나 당신의 사랑만은 내게 보여주신 그 순수한 마음만은 고맙게 간직할게요. 그만 가볼게요."

그녀는 가만히 일어나 발걸음을 옮기더니 집을 향해 빠르게 걸어갔다.

나는 그렇게 그 자리에 한참을 앉았다가 나도 모르게 줄리앙의 아파트로 몸을 옮겨갔다. 줄리앙은 나를 반갑게 맞았다.

“또 그 실연당한 얼굴을 하고 있네요. 그렇죠? 내 말이 맞죠? 내 집은 또 늘 실연당한 사랑을 받아주는 어머니 품을 하고 있고요.”

나는 옷부터 벗어 소파에 걸쳤다.

“어머, 많이 발전하셨어. 옷부터 벗으시는 걸 보니.”

“술 좀 주실래요?”

“이거 웬일이실까? 답지 않게요. 하지만 보기가 좋은데요.”

줄리앙은 위스키를 건넸다. 나는 마시는 것도 잊고 말했다.

“줄리앙, 채령 씨를 좀 도와줘야겠어요.”

“지금 돕고 있잖아요.”

“그게 아니라…”

“왜요? 채령 씨에게 무슨 일이 있어요?”

나는 잔을 비우며 말했다.

“채령 씨가 지금 자폭을 하려 해요.”

“뜸 들이지 말고 어서 말해요.”

“쿵푸 관장과 사랑에 빠졌어요.”

“네? 그게 사실이에요?”

“빠진 정도가 아니라 아주 고약해요.”

"고약하다니요?"

"관장은 그게 아니거든요. 사랑이 뭔지도 모르는 속물에다 채령 씨가 가지고 있는 것들에 욕심을 부리고 있어요."

"뭐요? 돈?"

"그래요. 같이 돈을 만들어 미국으로 도망가서 거기서 도장을 차리자고 채령 씨에게 말하는 걸 내가 들었어요."

"그런 사람을 채령 씨가 사랑한다고요? 에이 그럴 리가."

"자기가 그 사람을 증오하는 것까지도 사랑한댔어요."

"채령 씨가 그랬어요? 믿을 수가 없군요. 그래서 채령 씨는 어떻게 하겠대요?"

"갈피를 못 잡아요. 말은 안 하지만 혼자서 힘든가 봐요."

"내가 어떻게 도우면 되겠어요?"

"채령 씬 미국은 갈 생각이 없나 봐요. 그렇게 되면 파멸은 불을 보듯 뻔해요. 그 사람은 채령의 약점을 이용해 온갖 협박을 가해올 테니까요. 줄리앙, 길이 없어요. 제자리로 돌아오게 하는 방법 말고는요."

"제자리라뇨?"

"공장으로 다시 돌아오는 거지요. 그러면 양쪽 모두 해결이 날 거예요."

"그 얘기를 채령 씨에게 해봤나요?"

"그런 한가한 생각할 여유가 없대요."

"그런데 나더러 그렇게 계속 종용해 보라는 건가요? 미즈 씨. 미즈 씨가 채령 씨를 사랑한다는 건 알아요. 그러나 그렇게 본질적인 데까지 사랑을 몰고 가는 건 사랑이 아니라 자칫 독선이기 쉬워요. 나는 미즈 씨가 나더러 왜 미즈에서 채령으로 자리를 옮겼느냐고 묻지 않은 데 대해 감사하고 있어요. 사랑의 자리도 마찬가지라고 생각해요. 설사 옮겨진 자리가 나쁜 자리라고 해도 때로는 아무것도 묻지 않고 그냥 두는 게 그 사람을 위하는 것인지도 몰라요. 난 그 생각에는 반대에요."

"그렇다면…"

나는 술 한 잔을 마저 들이키며 말했다.

"그 사람과 미국으로 도망가는 건 어떨까요? 그 사람을 사랑한다고 했으니까요."

"채령 씨가 최 회장은 사랑하지 않는다고 생각하세요? 최 회장은 우리가 생각하는 것보다 어쩌면 훨씬 더 괜찮은 분인지도 몰라요. 나는 채령 씨가 가끔 말하는 말만 듣고도 그분이 마음에 들었어요. 채령 씨도 그분의 그런 점을 좋아했을 테고요. 제삼자가 섣불리 속단할 문제가 아니라고 봐요. 우리 한번 두고 보도록 해요. 채령 씨가 스스로 결정을 하게요. 그 결정을 격려해 주도록 해요. 우리."

"누군가를 사랑한다는 것이 병이 되나 봐요. 줄리앙의 말을 들으니 내 눈이 먼 것 같아요. 줄리앙의 말이 옳아요. 우리는 아무도 이래라저래라 할 수 없는 저 자신부터 이래저래 왔다 갔다 하니까요."

"그런데 한 가지 걱정되는 게 있어요."

나는 줄리앙의 얼굴에서 눈을 떼지 않고 다음 말을 기다렸다.

"얼마 전에 가게로 전화가 걸려왔어요. 채령 씨를 찾는 중년 여인의 목소리였어요. 안 계신다고 하니까 나더러 누구냐고 묻기에 디자이너라고 하자 자신을 최 회장의 부인이라고 밝히고 오늘 가게로 딸아이 둘이 들릴 테니 좋은 옷으로 골라 입혀 보내라고 하며 전화를 끊었어요. 채령 씨가 와서 사실을 말했더니 아무 말도 없이 듣기만 했어요. 그것으로 그만이었어요. 그런데 바로 뒤이어 발랄한 여대생 둘이 가게로 들어왔어요. 온 매장을 뒤지며 옷을 골라 입더니 계산도 않고 돈은 아빠한테 받으라고 하면서 가게를 나가려고 했어요. 채령 씨가 무섭게 아가씨들의 팔을 낚아채며 아빠가 누구기에 그처럼 남의 가게에 와서 버릇없이 구느냐고 혼내듯이 훈계를 했어요. 아가씨들이 최 회장의 이름을 대며 기세를 모면하려 하자 채령 씨가 어떻게 한 줄 아세요. 난 그런 사람 알지도 못하니 어서 돈이나 지불하고 가라고 했어요."

"그래서요?"

"아가씨들은 기가 죽어 백을 뒤지더니 있는 돈을 다 털어도 네 벌 값이 안 되자 난처해했지요. 그러자 채령 씨가 지금까지의 기세와는 딴판으로 모자라는 돈은 다음에 시내 나올 때 가지고 오라고 하며 돌려보냈어요."

"지금까지 내가 염려한 게 바로 그 점이에요. 이제 올 것이 왔어요. 최 회장은 아무 문제가 되지 않아요. 채령 씨를 사랑하는 데다 가게까지 내줬으니까요. 그 반대급부가 문제지요. 한국의 정실권력이 그런 수모까지 당했으니 이제 그 후폭풍을 무엇으로 감당할 거죠? 유일한 바람막이는 최 회장이겠지요. 채령 씨도 그 점을 믿는 거고요. 그러나 쿵푸관장 문제는 달라요. 그 바람막이가 송두리째 날아가 버릴 수 있으니까요. 그러니 제발 줄리앙이 어떻게 좀 해봐요."

"난 자신 없어요. 채령 씨의 불꽃은 아무도 손 못 대요. 저절로 꺼지게 내버려 두는 수밖에 없어요."

"그래요. 우리 힘으로는 역부족이에요. 바람 앞의 등불 같은 우리들이 어떻게 거대한 산불을 막는 맞불이 되겠어요. 내버려 둬요. 그냥 내버려 두자고요. 나 그만 가볼래요."

나는 자리에서 일어나 벗어 두었던 옷을 집어 들면서 말했다.

"모든 게 이놈의 이 허깨비 때문이에요. 이 빌어먹을 허깨비가 사람들을 죄인으로 만들었어요. 가리고 숨기고 부끄럽게 하고 불안하게 하고 두렵게 한다고요. 이 빌어먹을 허깨비가요."

나는 비틀거리며 일어나 아파트를 나왔다. 그날은 줄리앙도 날 잡지 않았다.

그로부터 몇 달이 지났을까 줄리앙이 나를 찾아왔다.

"채령 씨가 요즘 이상해요."

"왜요?"

"안 하던 술을 하고 가게에 안 나오는 날도 있어요. 하도 우울한 얼굴을 하고 있어서 왜 그러느냐고 물어도 아무 일 없다고만 하지 통 마음을 열 생각을 안 해요."

"쿵푸도장에 안 나온 지도 오래됐어요."

"미즈 씨가 채령 씨를 한 번 만나 보세요."

"만나 줄까요?"

"내가 자리를 한 번 만들어 볼게요."

그렇게 해서 나는 그녀를 어느 카페에서 만났다. 줄리앙이 먼저 일어나며 자리를 피해 주었다. 우리는 한동안 말이 없었다. 그녀는 많이 수척해 보였다. 아무 말도 하지 않고 그녀를 바라보고 있노라니 눈에서 갑자기 핑 눈물이 돌았다.

"미안해요."

내가 손을 눈께로 가져가자 그녀도 손으로 눈가를 훔쳤다.

"많이 수척해 보여요."

"좀 아팠어요."

"지금은요?"

"……"

"오래 안 보여서 무척 걱정했어요."

"별일 아니에요."

"제발 혼자서 그러지 말고 얘기 좀 해줘요."

"저… 임신했어요."

"……"

"회장님 아인가요?"

"회장님은 젊었을 때 이미 무정수술을 받았어요."

"그렇다면…"

"그 자식이… 억지로 임신을 시켰어요. 처음부터 계획적이었어요. 누군가가 뒤에서 조종하고 있는 것 같아요. 집에 가정부 아줌마까지 매수해서 내 월경주기까지 체크하고 있었어요. 회장님이 알면 끝장이에요. 그런데… 아이를 지울 수가 없어요. 날 포대기에 싸서 버린 엄마 생각이 나서요… 어떻게 해야 할지 모르겠어요. 엄마는 그래도 날 죽이지는 않고 이렇게 살렸잖아요. 그 당시는 쉽게 죽일 수도 없었겠지만 지금도 쉽지가 않아요. 내 일거수일투족을 감시하고 있는데 그게 쉽겠어요? 잘못하면 아이만 죽고 회장님은 회장님대로 알게 되고… 회장님은 배신은 용서해도 아이를 죽인 여자는 절대 용납하지 않을 거예요."

"아이의 아버지도 그 사실을 알아요?"

"계획적으로 임신을 시킨 사람이 그걸 모르겠어요. 외려 자기와 결혼하자며 달라붙어요. 자기와 결혼하면 끝장이라는 걸 알면서 그걸 노리는 거지요. 뒤에서 누군가가 끝장이 나면 두둑하게 보장을 해준다고 한 게 틀림없어요. 눈치를 보면 알아요. 그 사람이 그런 보장 없이 그렇게 할 사람이 아니거든요."

그 자식이라고 했다가 그 사람이라고도 했다가하는 관장에 대한 호칭에서 채령에게 아직도 남아있는 그에 대한 찌꺼기 같은 사랑을 읽어낼 수 있었다.

"미리 회장님께 모든 사실을 얘기하는 건 어떨까요?"

"안 돼요. 절대 용서하지 않을 거예요. 그분은 나의 그런 점을 철저하게 믿고 있어요. 그런데 내가 그걸 배신했어요. 우선 내가 그분께 그런 뻔뻔한 얘기를 할 수가 없어요."

"그분이 채령 씨를 그만큼 아끼기 때문에 그게 최선일지도 모른다는 생각이 드는데요."

"그런데 문제는 왠지 속에서 자꾸만 나쁜 마음이 비집고 올라와요. 당하고만 있을 수는 없다는 생각이요."

"어떤 생각이요?"

그녀는 거기에 대해서는 말하지 않았다. 나는 불안한 마음으로 물었다.

"아이를 어떻게 하지는 않을 거죠?"

"모르겠어요. 나 자신이 어떻게 하면 될지 나도 잘 모르니까요."

"제발 지금 당신이 불행하다고 해서 당신을 닮아 태어나는 아이까지 불행할 거로 생각하지는 말아줘요. 부디 그 아이의 인생을 사랑해 주세요. 지금 당신이 아무리 불행하다 해도 난 당신의 불행까지도 사랑하니까요."

그로부터 다시 얼마나 지났을까? 줄리앙한테서 소식이 왔다. 가게 주인이 바뀌었다고 했다. 새 인수팀이 들이닥쳐 가게를 접수했다고 했다.

"채령 씨는?"

하고 내가 묻자 아무 소식도 없다고 했다. 소식을 아는 대로 연락을 주겠다고 했다. 나는 채령 씨의 집으로 가보았다. 다른 곳으로 이사 갔다는 말만 간단히 전해들을 수 있었다. 다시 얼마 뒤에 줄리앙이 급히 나오라고 해서 나가보니 채령과 줄리앙이 전에 그 카페에 마주 앉아 있었다. 채령의 몸빛에는 이미 임산부의 기미가 드러나 있었다.

"보기가 흉하죠?"

"어머니가 되어가는 모습이 흉하다면 모두가 흉흉한 세상이 되고 말게요."

"훨씬 가분해 보이죠?"

줄리앙이 거들었다.

"거처는 어디서 어떻게 하고 있어요?"

나는 제일 궁금한 것부터 물었다.

"위자료로 남겨준 아파트에서 혼자 살아요."

"혼자가 아니잖아요. 이제부터는 혼자라고 하면 나머지 한 사람이 서운해 할걸요?"

줄리앙이 용기를 북돋아 주기 위해 끼어들었다.

"난 가게에 가봐야겠어요. 새 주인이 여간 까다로운 게 아니어서요. 제가 계산하고 갈게요."

줄리앙이 일어나 나가자 내가 물었다.

"새 주인은 어떤 사람이에요?"

"얘기 못 들었어요? 사모님이라고 해야 하나요 부인이라고 해야 하나요? 보이지 않는 손이 드디어 모습을 드러낸 거지요."

"회장님도 부인이 뒤에서 조종했다는 사실을 아나요?"

"제가 모든 사실을 고백하자 뭐라고 한 줄 아세요? 오히려 나더러 자기를 이해해 달라면서 자기 부인을 감싸고 들었어요. 둘 중 하나를 선택하라는 부인의 협박에 굴복하고 만 게지요. 아니 굴복으로 징계를 핑계 삼은 거지요. 나는 그렇게 징계를 당하고 맥없이 물러났고요. 아이와 함께 먹고살라며 몇 푼의 위자료를 던져주며 사랑한다는 말까지 덧붙이더군요. 내 몸이 그런 사랑임을 먼저 알고 사태를 여기까지 끌고 온 거라는 느낌마저 들더군요."

"그 사람은 어떻게 됐어요? 아이의 아버지는요?"

"태도가 완전히 돌변해 내가 함께 살자고 매달리는데도 한사코 싫대요. 내 몸은 왜 그 사실은 직감하지 못했을까요? 몸도 믿을 게 못돼요."

"그래서 미국으로 떠났나요?"

"아뇨."

"쿵푸도장 주인이 바뀌었던데요?"

"뭐라고요?"

"주인이 바뀌었더라고요."

"언제요?"

"벌써 제법 됐는데요."

"미안해요. 나 먼저 일어날게요."

그녀는 불난 사람처럼 일어나 카페를 나갔다. 나도 덩달아 일어나 따라나섰다.

"같이 가요."

"이러지 말아요."

"당신 혼자 보낼 수 없어요."

"내가 어린아인 줄 알아요."

"어린아이와 함께하고 있잖아요."

"내 일이니 제발 내 마음대로 하게 내버려 둬요."

"그럴 수 없어요. 이건 내가 사랑하는 사람의 일이기도 하니까요."

그녀가 갑자기 길에서 멈춰 섰다. 그리고는 잔뜩 오를 대로 오른 화를 내게다 퍼부었다.

"잘 들어요. 난 당신을 사랑하지 않아요. 그러니 날 따라오지 말아요. 알겠어요?"

그녀는 택시를 타고 휑하니 사라졌다. 나는 사람들의 보행에 방해물이 되어 한동안 그 자리에 그냥 그렇게 서 있었다.

줄리앙의 아파트로 가서 줄리앙을 기다렸다. 기다려도 줄리앙이 오지 않자 아파트 입구로 나가 포장마차에서 소주 한 잔을 시켜놓고 택시가 올 때마다 내다보았다. 얼마나 지났을까 택시에서 줄리앙이 아닌 그녀가 내리는 게 보였다. 틀림없는 그녀였다. 나는 얼른 술값을 지불하고 그녀를 따라갔다. 그녀는 줄리앙과는 반대편 동으로 들어갔다. 나는 재빠르게 뒤따라가 그녀를 붙들려다 그만두었다. 차마 용기가 나지 않았다. 나는 다시 포장마차로 와 앉았다. 한참 뒤에 줄리앙이 택시에서 내렸다. 나는 줄리앙을 불렀다. 줄리앙이 포장마차에 와서 앉자마자 물었다.

"채령 씨가 이 아파트에 사는 거 알아요?"

"어떻게 알았어요? 채령 씨가 얘기해요?"

"나만 몰랐군요."

"미즈 씨가 아는 거 채령 씨가 원하지 않았어요."

"조금 전에 택시에서 내려 들어가는 걸 봤어요."

"왜 따라 들어가지 않았어요?"

"채령 씨가 원하지 않는다면서요?"

"반가운 마음이 졌나보네요."

나는 채령 씨가 쿵푸관장에게로 황급히 달려간 얘기를 들려주었다.

"우리 같이 한번 채령 씨에게 올라가 볼까요?"

나는 줄리앙을 따라 채령 씨의 아파트로 갔다. 우리가 들어서자 채령 씨는 놀라움 반 반가움 반으로 조금 당황해하는 눈치였다. 옷도 벗지 않은 채 술잔을 비우고 있었다.

“아기가 뭐라 하지 않아요?”

“아기도 취하고 싶댔어요.”

그녀가 씁쓸히 웃었다.

“아기아빠는 어떻게 됐어요.”

“벌써 날랐어요. 이 땅을 뜨고 없었어요. 미국 년 팬티를 핥으러 그 먼 길을 날아간 거지요. 내 팬티를 팔아서요. 값이 꽤나 나갔나 보죠?”

그녀는 자기 잔에만 술을 따라 마셨다.

“각자 알아서들 드세요.”

잔도 내오지 않고 앉아서 하는 소리를 우리는 듣고만 있었다. 술 마실 기분이 아니었다.

“줄리앙 당신은 외국 생활을 많이 하셨으니까 잘 알겠네요. 위장 결혼을 하면 어떻게 하죠? 당분간은 같이 사나요? 아니면 그냥 서류 결혼일 뿐인가요?”

“위장결혼이 아닐지도 모르잖아요. 이를테면 미국에서 누가 초청해서 입국비자를 받을 수도 있잖아요.”

“지나 내나 뭐 아는 사람이 있어야지요. 배운 것도 없고 가진 기술도 없는데 그 잘난 나라에서 받아주기나 한데요? 나 같은 사람은 가고 싶어도 못 가는 나라가 그 나라라면서요. 사람이나 나라나 똑같아요. 잘나고 못나고 크고 작고 많고 적음에 따라 차별을 하잖아요.

그런데…"

그녀는 술 깬 눈을 하고 줄리앙을 바라보며 말했다.

"초청은 아무나 할 수 있나요? 미국에서요."

"물심으로 보증을 할 수 있는 확실한 기반이 있는 개인이나 단체에서 초청하면 돼요."

"그렇겠네요. 팬티 값을 대준 사람이 입국비자까지 마련해 줬을지도 모르겠네요."

"그 사람을 따라 미국에 가고 싶어요?"

"아 아니에요. 그냥 한번 물어봤을 뿐이에요. 자 술이나 마셔요. 그러고 보니 내가 술잔도 내오지 않았네. 내가 취했나 봐. 잠깐만 기다려요. 내가 잔을 내올 테니까요."

채령 씨가 취한 몸으로 잔을 내오려고 일어났다. 줄리앙이 나지막한 목소리로 내게 말했다.

"난 피곤해서 이만 가서 좀 쉴래요. 미즈 씨는 여기 남아 채령 씨를 좀 보살펴줘야겠어요. 저대로 혼자 있게 해서는 안 되겠어요."

채령 씨가 술잔을 가져왔다. 줄리앙이 일어났다.

"종일 가을 시즌 준비로 시달렸더니 피곤해서 내 방에 가서 좀 쉬어야겠어요. 한숨 자고 올 테니 그동안 두 분이 얘기나 좀 나누고 계세요."

"새 주인이 일을 혹독하게 시키나 보죠?"

"그래요. 보통 까다로운 게 아니에요."

"옛 주인 생각이 절로 날 테니 두고 보세요."

줄리앙이 아파트를 나갔다. 나는 줄리앙을 문밖까지 배웅했다. 그의 뒷모습이 오늘따라 남다르게 느껴졌다. 그는 뒤를 돌아보며 가볍게 손을 흔들었다. 동병상련의 그 무엇인가가 마주 보는 눈빛에서 느껴졌다.

그녀는 소파에 비스듬히 몸을 누이고 있었다. 내라는 존재가 그곳에 없는 듯이 그녀는 편안한 자세로 그대로 잠이라도 들 듯했다. 비애와도 같은 무채색의 공기가 우리 사이의 분위기에 주조를 이루며 어른거렸다.

"거기 앉아요. 나처럼 이렇게 누우시든지."

나는 잔에 술을 따라 한 모금 들이켰다.

"혼자서 마시는 거예요? 나도 한 잔 줘요."

나는 그녀 술잔을 가져다 손에 쥐여 주었다. 그녀는 꼼짝도 하지 않고 누운 채로 술잔을 받았다.

"미즈 씨. 우리도 위장결혼이라는 거 한번 해볼래요? 잠자리 없는 결혼 같은 게 그런 거잖아요? 이대로 우리 여기서 살아요. 외로워요. 너무… 너무 외로워서 안 되겠어요. 이대로 혼자 있으면 그대로 박제가 되고 말 것 같아요."

나는 그렇게 해서 그녀와 허수아비 동거를 시작했다. 그녀의 배는 점점 불러왔고 나는 보조에서 재단사로 옮겨간 가게와 그녀 집을 부지런히 오갔다. 그녀는 끝내 내방으로 건너오지 않았고 나도 그녀 방으로 건너가지 않았다. 그러나 우리는 그것 말고는 어느 부부보다 다정했다. 남들이 보면 영락없는 잉꼬부부였다.

크리스마스가 가까워져 오는 어느 날 우리는 줄리앙의 생일에 초대되었다. 밤늦게 우리 세 사람만의 파티를 특별히 마련한 것이었다.

"해피 버스 데이 투 유 사랑하는 줄리앙…"

우리는 서양식으로 줄리앙을 끌어안았다. 내가 줄리앙을 끌어안는 감회는 남달랐다. 줄리앙은 이미 다른 파티에서 전주가 있어 취해 있었다. 줄리앙은 나를 오랫동안 끌어안은 채로 있었다.

"줄리앙이 취했나 봐요."

"그래요."

줄리앙이 화장실로 간 사이 우리는 그렇게 간단히 말을 주고받았다. 그는 술기운을 떨치려고 샤워를 한듯했다.

"자, 줄리앙을 위하여!"

"위하여!"

우리는 진심 어린 축하의 술잔을 들었다.

"줄리앙 씨에게는 출생의 비밀 같은 거 없어요?"

"저라고 왜 없겠어요."

"어떤 비밀이죠?"

"비밀이라는 게 남다르다는 걸 의미한다면 유복자로 태어난 게 남다르다고 할 수 있겠네요."

"그랬어요? 몰랐어요."

채령 씨가 말했다. 나는 그 말에 다소 충격을 받고 그동안 내가 무심했던데 대한 죄책감으로 아무 말도 못 하고 있었다.

"그러면 어머님께선?"

"몇 년 전 파리에서 돌아가셨어요. 제 뒷바라지를 위해 유학까지 따라 오셨다가 교통사고로 돌아가셨어요. 다행히 아버님이 남긴 재산이 좀 있어서 고생은 그다지 하지 않았어요."

"그러고 보니 생일이라는 게 어머니 자궁을 기억하는 날이군요."

"난 지금도 어머니가 살아있는 꿈을 종종 꾸어요."

"아니 엄마 얼굴도 모른다면서 그게 가능해요?"

"이미지라는 게 있잖아요. 꿈에서는 실상의 이미지와 인식의 이미지가 따로 놀잖아요. 얼굴은 전혀 낯선 사람 얼굴인데 생각은 그게 어머니라고 생각했으니까요."

"채령 씨 어머니는 지금 살아계실지도 모르잖아요."

"가게를 할 때는 가게 이름을 보고 찾아올지도 모른다는 꿈을 갖고 살았었는데 이젠 포기했어요."

"생일을 축하하는 가장 큰 이유는 타고남의 그대로를 소중하게 여기자는 것이겠지요."

"채령 씨의 타고난 기질이랄까 이미지를 한마디로 말하라면 뭐라고 할 수 있을까요?"

"저요? 제가 말하라고요?"

"그래요. 어디 한번 말해 봐요."

"음… '물불 못 가리는 나무' 어때요? 어울려요?"

"아, 너무 멋지게 어울려요."

"미즈 씨는요?"

"나무 변주로 할까요? '숫제 땅에 드러누워 자라는 나무'"

"앞에 '숫제'는 왜 들어가죠?"

"아예 태생이 그렇다는 거지요. 바위에 눌려 자라서요."

"뭔가 어울리는 것 같아요. 줄리앙 씨는요?"

"나도 '숫제'를 넣을까요? '숫제 나무가 되지 못한 나무' 좀 이상한가요?"

"뭔가 철학적인데요."

"그럼 어디 이리들 와서 방금 얘기한 이미지들에 맞는 자세를 한번 찾아봐요."

줄리앙이 원형경기장모형으로 우리를 데려갔다.

"어머, 이게 다 뭐에요?"

"줄리앙 작품인데 폼에 살고 폼에 죽는 인간 군상들이 벌이는 '자세 경기'라는 건데 어디 이 중에 '물불 못 가리는 나무'와 비슷한 형상을 한번 골라 봐요."

"오, 이거에요 이거. 배를 하늘로 활처럼 젖혀서 손을 땅에 닿게 하는 자세요. 미즈 씨 것은 여기 있어요. 하늘을 보고 숫제 땅에 누워 있잖아요?"

"그보다 나는 이게 더 마음에 드는데요. 네발짐승처럼 걷고 있는 자세요."

"줄리앙 씨 것은 철학적이라 그런지 영 못 찾겠는데요. '숫제 나무가 되지 못한 나무'라는 게 감이 잡혀야 말이죠?"

"이걸로 하면 어떨까요? 머리를 두 무릎 사이에 넣고 몸을 웅크리고 있는 자세요."

"그러고 보니 뭔가 의미심장한 것도 같네요."

"자, 찾았으면 다시 이리로 오세요. 건배나 한 번 더 해요."

"건배! 우리들의 우정을 위하여!"

"우정을 위하여!"

"채령 씨. 우리가 정말 우정의 관계에요? 도대체 인간에게 우정이라는 게 가능한가요? 질투와 생존이 버티고 있는데 가능해요? 일시적 협잡 아닌가요? 남자들의 우정은 패거리 감성이고 여자들의 우정은 그를 보필해오지 않았나요?"

줄리앙이 취기 어린 목소리로 말했다.

"미즈 씨하고 저하고의 관계를 두고 그런 말씀을 하시는 거예요?"

"그만이 아니라 저랑 미즈 씨하고의 관계도 한번 생각해 보세요."

"무슨 말인지 잘 모르겠지만 저는 우정과 애정의 구분도 잘 안 돼요. 너무나 다양해서요. 이런 우정은 애정인 것도 같고 저런 애정은 우정처럼 보이기도 하니까요."

"미즈 씨와 저는 우정인 것 같아요. 애정인 것 같아요?"

"그런 위험스러운 질문은 안 하는 게 좋겠군요."

내가 두 사람 사이에 끼어들었다.

"위험스러운 질문이라고요? 나는 그런 표현을 할 자격도 없나요? 영원히 입을 다물고 이성의 사랑에 복속되어 있으란 말인가요? 자신들의 독선에 금이라도 갈까 봐 남의 진정은 억압해도 된다는 건가요? 애정이니 우정이니 이성이니 동성이니 하는 언어가 없던 때를 한 번이라도 생각해 본 적이 있나요? 도대체 뭐로 이성 동성을 구분하죠? 그냥 안다고요? 그러면서 왜 언어화하지 못해 안달이죠? 몸 전체를 보지 않고 유방이나 심벌을 보다가 그것으로도 부족해 옷을 보고 인식하는 편견 편애 편집에 빠져있지 않나요? 숫제 그것이 질병인지도 모르고들 살아가지는 않나요? 여자보다 더 여자다운 남자, 남자보다 더 남자다운 여자가 수두룩한데도 애 낳고 못 낳고 하는 따위에 얽매어 불임 불구들을 억압해 오지 않았나요? 내가 당신을 사랑하는 게 채령 씨에 탄로 나는 게 그렇게 두려운가요? 그 걱정의 반만이라도 이처럼 무참해진 내 사랑을 위해 걱정해 줄 수는 없었나요? 당신이 채령 씨를 사랑하듯이 내가 당신을 사랑하면 안 되나요? 그러나… 이젠 다 틀렸겠죠? 채령 씨가 이 사실을 알아버렸으니… 당신의 사랑도 나의 사랑도 다 틀어지고 만 거지요? 미안해요. 이래서는 안 되는데… 영원히 묻어 두어야 하는 사랑에 햇빛을 씌웠으니 이제 어쩌죠? 어떻게 하면 좋지요?"

채령 씨가 말없이 줄리앙의 잔에 술을 따랐다. 나는 고개를 숙인 채 죄인처럼 앉아 있었다.

"우리는 왜 서로에게 죄인이 되어야 하죠? 무엇이 우리를 이렇게 만드나요? 서로 아무 죄도 없으면서요. 아니 이처럼 서로를 사랑하면서요."

채령 씨가 자기 잔에 술을 따르며 말했다. 나는 술잔조차 입으로 가져가지 못하고 그냥 그렇게 앉아만 있었다.

그녀의 해산날은 갑작스럽게 찾아왔다. 평소 그녀는 쿵푸동작으로 굳어가는 심신을 유연하게 푸는 데 많은 시간을 보내고 있었다. 그녀의 동작들은 심신의 기억을 건강하게 합일해내는 데 많은 도움을 주었다. 어쩌면 그녀는 동작 하나하나에 아빠에 대한 기억을 뱃속 아기에게 건강하게 전이시키며 건강하지 못한 기억과의 혼선은 동작으로 바로잡는지도 몰랐다.

새벽녘 갑자기 그녀는 나를 흔들어 깨웠다. 가벼운 진통과 함께 그녀는 나를 힘껏 껴안더니 불쑥 아이를 흘려내 놓았다. 나는 엉겁결에 아이를 안아 들고 탯줄을 끊고 목욕을 시키며 미역국도 끓였다. 아이는 건강했다. 그녀도 빠르게 건강을 회복했다. 그녀의 몸이 본래의 모습으로 돌아가자 마음도 본래의 정황으로 돌아가려는 눈부신 빛깔들로 얼룩졌다. 때론 막연한 그리움에 젖어 쓸쓸한 무풍의 창을 바라보기도 했다.

그러던 어느 날이었다. 내가 가게에서 돌아오자 불도 켜지 않은 채 그녀는 거실 창을 활짝 열어놓고 달빛을 온몸에 받으며 쿵푸동작에 몰두해 있었다. 달빛은 그녀의 몸에서 실오라기 하나도 허락하지 않았다. 그녀의 동작 앞에는 아이가 무슨 제의의 제물처럼 누워있었다. 그녀는 내가 온 줄도 모르고 있었다. 나는 벽에 기대 선 채 한참을 넋을 놓고 바라보았다. 나는 그때 예감했다. 저 아름다움은 언젠가는 저 달빛 교교한 눈부심 속으로 날아가 버리고 말 것이라는…

그녀의 동작이 기진에 이르러 허물어지자 그녀는 큰 대자로 누워 숨을 진정시켰다. 한동안 그녀는 그렇게 고요 속에 있었다. 그때 아이가 울었다. 그래도 그녀는 꼼짝도 하지 않았다. 아이의 울음이 그쳤다. 내가 인기척을 했다.

"아, 당신 왔어요?"

그녀는 일어나지도 않은 채 말했다.

"당신도 이리와 옷 벗고 누워요. 세상천지가 얼음 같아요."

나는 옷을 입은 채 그녀 옆에 누웠다.

"당신 내가 없이도 살 수 있겠어요?"

나는 드디어 올 것이 오고 말았구나 싶어 아무 말도 하지 않았다.

"저기 달 좀 봐요. 아름답다기보다 내 몸처럼 차가워요. 저 달 속으로 날아가서 차가운 얼음 조각들을 모두 퍼내고 싶어요. 내 몸이 태양처럼 뜨거워질 때까지…"

"다시는 달이 뜨지 않겠군요. 저 아름다운 당신의 달이요."

"옷을 벗고 누워 봐요. 옷 입은 거와는 달라요."

그녀는 내 쪽으로 뻗어있는 손으로 내 바지를 끌렀다.

"어서요."

나는 옷을 벗었다.

"벗었어요?"

"모두 다요."

"어때요? 느낌이 어때요? 어떤 생각이 들어요?"

"갑자기 죽고 싶은 생각이 들어요."

"우리 같이 이대로 죽을까요?"

"나는 그렇게 할 수 있지만, 당신은 그렇게 못해요."

"맞아요. 나는 그렇게 못해요. 저 싸늘한 달이 있어서요."

우리는 잠시 말을 잊었다.

"여보?"

어디서 처음 들어보는 풀벌레 소리가 들렸다.

"이리와 내 몸 위에 한 번 누워 봐요."

풀벌레가 죽을지도 몰랐다. 그녀의 손이 나의 풀벌레를 만졌다. 화들짝 풀벌레 위로 그녀가 날아올랐다. 나는 난생처음 달나라의 얼음이 녹는 것을 보았다. 내 몸 깊숙한 곳에서 눈물처럼… 그렇게 나는 혼미한 밤을 보냈다.

다음날 내가 가게에서 돌아와 보니 그녀가 보이지 않았다. 어디를 갔나 하고 방문을 열어보니 아이가 침대 위에서 자고 있었다. 아이를 두고 외출하는 것을 한 번도 본 일이 없기 때문에 화장실까지 가보았지만 그녀는 보이지 않았다. 집이 지나치게 말끔해져 있는 것에 얼핏 불길한 생각이 스칠 때 아이가 울었다. 나는 달려가 아이를 안아 울음을 달랬다. 아이의 기저귀가 젖어있었다. 아이를 다시 누이려는데 그 자리에 쪽지가 보였다.

"미안해요. 이 피폭의 아이를 부탁해요. 아이를 바라볼 때마다 기억의 파편들이 모두 증오로 뭉쳐져 아픈 응어리로 자라 곧 곪아 터질 듯이 숨통을 조여 와요. 견딜 수가 없어요. 이건 사랑에 대한 미련도 복수도 아니에요. 그저 가서 속 시원히 터트리고 와야겠어요. 그때까지 이 아이를 부탁해요. 이 아이의 진정한 아빠라고 믿고 있는 당신에게 허울뿐인 엄마로부터…"

나는 아이의 울음과 함께 들려오는 그녀의 글씨 속 목소리를 들으며 절망했다. 나는 허수아비처럼 기저귀를 갈았다. 그리고 아이를 안고 하염없이 방안을 서성거렸다. 바람이 불었다. 황량한 들판에서 짐승 울음소리가 들렸다. 나는 달렸다. 시원한 맞바람을 맞으며 내달렸다. 가자. 그녀가 지옥으로 내달렸으니 나도 천국으로 내달려야겠다. 이 지옥도 천국도 아닌 뜨뜻미지근한 곳을 하루속히 떠나야겠다.

아이를 안고 나타난 나를 보고 줄리앙은 놀랐다.

"어쩌면 이럴 수가 있죠? 업이라고 밖에는 어떻게 설명할 수가 없네요."

"시골로 들어가야겠어요."

"그곳에서 어떻게 아이를 키우게요?"

"어떻게 되겠지요."

"그러지 말고 여기서…"

줄리앙은 잠시 망설이더니 눈빛을 다잡으며 말했다.

"나랑 같이 이 아이를 키우며 살면 안 될까요?"

나는 뜻밖의 제안에 줄리앙을 쳐다보다가 아이를 다잡아 안으며 말했다.

"줄리앙, 나는 이 도시가 싫어졌어요. 이 아이까지 내버리고 싶도록 말이에요."

줄리앙이 내게서 아이를 받아 안으며 말했다.

"잠시만이라도 이 아이의 엄마가 되고 싶어요. 잘 해낼 수 있을 것 같아요. 그런 행복을 제게 선물할 수 없나요?"

"줄리앙, 나는 지금 이 아이에 대한 애정이 없어요. 다만 이곳을 하루속히 떠나고 싶다는 생각밖에는 아무 생각이 없어요. 그것만 아니면 줄리앙이 말하는 데로도 할 수 있어요. 줄리앙이 시골로 들어갈 수 없는 것처럼 나는 이곳에 한 시도 머물러 있을 수가 없어요."

줄리앙이 다시 내게 아이를 넘기며 말했다.

"그러지 말고 시간을 두고 마음의 여유를 좀 가지고 생각해보는 게 어때요?"

"그런다고 될 것 같지 않아요."

나는 아이가 보채는 바람에 집으로 돌아왔다.

시간이 갈수록 나의 몸으로 불어든 탈의의 바람은 점점 거세어져만 갔다. 아무리 옷으로 가리고 가려도 몸 깊은 곳에서 불어오는 바람은 옷을 날려 보내기에 충분했다. 나는 가게 주인에게 새 재단사를 알아보라 한 뒤 새 재단사를 구할 때까지 가게로 아이를 데리고 나갔다. 노처녀인 가게 주인은 내가 일을 할 동안에 잘도 아이를 보살펴 주었다.

나는 먼 길을 떠날 준비를 하는 사람처럼 이것저것 정리를 해나갔다. 채령 씨가 남기고 간 아파트는 세를 놓았고 채령 씨한테서 편지라도 오면 연락해 달라고 세 든 사람에게 신신당부까지 해놓았다.

7

채령이 엄마를 만나기 위한 영어 공부가 여자로서의 몸의 변화와 함께 한창 무르익어 갈 때 산나물과 약초를 캐는 채집실력도 전문가 수준에 이르렀다. 어떤 때는 산삼을 몇 뿌리 캐 와서 자랑하기에 미국 가는 비행기표걱정은 없겠다며 맞장구를 쳐주기도 했다. 채령이 어릴 때는 엄마가 물려주고 간 아파트에서 나오는 세를 받아 근근이 살았지만, 점차 커가면서는 텃밭과 약초를 캐어 한결 생활이 나아졌고 채령이 한 사람 몫을 거뜬히 해낸 뒤로는 여유가 남아돌아 미국 여행경비까지 차곡차곡 쌓아가던 중이었다.

여름이 지나 가을로 접어들 무렵이었다. 해거름이 되었는데도 채령이 보이지 않았다. 채령이 텃밭 일보다 약초 캐는 일을 더 좋아해서 혼자 텃밭에서 계절갈이를 하고 있었다. 여느 때 같으면 채집에서 돌아와 저녁준비를 해 놓고 나를 부르던 채령이었다.

"채령아!"

집안에는 어둡게 내려앉은 불길한 기운이 서늘하게 감돌았다. 굴뚝새 한 마리가 가녀린 날갯짓으로 부엌 문밖을 날아올랐다. 방안에는 군불을 지핀 온기도 느껴지지 않았다.

"아랫마을로 놀러 갔나?"

가끔 혼자서 마을을 다녀오기도 하는데 그때는 반드시 내게 다녀온다는 허락도 인사도 아닌 불문율의 원칙과도 같은 애정의 징표를 남겼다. 마을의 목적은 대개가 혼자 사는 할머니에게 오래된 미래를 전수받으려 일손을 돕는 거였다.

"마을도 아니라면 산삼 욕심에 산에서 길이라도 잃었나?"

나는 서둘러 뒷산을 올랐다. 땅거미가 산을 뒤덮어 돌부리에 채고서야 다시 내려가 손전등을 찾아들었다.

"채령아, 채령아 채령…"

나의 목소리는 곳곳의 어둠에 막혀 메아리가 되기도 전에 애절하게 젖어 끊겼다. 최근에는 정체 모를 인기척을 만났다는 얘기도 없고 해서 안심하고 있던 터였다. 라이트의 곳곳에서 불길한 형체가 조립되어 사라지곤 했다. 꿩이 화들짝 놀라 잠자리를 버리고 어둠 속을 날았다.

"채령아 채령아 채령아 아…"

간격을 두고 반응을 기다렸지만, 매번 허사였다. 샘터가 있는 자리에서 멧돼지가 새끼를 거느리고 밤의 신령 같은 광채를 번득였다. 손전등으로 어미를 집중적으로 비추자 계곡 쪽으로 사라졌다. 샘터에서 채령의 흔적을 찾아보았다. 멧돼지가 뒤집어놓은 자국이 어지럽게 늘려있었다. 그 흔적들을 보자 혹시 어미 멧돼지에게 당한 게 아닌가 싶다가도 평소에 피신하는 법을 단단히 일렀기에 그럴 리는 없다고 자신했다. 이 정도의 산세에서는 채령이 길을 잃을 리가 없다는 데도 생각이 미치자 내일 제대로 깊은 곳으로 들어가 보리라 마음먹고 산에서 내려왔다.

채령이 자주 들리는 아랫마을 할머니 댁에는 불빛 하나 보이지 않고 깜깜했다. 일찌감치 잠자리에 드신 모양이었다. 주무시게 그냥 둘까 하다가 혹 채령의 소식이라도 들을까 하고 내려가 방문을 두드렸다.

"할머니, 원대 댁…"

"어, 누고?"

"불당에 채령 아빤데요."

"그래, 밤에 웬일이고?"

잠시 후 불이 켜지고 방문이 열렸다.

"산에 약초 캐러 간 채령이가 안 와서 혹시 여기 왔나 해서…"

"안 왔는데… 며칠 전에 와서 고추 따주고 간 뒤로는 안 왔는데…"

"주무시는데 죄송합니다. 그럼…"

"그 어린 기 어디 갔을까? 산삼 캐다가 실족했나? 범한테 물리 갔나?"

할머니는 그 옛날이야기를 정말 믿기라도 하듯 일상처럼 말했다. 나는 돌아오며 내심으로 단정을 했다. 그렇다. 실족한 게 틀림없다. 산에서 떨어져 다리가 부러졌거나 정신을 잃은 게 틀림없다.

다음날 날이 채 밝기도 전에 심마니 차림으로 집을 나섰다. 우선 전번에 채령이 산삼을 캤다는 자리부터 수색해 보기로 했다. 뒷산 넘어 높은 산 능선을 오르니 동녘을 향한 완만한 기슭에 아침햇살이 이슬을 떨구는 영험한 처소가 나타났다. 나는 주변의 험준한 지역부터 살폈다. 미끄러지기 쉬운 바위나 잔돌이 많은 경사지를 향해 목이 쉬도록 채령을 불렀다. 외침이 울부짖음이 되어 허물어졌다. 얼마간 그렇게 주저앉아 계곡물 소리를 들으며 생각했다. 다리가 부러졌으면 기어서라도 산에서 내려오며 소리쳐 구원을 요청했을 텐데 그럴 수조차 없는 상태에 있는 게 분명했다. 의식을 잃었거나 누군가에게 그런 상태를 당한 거라면 한시가 급했다.

"채령아, 제발… 아무 일 없는 거지. 그냥 길을 잃고 헤매는 거지. 조금만 기다리면 이 아빠가 꼭 찾아내고야 말 거다."

숨찬 몸에 마음마저 급해 이내 지쳤지만, 수색을 쉬는 건 용납하지 못했다. 언젠가 불안하게 하던 인기척의 그림자가 자꾸만 눈앞에 어른거렸다. 전문 심마니조차 길을 잃거나 사고를 대비해 삼삼오오 짝을 이루어 다니는데 혼자서 이 험한 산을 대적해 나섰으니 산이 채령을 혼내주고 있는 거라는 생각도 들었다.

"산신령이 채령을 어떻게 하기야 하겠어."

목이 쉴 대로 쉬어 목소리가 나오지 않자 산신령에게라도 채령을 의탁하고 싶었다. 숨찬 걸음을 떼어놓는 거와 채령을 부르는 외침이 함께 할 수 없어 엇박자로 따로 노는 게 왠지 무성의하게도 느껴졌다. 계곡을 따라 오르긴 하지만 이러다가 내가 길을 잃는 게 아닌가 싶어 무능을 자책했다.

그렇게 얼마나 헤매었을까 시장기가 엄습하는가 싶더니 어느새 날이 어두워졌다. 나는 서둘러 비닐로 막을 치고 들어가 주먹밥으로 끼니를 해결했다. 야간수색을 감행할까 하다가 만일의 경우를 대비해 손전등 전지를 아껴야 했다. 걱정되어 잠이 올 리 없지만, 피곤이 앞질러 비몽사몽의 현장으로 초대했다.

바위산 동쪽 선녀 계곡 능선을 오르던 나는 그 자리에 몸을 굳혔다. 까마귀가 날고 뱀이 스쳤다. 산삼이었다. 빨간 산삼 열매인 딸이 줄지어 서서 길 안내를 하고 있었다. 홀리듯이 따라갔더니 편편한 바위 하나가 폭포 사이에 숨어 있었다. 바위 가운데에는 오래된 가족삼이 빨간 딸과 함께 황금빛 뿌리로 누워있었다. 성큼 바위로 오르려 하자 마른번개가 치며 산신령이 초대되었다. 백발의 산신령이 가족

삼에 입 맞추자 오방색을 한 다섯 뿌리의 산삼이 채색 령에 의해 사람 몸으로 탈바꿈했다. 황금빛 아버지와 흑백청적의 딸이었다. 산신령의 가르침이 묵상으로 울려왔다.

"영산 가운데 천종산삼은 귀하고 영험하니 이래저래 액운을 조심하라. 너희가 죽을까 하노라. 새가 딸을 먹고 씨를 뿌려 가족 삼을 내리니 오방정색과 오방간색을 가훈으로 삼아 채집 령의 길잡이가 되라. 특히 흑백을 고도의 색으로 모시고 상극간색을 조심하여 상생할지라."

신동들의 채색 령이 채집 령을 이끌어 상징과 주술을 담고 있었지만 무엇을 의미하는지는 알 수 없었다. 나는 비몽사몽간의 환영을 애써 지우며 날이 밝기가 무섭게 수색에 나섰다.

바위벼랑 밑에서 비닐 막을 걷고 바위 하나를 넘어가자 낯익은 빨간색의 옷이 벼랑아래에 누워 있었다. 채령이었다. 화들짝 뛰어내려 숨결을 살폈다. 가는 결이 온몸으로 전해졌다. 살아있었다.

"이럴 수가… 바로 옆에 두고도 모르다니…"

나는 서둘러 저체온을 막기 위해 웃옷을 벗어 채령을 감싸 업고 허둥지둥 산에서 내려왔다.

"체령아, 제발…"

나는 몇 번인가 숨이 멎는 듯 찰 때마다 채령을 부여안고 꿈에 본 산신령께 빌었다. 하룻밤 정도로는 저체온보다는 뇌가 급한 듯해 병원으로 직행했지만, 워낙 오지다 보니 오후에야 응급실에 도착할 수 있었다.

"이건 순전히 내 잘못이다."

의식불명 상태에서 좀처럼 깨나지 않자 채령을 보며 나는 탄식했다. 여러 검사를 마치고 의사 앞에 불려간 나는 죄인처럼 두 손을 다소곳이 모으고 처분만을 기다렸다.

"출혈도 없고 손상도 심하지 않으니 두고 봅시다. 한참 나이니까 금방 깨어날 테지요."

의사의 한마디에 지옥과 천국을 오가며 일희일비하는 시간은 느리게도 흘렀고 일주일이 지나도 깨어나지 않자 나는 의사를 붙들고 애원하듯 물었다.

"선생님 다른 방법은 없습니까?"

"글쎄요. 지금으로서는 기다려 보는 거 외에는… 좀 늦는 경우도 있으니까 믿고 기다려봅시다."

2주가 지났다. 깜깜한 전망과 넋 나간 시간이 무력하게 흘렀다. 무작정 기다리다니 그렇다면 병원에 있을 이유가 없었다. 의사는 1~2주 안에 안 깨어나면 장기치료를 준비해야 한다고 했다.

"아빠, 난 병원이 싫어. 집으로 가."

나는 채령이 몸은 움직이지 못 해도 정신은 살아있다고 믿었다. 병원에서 할 수 있는 게 없으면 채령의 요구대로 집으로 가 자연의 기운과 함께 하는 게 치료에 도움이 될 수도 있었다.

"아빠, 어서 가. 뭘 망설여. 새소리와 풀벌레소리가 듣고 싶어."

나는 입원비를 핑계로 채령을 집으로 데리고 왔다. 전처럼 채령의 자리에 가지런히 누이고 그 앞에 무릎을 꿇었다.

"채령아, 의사는 희망의 끈을 놓지 말라고 했지만 나는 네 자체가 희망이라 놓고 말고가 없단다. 네가 회복되든 안 되든 상관없이 너는 이전의 내 딸 채령 그대로다. 이 아빠는 절대 안 변할 테니까 너는 깨나든 말든 네 마음대로 하렴. 이건 그날 네가 캔 산삼이다. 이걸 캐서 내려오며 이 아빠에게 어서 빨리 보여주고 싶어 발을 헛디딘 거지. 이 아빠는 안 봐도 훤히 안다. 이걸 다려서 줄 테니까 먹고 어서 눈을 뜨고 아빠 얼굴을 봐야지…"

그날부터 나는 새로운 삶을 시작했다. 하루에도 몇 번씩 팔다리를 움직여 운동을 시키고 튜브 식을 떠먹이고 머리를 빗기고 대소변을 받아내는 일이 선물처럼 주어졌다. 특히 다 큰 숙녀를 목욕시키는 일은 내게 고해성사와도 같았다.

그렇게 한 달이 지났다. 푸른 동백 잎을 따서 채령의 머리에 꽂아주던 날 지역 성당에서 나왔다며 수녀 두 분이 방문했다.

"따님의 딱한 사정을 전해 듣고 혹 저희가 뭐 도울 일이 없을까 하고 찾아왔어요. 한 달에 두 번 정도 목욕 봉사와 가사도우미 일을 도와드릴 수가 있어요. 신도들이 돌아가며 봉사하면 되니까 크게 부담되지는 않을 거예요."

"내게 이 아이는 내 몸과 같아서 혼자서도 충분히 돌볼 수 있습니다. 힘에 부대끼면 부탁드릴게요. 성의만 고맙게 받겠습니다."

내심은 그게 아니었다.

'왜요? 다 큰 딸을 남자인 아빠가 간음이라도 할까 무척이나 염려되던 모양이죠? 남 걱정하지 말고 수녀님 그 옷 속에 감춰진 상상의 몸매나 잘 가꾸시죠. 신부님이나 남자 신도들이 미혹에 빠지지 않게요.'

나는 주제넘은 그들의 간섭을 정중히 거절하고 돌려보냈다. 내 자의식이 좀 심했나 싶었지만 간음 천지의 세상에서 이러나저러나 피장파장이었다. 내가 채령을 대하는 태도와 사람들이 채령을 대하는 태도 사이에는 딱 한 가지 다른 점이 있었다. 사람들은 채령의 무능함에 포인트를 맞춘다면 나는 채령의 생명에 포인트를 맞춘다는 점이었다. 사람들은 마치 채령을 죽은 사람 취급하지만 나는 결코 그럴 수가 없었다. 식물인간이라 하면서도 식물은커녕 죽은 생물이나 죽을 생물 취급하는 건 참을 수가 없었다. 채령에 대한 생생한 기억이 살아있는데 어떻게 그럴 수가 있단 말인가. 산에 있던 산삼을 화분에 옮겨 심은 것에 지나지 않았다. 더욱 지극정성으로 돌봐야 겨우 살 수 있는데 죽을 생물 취급하다니 있을 수 없는 일이었다. 나의 손길이 간음이면 어떠하고 강간이면 어떤가. 내게는 적어도 이 아빠에게는 생명을 살리는 사랑이 있느냐가 더 중요했다. 무엇보다 나만큼 채령을 잘 씻기고 돌볼 수 없다는 자존 때문이었다.

"채령아, 내가 살아있는 한 너는 옛날 그대로이고 앞으로도 그대로일 것이야. 그런 믿음으로 내 앞에 누워있는데 내가 어찌 그 신의를 저버리겠니. 내가 너를 얼마나 사랑했는데 그 사랑을 저버릴 수가 있겠니. 자 오늘은 재수 없는 날이니 씻김굿이나 할까. 후여, 두 발 까마귀 노니는 곳에 세 발 까마귀야 앉지 마라."

내가 채령과의 생활에서 가장 아쉬운 점은 밭일이나 바깥일을 함께하지 못한다는 거였다. 되도록 옆에 있어 줘야 하는데 그러지 못하면 괜히 미안하고 안쓰러워 중간에 일손을 놓고 다녀오거나 핑계를 만들어 서둘러 일을 마무리했다. 채령과 같이 있을 때면 전과 다름없이 부드러운 목소리로 대화하고 따뜻한 손길로 어루만져 주고 평소 좋아하는 음악과 영어 회화 테이프를 들려주거나 책도 읽어주려고 노력했다. 메아리 없는 혼자서의 허우적거림과 같았지만, 관객 없는 모노드라마에 혼신을 다했다. 나는 바깥에 있을 때도 채령의 체온을 느꼈다. 채령이 살아있다는 걸 인식하려고 일부러 체온을 떠올리곤 했다. 한시도 채령을 놓지 않으려는 안간힘이었다.

몸이 축 늘어져 감은 눈을 억지로 벌려 뜨게 하면 눈알이 왔다 갔다 하기는 하지만 팔다리는 반사작용만 있을 뿐 움직이지 못해 안타까웠다. 튜브로 음식을 넣어줄 때나 대소변을 받아낼 때 소리를 지르면 스스로 눈을 뜨기도 해 의식이 있는 것처럼 착각이 들 때도 있으나 그럴 때마다 '식물도 생각한다.'라는 진리를 되새김질하며 자신과 채령을 위로했다. 나는 채령이라는 희귀한 식물을 위해 특별히 햇빛이 잘 들도록 방에다 창을 크게 내었으며 자주 바깥나들이를 시켜주며 바람과 소리의 감촉을 피부로 느끼게 해주었다.

호기심으로 가득한 마을 남자들이 불쑥불쑥 찾아오곤 했는데 하필이면 대변을 받아낼 때여서 기저귀를 그들 앞에다 던졌더니 코를 쥐고 도망가기도 했다. 그즈음 숲속의 인기척도 있고 해서 장 보러 가기 위해 집을 비울 때는 여간 신경이 쓰이는 게 아니었다. 방문을 걸어 잠그는 것으로도 모자라 방문 앞에다 모래나 재를 뿌려놓기까지 했다. 문 앞에다 큼지막한 글자로 경고문을 붙여놓기도 했다.

"누구든 허락 없이 방으로 들어가는 자는 지옥까지 찾아가 요절을 낼 테다. 독종"

하루는 장에 가려고 아랫마을 앞을 지나는데 마을 어귀 정자나무 뒤에서 누군가의 그림자가 얼핏 몸을 숨기는 게 보여 장으로 가지 않고 산을 돌아 집으로 다시 올라가 숨어서 염탐했더니 아니나 다를까 마을의 한 노인이 부리나케 올라오더니 방문을 부수고 방으로 들어가는 게 아닌가. 나는 낫을 양손에 들고 들어가 채령을 덮치고 있는 노인을 방구석에 몰아붙이고는 독종의 이빨을 드러내며 소리 질렀다.

"이 영감탱이 죽고 싶어 환장했냐!"

나는 오른손 낫을 높이 쳐들고 왼손 낫으로 영감의 윗저고리에 집어넣어 옷을 확 찢어발겼다.

"돌아서!"

러닝으로도 낫을 집어넣어 찢어발기고는 소리쳤다.

"옷을 벗어! 아랫도리까지 전부!"

왼낫을 목 앞으로 가져가며 다그쳤다.

"어서 팬티까지!"

영감이 팬티차림으로 돌아서서 두 손을 싹싹 빌며 사정했다.

"내 죽을죄를 지었으니 한 번만 용서해 주게."

나는 노인의 몰골에 마음이 누그러져 말했다.

"꿇어앉으세요."

노인은 나를 보고 다소곳이 꿇어앉았다.

"나를 보지 말고 채령을 보고요."

노인은 나를 힐끔 쳐다보더니 채령을 향해 무릎을 돌렸다.

"다시는 나쁜 마음을 안 먹겠다고 하세요."

노인은 멋쩍은 눈으로 나를 돌아보며 무슨 말을 해야 할지 난처해했다.

"어르신은 저렇게 누워있는 내 딸 채령이가 불쌍하지도 않으세요."

목이 메어 말을 잇지 못하자 노인이 진정한 감정을 보이며 말했다.

"미안하네. 정말 잘못했네. 마을에서 자네를 이상하게 보기에 그만…"

"이상하게 보다니요?"

"으응, 자네가 목욕 봉사를 거부한 걸 가지고 다들 자네를…"

"그게 정말이세요? 눈감아 주려고 했더니 안 되겠네요. 경찰에 고발해야겠어요."

"고발이라니? 아니네. 자네가 딸을 어떻게 했다는 게 아니라 그럴지도 모른다는 거지. 내 이렇게 빌 테니 제발 고발만은 하지 말아주게."

"딸 손녀를 둔 어르신들이 어떻게 그런 생각을 할 수가 있죠? 저 보세요. 누워서 아무것도 못하는 저런 아이에게 말이에요. 갓 태어난 핏덩이나 다름없잖아요. 어떻게 핏덩이에게 그런 못된 짓을 하지요. 내가 내 딸에게 그랬다고 칩시다. 어르신들이 그러지 말라고 야단을 쳐도 모자랄 판에 몰래 와서 그 짓을 해요? 도대체 그게 말이 되냐고요?"

나는 낫을 내려놓고 어르신의 어깨를 잡아 흔들며 다그쳤다. 노인은 고개를 숙이며 다소곳이 몸을 맡겼다.

"이 옷 입으세요."

노인은 내가 건네는 새 옷을 입고는 다시 채령을 향해 무릎을 꿇고 앉았다. 나도 그 옆에 나란히 무릎을 꿇었다.

"이번 일은 없던 일로 할 테니 다신 그러지 마세요. 그리고 우리 채령은 반드시 깨어날 겁니다. 지금도 조금씩 좋아지고 있어요. 보실래요."

나는 채령에게 희망이 있다는 것을 마을 사람들에게 알려야겠다는 생각에 반사 신경에 지나지 않는 눈뜨기 속임수를 보여주었다.

"채령아!"

채령을 크게 불렀더니 감겨있던 눈꺼풀이 위로 조금 움직이며 눈동자까지 보였다.

"보셨죠? 의식이 살아나고 있죠? 채령이 캔 산삼과 약초를 달여 먹였더니 기적이 일어났어요. 의사 말로는 몇 년이 지나 깨어나는 수도 있대요. 채령은 겨우 2개월밖에 안 됐잖아요. 이대로 1년만 더 보살피면 틀림없이 깨날 거예요. 어르신도 좀 도와주세요. 제 혼자로는 너무 힘들어요. 채령엄마가 미국에서 돌아올 때는 살아있는 모습을 보여줘야 되지 않겠어요. 어르신도 딸이 있고 손녀가 있잖아요. 돌아가셔서 마을 사람들에게 채령의 정신이 돌아오고 있다고 전해주세요. 이제는 식물인간이 아니니 허튼 생각하지 말라고요."

노인은 그러하겠다고 연신 몸을 조아리며 뒷걸음질로 돌아갔다. 나중에 안 일이지만 노인은 마을에서도 조금 따돌리는 사람으로 여자에 대한 말 못 할 한을 지니고 있는 분이었다. 장가를 가자마자 여자가 도망가는 바람에 고자라는 소문이 돌아 그 뒤로는 두 번 다시 여자를 만나지 못해 평생을 홀로 지내는 모양이었다. 시골에서는 착하고 어리석은 사람이 따돌리는 경향이 강해서 평생을 그러한 굴레에서 헤어나지 못하고 굳어버리는 사회적 낙인에 갇혀 사는 경우가 많았다. 어쩌면 뒤늦게 낙인을 떼려는 서툰 시도였는지도 모를 일이었다.

그날 밤이었다. 잠이 들 무렵 "아빠"라고 부르는 채령의 목소리가 들렸다. 채령은 자고 있었다. 깜박 잠이 들어 꿈을 꾼 모양이라며 지나갔다. 다음날 터치도 하지 않은 채령의 손가락이 저 혼자 움직이는 게 아닌가. 나는 기적의 팡파르를 울리며 소리쳤다.

"채령아, 너 지금 손가락을 움직였지. 그렇지. 어디 한 번만 더 움직여 봐."

나는 간절한 움직임의 반복에 매달렸지만 기대는 늘 앞서가서 문제였다. 그러나 그런 움직임의 횟수는 잦아졌고 어느 날 갑자기 흐릿하게 눈을 뜨고 팔을 움직이며 입술을 꼬물거리는 그야말로 기적이 일어났다. 나는 제일 먼저 채령엄마에게 이 소식을 전했다.

"채령 씨, 당신 딸이 깨어났소. 지금 입을 꼬물거리며 눈을 뜨고 나를 보고 있소."

나는 채령의 얼굴에 내 얼굴을 묻고 눈물범벅이 되도록 고마움을 표했다. 나는 채령의 재활에 온몸의 기운을 모아 헌신했고 난생처음 노래와 춤으로 사랑을 헌정했다.

가자. 일어나 땀샘을 헤집고 솟아오르자. 보드라운 초록 살결에 잠든 친구들을 깨워 아침 패션을 알리자. 지렁이는 뭘 입을 거니. 짜디짠 바닷물보다 싱거운 눈물이 낫겠어. 눈을 뜨고 싶지만 얼음 궁전이 녹을까 두려워. 사랑의 눈빛을 들킬까 눈을 뜰 수가 없어. 겨울밤은 너무 가혹해. 외로움을 감금해 지극정성으로 보살피잖니. 깨어나면 날아가 버릴 것을 기뻐하며 눈물까지 흘리는지. 이슬 같은 이별은 너무 슬퍼. 영롱할수록 멀어지는 눈부심이 싫어. 희부연 안개 속 뜨거운 밀착만 한 감동은 없어. 짓궂은 햇살에 춤추지 않을 수 없는 이

유지. 보내고 싶어. 까무러치도록 아름다운 율동의 나라로 이주해 살게 할 거야. 그냥 바라보는 것만으로 좋은 원시의 나신이 그리워. 신생아를 품에 안듯 엄마가 보고 싶어. 딸과 엄마 사이에서 낯선 남자가 춤추는 건 안 된대. 날개만 있으면 상관없어. 맑은 하늘로 도망치면 되니까. 여자 기저귀만 전문으로 가는 남자라서 괜찮대. 무수한 알들을 돌보다 죽는 수컷 물고기를 위해 기도해 줘. 그래 다시는 눈을 감지도 뜨지도 마. 보고 싶으면 땀샘을 헤집고 들어. 보드라운 초록 살결에 미끄럼 타는 풀벌레 소리가 잠들게 도와줘. 풀쐐기야 너는 왜 옷을 입은 채 자니. 있는 듯 없는 듯 솜털의 혼잣말이 바람의 악기로 떨고 있잖아. 사랑해 딸.

1개월의 재활기간과 2개월의 휴면기간은 먼 이국의 여행과도 같았다. 산삼이 생존에 위협이 닥쳤을 때 자기 보호 수단으로 휴면을 하듯 채령도 죽지 않고 휴면으로 버텨낸 것이라고 할 수밖에 없을 정도로 동화작용은 최선을 다해 채령을 지켜주었다. 벌목으로 빛을 가리던 나무들이 사라져 일사량이 증가하거나 나무가 지나치게 무성해져 빛이 약해지거나 토양의 수분이 과다하게 늘어나거나 줄어들 때, 땅의 얼음이 덜 녹아 뿌리를 뻗기에 지나치게 차갑거나 병충해로 잎 가지가 상처를 입거나 동물에게 뜯어 먹히거나 산불에 타버렸을 때 뿌리를 딱딱하게 하고 잔뿌리를 떨쳐 몸을 가볍게 해 휴면상태에 들듯 생명을 관장하는 동화작용의 넓은 영역에 고마움을 표하고 싶었다.

채령은 신생아로 다시 태어난 사람처럼 전과 다른 사람이 되어가고 있었다. 회복이 아니라 각성에 가까웠다. 의식은 살아있었던 것이다. 나는 오랜 여행에서 돌아온 심신을 좀 쉬게 하고 싶었는데 채령은 한사코 미국으로 가서 엄마를 만나겠다고 졸랐다.

"회화 공부도 더 해야 하고 몸도 아직 완전히 회복되지 않았잖니?"

"엄마가 보고 싶지도 않아. 궁금하지도 않느냐고?"

채령은 의식이 깨어나고 언제부터인가 아빠라는 호칭을 사용하길 주저했다. 나이가 들어서이거니 했지만, 의도적인 게 분명했다.

"아무래도 너보다는 덜 하지 않겠니? 너야말로 얼마나 궁금하고 보고 싶겠니? 그렇지만 조금만 더 참자."

"나야 어려서 참을 것도 없지만 어른은 다르잖아."

"너도 이제 다 컸고 피는 물보다 진하잖니."

"혈육은 기껏해야 1촌이잖아. 1촌보다 0촌이 더 가깝잖아?"

채령은 단정인지 물음인지 모를 뒤끝의 음운을 구사했다.

"너와 엄마의 관계는 세상에 하나뿐인 천륜이지만 나와의 관계는 흔하디흔한 인륜에 지나지 않아."

"나는 엄마·아빠에 대해서는 아는 게 아무것도 없어. 내가 아는 유일한 사람이 그런 소리를 하면 난 어떻게 해. 설 곳이 없잖아."

채령은 마치 깊은 잠 속에서 깨닫고 나온 사람처럼 차분하게 말했다.

"그래 미안하다. 내가 미처 그 생각을 못 했구나. 네 친부모와 상관없이 나는 네 아빠고 너는 내 딸이다. 우리가 살아있는 한 그건 지울 수 없는 사실이지. 나는 그 사실이 너무 소중해서 세상을 다 준데도 바꾸지 않을 거야. 그러니 너는 조금도 외로워할 거 없어. 알았지."

"엄마는 어떤 여자였어?"

너무나 당돌한 질문에 할 말을 잊고 채령을 물끄러미 쳐다보았다. 자랄 때도 엄마·아빠에 대해 잘 묻지 않았는데 그게 자기를 버린 사람에 대한 막연한 반감 같은 거려니 생각했었는데 지금처럼 뚜렷한 반감을 노골적으로 드러내 보인 것은 처음이었다.

"너를 버리고 간 몹시 나쁜 여자였지."

나는 농담으로 스쳐 넘기려 짧게 대답했다.

"그런 여자를 어디가 좋아서 사랑한 거야."

나 자신에게 한 번도 물어본 적이 없는 질문을 받자 나는 당황했다. 채령엄마에게는 지금도 알 수 없는 신비감이 남아있어서 딱 집어 무어라고 할 수 없는 막연한 매력으로만 기억되었다.

"으응, 남녀 간에는 말이다. 말로 표현할 수 없는 신비한 정령 같은 게 오간다고나 할까. 당사자만이 알아보는 오묘한 현상이지."

"몇 십 년을 같이 산 남녀에게도 그런 현상이 있는 거야."

"에이 그럴 리가. 속설에 의하면 결혼한 지 3년이면 악발인지 신발인지 신비감이 다 떨어진대. 아직 살아보지 않아서 모르지만."

"그런데도 사람들은 왜 결혼을 해."

"신비감이 떨어져도 같이 살 수 있게 두 사람을 꽁꽁 묶는 거지. 신비감 떨어질 때마다 헤어지면 세상이 너무 혼란스럽지 않겠니."

"3년마다 결혼을 하면 세상이 신비감으로 가득할 텐데 혼란스럽기는? 신비감이 떨어졌는데 결혼으로 꽁꽁 묶으면 지옥이잖아."

"그러고 보니 신비감이란 게 혼돈을 의미하는지도 모르겠네."

"내게도 신비감이란 게 있어?"

나는 채령의 눈빛에 자칫 찔릴 뻔해 얼른 시선을 피했다. 그럴 때면 채령 씨를 너무나 닮아 소름이 돋았다. 사실 채령에게서는 채령 씨와 같은 생면부지의 신비한 눈빛이라기보다는 오랜 정분에 의한 세포 차원의 영롱한 눈빛이 느껴졌었는데 그게 아니었다. 둥지를 떠나 첫 사냥에 나선 매의 눈빛처럼 단호한 순결이 숨 쉬고 있었다.

"그럼 있고말고. 뭐랄까. 미완의 성숙이랄까. 동안의 소녀가 모성을 품고 있다 할까. 왜 앳된 원시 여인들이 아기를 안고 있는 당찬 모습 있지. 그런 정글에서나 느낄 수 있는 투박한 신비감이 네게는 배어있어."

"미혼모 같다는 거야."

"미혼모라니? 동정녀지."

"겉으론 처녀 같은데 몸은 손을 타 신비감이 없어졌다는 거잖아."

"무슨 소리야. 그건 이 아빠가 보증하지. 너야말로 세상의 때가 묻지 않은 산야초야. 이 아빠밖에 모르는 보석 같은 여자지."

그때 채령이 갑자기 흐느껴 울기 시작했다. 내가 어깨를 다독여 주자 울먹이며 말했다.

"몇 달 동안이나 정신없이 누워만 있은 여자에게 무슨 매력이 있겠느냐며 얼마나 고민했는지 알아. 똥오줌을 받아낸 여자에게 무슨 신비감이 있겠느냐며 죽을 생각까지 했었어. 정신이 깨어났을 때도 계속 똥오줌을 받아냈잖아. 얼마나 수치스럽고 고통스러운 밀월이었는지 알아."

나는 품을 있는 대로 키워 채령을 깊이 안아주고 싶었다. 마치 똥오줌이란 말이 구슬처럼 느껴지도록 천진한 아름다움에 흠뻑 빠졌다.

채령이 기력을 회복하고부터는 채령 스스로 작은 공부방으로 거처를 옮겨갔다. 똥오줌을 구슬처럼 생각하는 나와는 반대로 그런 기억을 가진 방에서 계속 함께한다는 게 채령으로서는 무척 견디기 힘든 모양이었다. 성숙한 숙녀로서의 독립을 원하는지도 몰랐다. 채령은 방을 옮겨 가서도 수시로 무슨 핑계를 만들어 내 방으로 기어들어와 자곤 했다. 처음 며칠은 무섭다거나 허전해서 혼자 못 자겠다며 숙녀로서의 독립을 포기하는 듯 보였다. 내가 하고 싶은 대로 하라며 아무 반응을 보이지 않자 다시 제자리로 돌아갔다.

그러던 어느 겨울날이었다. 혹한의 추위가 두 사람을 한 방에 가두었다. 작은 방은 난방이 시원찮아 혹한에는 자연스레 합방이 이루어졌다. 깊은 잠속에 빠져있을 때 가슴께에서 무언가가 느껴져 눈을 뜨니 채령의 손길이 내 가슴을 더듬고 있었다. 윗목에서 자던 채령이 내 이불 속에 들어와 숨을 죽이며 잠시 이성이 그리워 아빠라는 사실을 잊은 모양이었다. 나는 일부러 잠이 든 시늉으로 모른 채 가만히 두었다. 그게 들통이 났는지 채령은 더욱 대담하게 내 가슴을 파고들었다. 내 찌든 왼쪽 가슴의 구석구석을 더듬더니 오른쪽 가슴께로 가서는 찌든 욕정을 보상이라도 하려는 듯이 숨소리가 거칠어지더니 내 손을 자기 가슴으로 가져갔다. 숨 고르기에 실패한 나는 참았던 거친 숨을 토해내며 채령의 손을 움켜잡았다. 채령이 행동을 멈추고 가만히 잡힌 손을 맡겼다. 나는 아무 말도 하지 않고 한동안 그대로 있었다. 채령의 가슴 위에서 두 손이 말없이 침묵을 지켰다.

"우리, 엄마부터 만나자."

그런 일이 있은 다음부터 채령은 훨씬 성숙해졌다. 어린양이나 투정 대신 여자로서의 책무와도 같은 역할을 스스로 찾아서 해나갔다. 미국행을 이제는 미룰 수도 없었다. 우리는 미국에 관한 공부를 본격적으로 해나갔다. 한인이 제일 많이 산다는 LA를 집중적으로 공략하고 워싱턴과 뉴욕의 곳곳을 우편배달부 수준으로 뇌리에 각인시켰다.

8

그동안 채령 씨로부터는 딱 한 차례 편지가 온 일이 있었는데 발신처도 없는 희미한 소인에 간단한 안부가 전부였다. 나는 우선 채령 아빠의 소식을 알면 엄마의 소식도 알 수 있을 것 같아 채령아빠를 미국으로 주선한 패션 가게의 회장 사모님을 찾아갔다. 브랜드 이름이 바뀐 지가 워낙 오래되어 찾기는 쉽지 않았다. 사모님은 옛날의 감회가 새로운지 회심의 미소를 지으며 다 큰 채령을 아래위로 훑어보더니 모멸적으로 말했다.

“그 여자 죄짓고 도망가서 죽었는지 살았는지…”

“무슨 일이라도 있었나요?”

"세상을 떠들썩하게 한 사건인데 아직 모르시나 보군요. '천사는 체온을 입는다.'는 말은 들어보셨나요?"

"무슨 영화 제목 같은데요."

"그래요. 영화로도 나왔었죠. 그 여자가 무슨 짓을 저질렀는지는 그 영화를 보면 알아요."

"그 엄마를 찾기 위해 아이 아빠의 소식을 좀 알았으면 하고요. 혹 찾아가 볼 만한 곳은 없을까요?"

"하도 오래되어 우리로서도 알 수가 없지요. 워낙 유명한 사건이라 LA 가서 물으면 알 수도 있을지 모르지요. 하긴 다들 잊고 있어서 찾기가 쉽지는 않겠네요."

우리는 그녀의 가게를 나오자마자 비디오방으로 가 '천사는 체온을 입는다.'는 영화를 찾아보았다. 인종차별을 다루는 실제 사건을 영화화한 것이라는 부연설명이 있었지만, 사실과 많이 다른 왜곡이 느껴져 보기가 몹시 불편했다. 주제를 강화하는 부분에선 감동이 느껴지기도 했지만 캐릭터가 채령 씨가 아니어서인지 생소한 점이 없지 않았다. 엄마에 대해 아는 게 없는 채령은 엄마와 작중 인물을 동일시해 내가 염려할 정도로 영화에 깊이 빠져들었다. 나는 채령에게 영화는 픽션이라는 점을 재차 강조하고 실재 엄마는 영화와는 아주 다르다는 사실을 주지시켰다. 자칫 엄마에 대한 사실 왜곡이나 환상을 갖게 될 수 있기 때문이다.

채령엄마에 대해서는 한국대사관에서도 행방불명으로 나와 찾을

길이 막막했지만 채령아빠에 대해서는 쉽게 정보를 얻을 수 있었다. 채령의 친자증명이 안 되어 어려움이 많긴 했지만 채령의 특출한 독학 영어가 상황의 진정성을 정분에 호소해 마침내 아빠를 대면하는 기회를 얻어냈다.

채령아빠는 한인 타운에서 쿵푸와 태권의 무예도장을 운영하고 있었다. 채령은 막상 도장 앞에 이르자 들어가기를 거부하며 자기는 아빠를 만나고 싶지 않다고 고집을 부렸다. 나는 인근 카페로 들어가 채령을 설득했다.

"아빠도 많이 달라졌을 거야. 세월이 지나 이제 객관화할 때도 되지 않았니?"

"객관화를 못 해서가 아니라 그냥 보고 싶지 않아."

"내가 보기엔 그게 그거 같은데…"

"갑자기 내가 못나고 추해지는 느낌이야."

"그래 그 맘 알아. 하지만 우리가 여기까지 온 건 아빠를 만나기보다 엄마를 찾으러 왔잖니. 혹시 그동안 아빠가 엄마소식을 알고 있을지도 모르고… 채령의 간절한 마음을 아빠한테도 알릴 필요가 있고…"

"알리고 싶지 않아. 잘못을 들추는 거라 좋아하지도 않을 거야."

"사람이 가책을 느끼는 건 그렇게 나쁜 것만은 아니야."

"왠지 가책을 자랑스러워할 것 같아 역겨워."

"그럼 아빠를 저주하려고 왔다며 욕이나 한바탕해주고 갈까?"

"날 그런 식으로 자꾸 아이취급 할 거야. 지금 내 감정은 최악이라 말이야."

"그럼 넌 여기 있어 아빠 혼자 다녀오마."

무예도장은 한국에서처럼 지하에 있어서 낮인데도 어둡게 느껴졌다. 실내는 천정만 조금 높을 뿐 한국의 도장을 그대로 옮겨놓은 듯했다. 구석자리의 사무실이며 앞면거울이 옛 모습 그대로였다. 다만 수련을 받는 수련생들의 다양한 피부 빛이 이국정취를 알렸다. 그런데 수련을 지도하는 사람이 채령아빠가 아닌 젊은 백인여자였다. 사무실에서 또 한 사람의 백인여성이 나와 내게 뭐라고 했다. 그녀는 나이가 좀 들어 보였는데 도복을 입고 있어서 무척 활기차 보였다. 채령아빠의 이름을 대자 사무실에서 한 남자가 나왔다. 그는 나를 힐끗 쳐다보더니 자기 눈을 의심하는 듯 재차 눈을 치뜨며 기억을 살폈다.

"저 한국에 있을 때 관장님께 쿵푸를 배운 사람입니다. 기억하시겠습니까?"

"오! 드레스 숍!"

미국식 한국어를 구사하는 전형적인 어조로 옆의 백인 여자를 보고 재차 소개하듯 말했다.

"코리안 드레스 디자이너."

여자는 내게 손을 내밀어 인사를 청했다.

"그래 여긴 웬일입니까?"

"혹 채령 씨의 소식을 알고 계시나 하고요."

채령이라는 말에 갑자기 신경질적으로 머리를 흔들더니 앞으로 흘러내린 머릿결을 홱 쓸어 올리며 말했다. 영화에서처럼 이마에 흉터가 역력했다. 옆의 백인여자의 이마에는 흉터가 없는 것으로 보아 그녀는 아닌가 보았다.

"그년이 날 이렇게 만들어 놓고 도망갔소. 채령이라는 말만 들어도 치가 떨리오."

"그렇다면 관장님께서도 그녀 소식을 전혀 모르시나 보군요."

"잡으면 모가지를 홱 비틀어놓을 사람보고 소식을 물으니 당신도 참 딱하오. 그년 소식은 알아 뭐 하게요?"

"채령 씨의 딸이 엄마를 찾고 있어서요."

"그년 딸이요?"

"네, 당신 딸이기도 하지요."

"보육원에 맡겨놓고 왔다고 했는데 지금 살아있단 말이오."

하는 말투로 보아 지금까지 전혀 생각지 않은 뜻밖의 일인 듯했다. 채령이 아빠를 만나지 않으려 했던 직관이 옳았다는 생각까지 들었다.

"미국에 가면 자기 엄마 좀 찾아봐 달라고 해서 찾아왔는데 아빠 되시는 분이 엄마를 그렇게 증오하시니 딸이 몹시 실망하겠어요."

"낳고 싶어 낳은 자식도 아닌데 나와는 상관없는 일이오."

그때 바깥에서 시끌벅적한 소리가 났다. 백인여자가 사무실을 박차고 나갔고 이어서 관장도 어색한 자리를 피해 그곳으로 갔다. 나도 따라 나가보니 흑인수련생이 바닥에 나뒹굴며 몰매를 당하고 있었다. 몰매를 가하는 사람들은 백인수련생들이었다. 다른 수련생들은 이를 지켜만 보고 있었다. 당연히 맞을 짓을 했다는 표정이었다. 관장이 나타나자 수련생들은 몰매를 멈추고 관장에게 무어라고 했다. 관장은 보스답게 흑인수련생에게 무어라고 타일렀다.

언제 들어왔는지 둘러싸인 수련생들 사이에서 채령의 모습이 보였다. 채령은 모른 체 하라는 시늉을 했다. 그리고는 서둘러 도장을 빠져나갔다. 나는 관장에게 다가갔다.

"이만 가보겠습니다. 한국의 따님 연락처를 드릴까요?"

"필요 없소. 나와는 상관없는 일이오. 아, 있으면 줘 보시오. 나를 만났다는 얘기는 하지 말고요."

도장을 나가 카페를 향해 걷는데 채령이 골목에서 불쑥 나타났다. 우리는 아무 말도 하지 않고 한동안 거리를 배회하듯 걸었다. 그날 저녁 숙소로 돌아와 채령에게 말했다.

"한국의 우리 주소를 가르쳐줬는데 잘한 건지 모르겠다."

아무 말이 없기에 아빠에 대한 첫인상을 조심스레 물었다.

"사무실에 도복을 입은 백인여자가 있던데 부인 같더구나."

"엄마소식 외에는 아무 얘기도 듣고 싶지 않아요."

"그래 별 할 만 한 얘기도 없지만, 엄마에 대해서는 도무지 깜깜무소식이야."

나는 채령과 달리 채령 씨를 찾기 위해서는 당시의 사건 내용을 좀 더 소상하게 알 필요가 있고 그러기 위해서는 장본인인 관장의 얘기를 직접 들어보는 게 중요하다고 생각되었지만, 다음 기회로 미루기로 했다.

다음으로 우리가 찾아간 곳은 영사관이었다. 젊은 영사관직원은 채령의 이름을 댈 때는 모르더니 영화 얘기를 꺼내자 눈을 동그랗게 뜨며 나이 든 직원을 불러 채령을 가리켜 말했다.

"이 아가씨가 스킨 모자이크 사건의 주인공 딸이래요. 엄마를 찾아왔다는군요."

사건의 범인이 아니라 주인공이라는데 다소 안도가 되었다.

"영화에 나온 한국의 딸인가요?"

나이 든 직원은 총영사까지 불러 당시의 사건에 대한 관심을 불러일으키며 말했다.

"워낙 오래된 사건이고 경찰도 행방불명으로 처리한 터라 찾기가 쉽지 않을 거예요. 한국으로 숨어들었을 거라는 소문도 있던데 그것도 아닌 모양이군요."

"그 사건은 형사적인 충격을 준 사건이 아니라 문화적인 이슈로 유명해진 사건이어서 경찰에서도 그다지 신경을 안 쓰고 방치했다는 얘기도 있으니 기대의 끈을 놓지 마시고 한번 수소문해 보도록 하세요. 이분이 그때의 사정을 잘 아니까 협조를 구하시고요.”

총영사는 고위외교관답게 채령이 실망하지 않도록 배려했다. 우리는 당시의 사건 현장인 채령엄마의 거주지를 물어 그곳부터 찾아갔다. 그곳을 찾기 전에 우선 그 당시의 상황을 자세하게 이해할 필요가 있었다. 그때의 상황이 지금도 진행되고 있지만, 그 당시는 위장결혼이 극심해 단속 또한 심한 편이어서 지금보다 더 억압적인 상황이었을 것이다.

“채령아, 아까 도장에서 흑인이 몰매를 맞던데 왜 그런 거니?”

“모르겠어. 화장실에 물을 안 내려 그랬다는데 그게 말이 돼? 물 좀 안 내렸다고 그렇게 두들겨 패? 그보다 더 끔찍한 건 그들의 모욕적인 말투였어.”

“뭐라고 했는데?”

“내 영어실력이 짧아 잘못 알아들었기를 바라지만 기가 막혀 그대로 옮기지도 못하겠어.”

“한번 옮겨 봐.”

“아냐 안 할래.”

“그러면 더 알고 싶잖아.”

“막힌 변기처럼 생겨가지고는! 야 이 새끼야! 네 말고 여기 누가 그 색깔을 하고 있나? 이러던데 아빠 내가 잘못 알아들은 거지?”

“글쎄다. 그렇다면 목격한 게 아니라 심증이라는 거잖아.”

“그러고 보니 그러네. 내가 잘못 알아들은 게 틀림없네.”

"그래 그게 정신건강에 좋겠다. 그러나 채령아, 우리가 명심해야 할 것은 우리도 잘살면 못 사는 인종을 차별할 거라는 거다. 인간이 얼마나 형편없는 존재인가 하면 허름한 옷만 입고 있어도 자기도 모르게 함부로 대하잖니."

"모르겠어. 나 역시도 슬럼가 하면 흑인을 연상하지만 그런 문화적인 진실들이 아직 실감이 나지 않아."

"그만큼 네가 순수하다는 거야. 이제부터 그보다 더한 진실과 부대낄 테니까 정신 바짝 차려야 해."

사건 현장은 도심에서 차로 30분가량 떨어진 외딴 숲속이었다. 주변은 폐허로 변해 잡초가 무성했고 무슨 아지트 같은 음흉한 건물은 사건 당시의 모습을 그대로 간직하고 있었다.

"영화에 나오는 그 건물이잖아."

어딘가 낯이 익다했더니 영화촬영장으로 쓰고 그대로 방치된 모양이었다. 사건현장이 촬영으로 알게 모르게 훼손되었을 거로 생각하니 여간 아쉬운 게 아니었다. 그보다 다른 사람이 말끔하게 수리해 사는 것보다는 백배 나았다. 스킨 모자이크가 있던 지하는 깜깜했다. 전기가 들어오지 않아 아무것도 볼 수 없었다. 어둠에 익숙해지자 제법 널찍한 홀이 나타났다. 여러 개의 침대가 마치 병실이나 수용소를 방불케 했다. 나는 영화 속에서 본 그날의 상황을 나만의 상상으로 떠올려보았다.

'천사는 체온을 입는다.'는 메모가 채령의 화장대 거울에 붉은 루주로 얼룩져 있었다. 그게 채령의 것인지 감독의 것인지도 분명치 않았다. 화장대라고 따로 있는 게 아니라 침대 옆에 작은 거울이 달린 정도였다. 채령이 처음 이곳 위장결혼 아지트를 찾았을 때 관장은 여왕벌 브로커의 수벌로 통했다. 한국의 회장사모님이 여왕벌 브로커와 위장결혼 시킨 조직의 수벌이었다.

야하게 차려입은 30대 중반의 백인여성과 야성미를 한껏 드러낸 백인남성이 소파에 한 몸으로 붙은 채 '이게 또 웬 횡재냐'는 눈으로 채령을 바라보았다. 관장은 그들 앞에 두 손을 조아리고 서서 한인 통역자의 입을 번갈아 바라보았다.

"어떤 사인데 뭐 하러 왔대?"

"그냥 아는 사인데 날 만나러 왔대요."

"애인 찾아 이역만리를 찾아온 거야?"

"애인은 아니고요. 그냥 만나러 온 거지요."

"넌 싫다고 도망 왔는데 얘가 죽자 살자 따라온 거야?"

"네, 말하자면 그런 셈이지요."

관장은 채령을 쳐다보지도 않은 채 백인여자의 비위를 맞췄고 채령은 그런 관장을 못마땅하게 바라보았다.

"쉽게 말해 네 놈이 먹고 날란 거네."

백인 남성이 히죽이며 물었다.

채령은 백인여성 브로커와 백인남성이 사실혼 관계나 보디가드처럼 보였다는 게 한편으로는 다행스럽게 생각되면서도 백인여성을 향한 관장의 시선이 스타바라기에 가깝다는 사실에 구역질이 났다.

"이름이 뭐야?"

채령이 대답하려 하자 관장이 나서서 친절하게 답했다.

"채령, 미스 챕니다."

"미스 쉐?"

"예, 미스 채."

"미스 채, 보아하니 공항에서 바로 온 것 같은데 어디 묵을 곳이 있나요?"

"이 친구 완전 고아에요."

관장이 앞뒤 생각 없이 브로커에 말려들었다.

"묵을 곳이 없으면 우선 이곳에서 지내도록 해 줘. 여자 친구가 멀리서 찾아왔으니 잘 보살펴줘야지, 안 그래? 내가 일자리도 알아봐 줄 테니까."

"널 취직까지 시켜주신데."

관장이 통역사가 통역한 말을 재차 귀엣말로 채령에게 전했다.

"그런데 한 가지 명심하고 지켜야 할 게 있어. 넌 대외적으로는 어디까지나 내 남편으로 행동해야 하고 미스 채는 이곳에 고용된 사람으로 대해야 해. 숙식을 제공받는 대신 집안일과 허드렛일을 맡아 하는 거지. 단속이 나오면 그렇게 행동해야 한다는 거야. 너희 둘이 친하거나 부부로 보여서는 안 된다는 거야. 위장결혼을 위해 이혼했던 부부가 2년 후에 재결합하는 경우도 있어서 특히 조심해야 해. 다만 너희 둘만 있을 때는 눈치껏 해."

미국바라기 관장은 미국에 오기 전부터 준비해 간단한 말은 알아듣지만 복잡한 말은 못 알아들어 백인여성에게 굽실거린다는 게 통역에게 굽실거리는 것처럼 보였다.

"아, 그럼요. 이제 이 친구와는 아무 관계도 아닌걸요."

채령은 처음으로 관장에게서 '허우대'란 말을 생각했다. 왜 지금까지는 그런 이미지가 떠오르지 않았는지 모를 일이었다. 백인바라기로 백인여자에게 꽂혀있는 남자를 바라보는 것은 슬픈 일이었다. 그건 유독 유색인종만의 일은 아닐 테지만 자기 남자가 자기와 다른 여자에게 빠져있는 시선은 왠지 서글퍼 보였다. 아름다운 감성 자체가 미혹처럼 느껴졌다. 그것은 관장을 향한 자신의 시선이기도 해서였다. 미혹은 그것으로 그치지 않았다. 브로커인 백인여자는 자신이 봐도 질투와는 상관없이 아름답다는 점이었다. 그날 저녁 채령은 관장에게 강간당했고 그 와중에도 이곳의 다채로운 인종들의 시선을 의식해야만 했다. 사람들이 생각하는 오랜만의 성희가 강간으로 얼룩진 데 대한 자괴감이었다.

위장결혼 아지트에는 불법이민자와 시민권자가 수시로 드나들었다. 결혼을 통한 영주권 신청자 중 30~50%가 위장결혼이라는 사실이 말해주듯 아시아 아프리카 등 인종을 가리지 않고 광범위하게 분포되어 너도나도 형형색색의 꿈을 모자이크해 숨어들었다. 이 텅 빈 거대한 대륙에 처음 이주해온 사람은 어떤 사람이었을까? 언어가 통하지 않는 이 막막한 대륙에 처음 들어와 능욕당한 채 누워 채령은 무엇을 생각했을까? 후기구석기 중앙아시아나 북유럽의 어느 부족이 사냥감을 따라 이주했든지 한반도의 어느 이주민이 위장결혼으로 이주했든지 사랑을 찾아 이주했든지 대륙은 콜럼버스 이전과 이후로 나뉘어 이전은 큰 동물이 이주민에 능욕 당했고 이후는 이주민이 백인에 능욕 당했다. 큰 동물사냥과 가죽 벗기기의 전문가인 이주민들도 마스토돈 버펄로와 똑같이 백인에 의해 참살되고 모욕당했다. 어쩌면 채령에게는 그 옛날 처음 무두질을 발명한 여인의 피가 흐르고 있어서 그 모욕을 더욱 힘겨워 하는지도 모른다.

언어가 없거나 알아듣지 못하는 세계에서는 공격자와 방어자만 있거나 이기적인 자와 이기적이지 못한 자가 있을 뿐이라는 것을 절감한 채령은 어느덧 위장결혼 아지트에 적응했고 그들이 제일 귀찮아하는 허드렛일을 도맡아해 신뢰를 획득할 수 있었다. 밤에는 관장에게 강간당하고 낮에는 가사도우미로 만신창이가 되어 갔지만, 사람들이 자신을 대하는 태도가 호의적으로 변해가는 게 숙식제공의 대가 없는 노예노동 때문이라는 걸 알고부터는 자존감을 잃지 않기 위해 일상이 모성애로 비치도록 노력했다.

관장의 백인여성 브로커에 대한 비굴한 헌신은 돌이킬 수가 없었고 그게 자신에 대한 모욕으로 비치지 않도록 사람들에게 신뢰를 쌓아갔다. 신뢰의 눈으로 바라본 그들은 하나 같이 교육받지 못한 하층민이었고 그렇게라도 뜯어먹고 살지 않으면 안 되도록 사회로부터 소외된 자들이었다. 무엇보다 채령이 자기 스스로에 놀란 것은 그들에 대한 인간적 연민이 아니라 자신에게도 그들과 똑같은 심미적 유전자가 섬뜩하게 내재해 있다는 사실이었다.

"나는 왜 백인과 흑인을 다르게 보는가?"

차별을 차이로 애써 도사연해도 이 절망적 물음 앞에 허물어지는 자존으로 힘겨워했다. 남에게 들이대던 기준이 바로 자신을 향한 기준이 되었다. 아메리칸 드림의 실체는 미국 땅을 밟자마자 언어의 미아가 되어 심미적 갈등으로 다가왔다. 관장을 핀잔하던 자신이 아무 말도 알아듣지 못하는 미아가 되어 그저 눈앞에 보이는 모든 게 자신의 무기력을 반영하는 완전체의 거울로 비춰 순간순간 압도당했다. 거울 속의 풍경이 더 아름답게 보이듯 말을 알아듣지 못할 때는 아름답고 고상하게 보이던 것이 말을 알아듣는 순간 추하고 천박한 일상으로 추락하는 걸 처처에서 경험해야만 했다.

"사람들은 왜 미국으로 몰려들며 미국은 왜 추방이란 뿔로 그들을 위협하는가?"

생존경쟁이라기엔 너무 낯간지럽고 영역다툼이라기엔 너무 뻔뻔했다. 추방이란 뿔을 잘라먹고 사는 사람들에게 면죄부라도 주고 싶었다. 검은 대륙에서 태어났다는 것만으로 차별당하는 원색적 감정이 추방의 위협에 갇혀 다채로운 분열을 일으키더니 우스꽝스러운 모자이크를 형성해 차이와 공평을 비웃었다. 추방의 불안에도 몰려드는 이유는 반대급부로 기회가 주어지기 때문인데 기회는 왜 이처럼 암울한 우울을 동반하는가?

"그 먼 아프리카에서 어떻게 여기까지 오게 됐지요?"

채령은 자신과 같이 여행비자로 와서 체류기간을 넘겨 불법딱지가 붙은 가나국적의 흑인에게 물었다. 'Africa, Here, Why(아프리카, 여기, 왜)' 만으로도 그는 하얀 이를 드러내며 'bread(빵)'라는 단출한 단어로 답했다.

며칠 뒤 흑인은 이곳에서 한국인의 통역을 담당하는 한인여성 시민권자와의 위장결혼으로 bread의 첫 관문을 통과했는데 아이러니하게도 그녀는 스스로 빵을 해결하지 못하는 홈리스였다. 브로커의 배려로 그들 부부는 이곳에서 방 하나에 커튼을 치고 위장 부부생활을 시작했고 흑인은 한인여성과 브로커에게 신분보장에 따른 대가를 지불해야 했다.

"술 한 잔 드릴까요?"

채령은 한인여성에게 브로커의 식탁에서 남은 위스키를 건넸다. 그녀는 알코올을 보자 화급히 입으로 가져가며 단숨에 들이켰다.

"한국에서 오신지는 얼마나 되셨나요?"

그녀는 끝내 아무 말도 하지 않았다. 나중에 안 일이지만 미군과 결혼해 와서 이혼당한 경우라고 했다. 그녀는 통역 외에는 아무 말도 하지 않았고 술을 대하는 태도로 보아 알코올중독을 고통스레 자제하는 게 역력했다. 채령은 그녀의 침묵 속 고통을 헤아리며 백인에게 버림받은 사실만으로 백인바라기인 관장과 관장바라기인 채령과는 사뭇 다른 웅숭깊은 그 무엇이 느껴졌다.

채령이 하루는 버려지는 옷으로 조각보를 만들고 있는데 그 모습을 유심히 바라보던 그녀가 채령에게 불쑥 쪽지 하나를 내밀었다.

"한 번 가 봐."

병원주소와 한인이름이 적혀있었다.

"언제까지나 이러고 있을 거야. 내가 일하던 곳인데 그 언니한테 내가 보내서 왔다고 그래. 청소일은 한자리 낼 수 있을 거야."

그렇게 해서 채령은 그녀의 서류상의 남편인 흑인과 함께 매일 병원으로 출퇴근을 했다. 관장은 한국에 와서 마트에서 일하다가 얼마 전부터 한국인 태권도장에서 수련생을 가르치는 일자리를 얻어 일정액의 수입이 있었는데도 채령을 위해서는 한 푼도 쓰지 않았다. '허우대'란 말이 의미하는 것은 미추의 상대적 배신이 아니라 자신에 대한 심미적 절망에 불과했다. 미군과 결혼한 여자의 불행이 아메리카드림에서 시작하듯이 채령도 핏덩이를 버리고 관장을 뒤쫓아 온 게 어쩌면 아메리카드림의 엄청난 자력 때문인지도 모른다는 생각을 이제야 하게 되었다. 그럴수록 관장에 대한 미움과 원한은 깊어갔고 백인여성 브로커에 대한 시기와 질투는 짙어졌다. 자신을 탓하거나 상대에 관대해지는 건 잠시잠깐의 무기력에 지나지 않았다.

채령에게도 체류기간만료가 다가와 불법이란 딱지가 붙지 않도록 하는 브로커의 선처가 기다리고 있었다. 브로커와 사실혼 관계에 있는 백인남자와의 위장결혼이었다. 그는 이미 히스패닉 여자와의 위장결혼관계에 있었는데 곧 영주권이 나와 이혼할 거라고 했다.

"그와는 싫어요. 다른 사람을 알아봐 달라고 하세요."

채령은 통역언니에게 자신의 의사를 전했다.

"왜 싫은지 묻는데 뭐라고 답하지?"

"당신의 남자라서 싫다고 하세요."

"서류상인데 어떠냐며 아무 일 없을 테니 염려말래."

"서류상으로만 하는 완전히 모르는 사람이면 좋겠다고 하세요."

"그러면 이민국에 적발되기 쉽다며 모르는 사람도 일부러 친해져야 한다고 우기는데 거절하기가 쉽지 않겠어."

채령은 통역언니의 말에도 아랑곳하지 않고 완강히 잘라 말했다.

"그 문제는 제가 알아서 하겠다고 하세요."

"교차로는 만나게 되어있고 교차로가 무서우면 길을 가지 말아야 한다며 남자새끼가 노골적으로 나오는데 잘못하다간 사고 칠 것 같아. 어떻게 하지?"

"노약자에게는 신호등조차 믿을 수가 없으니 육교나 지하도로 가는 게 제일 안전하다고 하시고 제게 신경 써주시는 건 고마우나 무리하면서까지 미국에 체류할 생각은 없다고 아예 못을 박아버리세요."

통역언니는 신호등이란 말에 힘을 주며 차라리 추방당하겠다는 말까지 덧붙였다.

"아직 넌 자유가 뭔지를 모른대. 신호등조차 없는 게 진정한 자유래. 육교나 지하도야말로 소통 없는 감옥 이래. 또 이 백새(피부병 따위로 얼굴이 하얀 사람)가 뭐라 했지. 응, 미국은 자유의 나라래. 널 자유의 여신상으로 만들어주겠대."

"개수작인 거 다 아니까 개나발 불지 말라고 하세요. 이 시대 여자의 자유란 남자의 손발을 묶는 거밖에 없다고 덧붙이고요."

통역언니는 한참을 망설이더니 통역을 하고나서 내게 부연 설명해 주었다. '개'를 '게'로 바꾸어 남자는 게처럼 옆으로 걷는다며 여자에게 자유가 주어지는 게 아니라 여자는 남자의 손발이 자유를 잃어야 비로소 자유로울 수 있다고 많이 완화했다고 했다. 채령에게 위해로 돌아갈 걸 염려해서라기보다는 백인남자에게 험한 말을 하는 게 부자연스러워서였다.

백인남성이 갑자기 한바탕 웃어젖히더니 무어라고 했다.

"널보고 남자의 손발을 묶으려 나타난 자유의 여신상이래. 하층민 백새들은 대개 교육수준이 낮은데 이 백새는 그래도 문자 꽤나 읊조리잖아."

채령이 일어나 일하러 갈 시간이라며 밖으로 나가자 통역언니가 간단히 '잡(일)'이라고 거들었다.

언어만 아니었으면 백인을 백조나 백곰처럼 하얀 광채의 아름다운 생물로 여겼을 거라는 끔찍함이 채령에게서 한동안 말을 앗아갔다. 사람들의 말을 못 알아듣는 것이 갑갑한 일이 아니라 축복할 일이라는 먹먹함에 갇혀 지내다가 불현듯이 언어를 익혀야겠다는 다급함을 느끼게 한 광경을 목격했다.

흑인과 야근을 하고 돌아오는데 백인여성 브로커의 방과 백인남성의 방에 불이 켜져 있었다. 저것들이 밤새 그 짓을 하나 하고 아무렇지도 않게 피곤한 몸을 누이는데 누군가가 노크를 해 나가보니 흑인이었다. 손짓·발짓으로 자기 방에 그녀가 없고 관장 방에 관장이 없다고 했다. 백새들의 방에 불을 켜놓은 이유를 곱씹으며 새벽녘에 그들의 방에서 그들이 나오는 것을 목격해야만 했다.

그날 이후로 채령은 밤마다 악몽에 시달렸다. 채령은 단순한 성의 문제를 벗어나 보다 담대한 각성에 매달렸다. 통역언니의 이중성이 꿈과 현실만큼이나 헷갈렸고 이를 극복하는 자신만의 길을 모색해야 했다. 관장이야 그런 인간이려니 벌써 짐작하고 있었지만 통역언니만은 함부로 몸을 굴리지 않을 거라 여겼는데 그게 아니었다. 다음 차례는 자신인지도 몰랐다. 그러기 전에 어떻게든 이곳을 벗어나야 하는데 당장 어떻게 할 방도도 없었다. 벗어날 수 없으면 공격이 최선이었다. 채령은 꿈과 환상이 나신으로 얼룩져 모자이크를 이루는 창작에 시달렸다. 그제야 채령은 통역언니에 대한 실망이 백인 기둥서방에 대한 선망의 질투 때문일지도 모른다는 막연한 자책을 감지했다.

채령은 브로커의 생일을 손꼽아 기다렸다. 모두를 한자리에 모이게 하는 손쉬운 방편이었다. 미리 이곳 식구들만의 조촐한 파티가 있다고 알렸다. 외부손님은 가고 이곳 사람들만 남았을 때 채령은 지하에서 한식으로 2차파티를 열며 말미에 달콤한 꿀을 탄 인삼차를 내왔다. 차를 마시고 모두가 나가떨어지자 재빨리 그들을 침대에 단단히 붙들어 맸다. 흑인만은 묶지 않았고 작업이 끝날 때쯤 깨어날 터였다.

병원에서 버려진 수술도구를 깨끗이 소독해 준비해 둔 상자를 열었다. 손끝이 떨려왔지만 애써 의사라는 생각을 지우고 가죽옷을 다루는 봉재공의 자신감을 불어넣었다. 가죽옷이라면 누구에게도 뒤지지 않을 자신이 있었다. 산 피부와 죽은 가죽의 차이를 알지 못하지만, 신축성이 있는 재질이나 비로드같이 조심스레 다루면 안 될 것도 없었다. 보육원에 있을 때 기르던 토끼를 잡아 가죽을 벗기는 걸 본 일이 있는데 그 주방 아주머니의 용감무쌍함은 지금도 눈에 선했다. 배고픔을 위해 토끼 가죽을 벗긴다고 생각하면 망설일 게 없었다. 의사가 환자를 마취제로 잠들게 한 적막이 으스스한 공포로 엄습해왔다. 깨어날 때를 대비해 단단히 묶기는 했지만, 갑자기 화들짝 일어나면 어쩌나 하는 불안이 스쳤다. 처음에는 모두가 깨어난 뒤 맑은 정신으로 생생한 통증퍼포먼스를 즐기려 했으나 그 정도로 단단히 묶을 자신이 없었다. 눈을 멀쩡하게 뜨고 있을 때 메스를 들고 스킨 모자이크를 즐기는 것은 능지처참이나 머리가죽 벗기기에 비하면 가벼운 문신이나 패션에 지나지 않았다. 원시부족들은 입술에 접시를 끼우거나 신체개조를 통해 의장을 창출하기도 했다.

수술복에 장갑을 끼고 제일 먼저 관장 앞으로 다가갔다. 미리 머리칼을 천으로 단단히 묶어 넘긴 터라 이마가 훤하게 드러나 있었다.

"완전 신대륙이네."

소독거즈로 이마를 말끔히 닦아내며 자신도 모르게 튀어나온 말이었다.

"훌륭한 캔버스야."

미리 준비한 하트모양의 종이모형을 이마 중심에 대고 붉은 볼펜으로 그대로 본뜨며 중얼거렸다. 마음을 다잡기 위한 자기 최면이었다.

"원래는 별모양으로 하려다가 하트로 바꿨는데 왜 그런지 아니? 별의 상대어는 벌이지만 하트의 상대어는 각성이잖아. 벌을 줄 수는 없고 사랑으로 각성케 하려고. 사랑을 모자이크한다고 생각해. 왜 하필 별의 자리인 이마에 하트를 아로 새기냐고? 하트는 가슴에 새겨야지. 너무 잔인한 게 아니냐고? 어차피 네 살로 재수술할 거잖아."

마치 생생하게 눈을 뜨고 있는 사람에게 하듯 혼잣말을 중얼거리고는 모자이크 파트너인 옆 침대의 백인여성에게로 갔다. 잠든 그녀를 보자 '잠자는 숲속의 미녀'가 떠올랐다. 너무나 아름다웠다. 이마에 가만히 입술을 가져갔다. 아름다움이 어디서 오는지 회의가 스몄다. 아름다움이 이런 거라면 마구 황칠이라도 해주고 싶었다. 이마가 조금 좁아 하트모양이 좀 크게 느껴졌다. 다시 관장에게로 와서 심호흡을 크게 하며 메스를 집어 들었다.

"너희 사랑을 영원히 붙들어 이마에 인치는 바디아트의 시연이 보고 싶다면 눈을 떠도 좋다."

이 순간에 해주고 싶은 말이 있었는데 갑자기 생각이 나지 않아 엉뚱한 말을 했다. 의사들이 마취된 환자에게 농담을 건네는 것은 주위 사람들을 의식해 긴장을 완화하려는 것인데 함께 하는 간호사나 마취사가 없는데도 왠지 눈을 번쩍 뜰 것 같은 생생한 긴장에 짓눌렸다.

"미제라면 자다가도 번쩍 눈을 뜨더니 왜 그러고 있어. 아름다운 미국여인을 접붙여주려는데 일어나 고맙다고 절이라도 해야지. 백인 여자의 피부는 그야말로 신의 부적이나 다름없으니 경건한 마음으로 평생을 모시고 살아."

말로는 큰소리를 치면서도 손끝은 너무나 조심스러워 메스가 살갗을 가르지도 못했다.

"고기는 잘도 처먹으면서 가죽 벗기는 걸 두려워하다니 말이 안 되잖아.”

머리뼈가 느껴질 정도로 힘을 주자 비로소 피가 나기 시작하며 피부가 갈라졌다. 아프다고 고함을 치지 않는 게 얼마나 고마운지 연신 피를 닦아 내는데도 하트 라인이 보이지 않아 어느 정도 깊이 피부를 가르고 있는지 감이 오지 않았다. 가죽만 벗겨내는 정확한 칼집은 불가능했고 두 번 세 번 덧대고 난 뒤에도 피부를 집어 올려 몸으로부터 떼어내 가위로 마무리를 해야 했다. 가장 걱정을 많이 했던 것은 수혈 없이 하는 수술이라 피가 많이 나면 어쩌나 하는 것이었는데 생각보다 많이 나지 않아 여간 다행스러운 게 아니었다.

“아프지? 조물주가 왜 통증을 선물했는지 알아? 그게 피부 모자이크게임의 주제야. 애들처럼 호들갑떨지 말고 잘 생각해 봐.”

드디어 공허한 사랑의 아이콘이 몸체에서 떨어져 나왔다. 하트모양은 간 곳이 없고 벌건 살점만 보여 살아있는 느낌은커녕 전혀 다른 이질감의 상흔으로 분리되었다. 벗어놓은 발과 양말처럼 한쪽은 작아지고 한쪽은 커져서 서로를 몰라보았다. 낭패감이 조바심쳤다. 죽어가는 벌레 하나를 주워들고 얼른 백인여자에게로 옮겨갔다. 아름다움 앞에 다시 멈칫 멈춰 섰다.

“아름다움에 내는 상처만큼 희열 찬 것도 없지. 여인의 부드러운 살점에 내는 칼 맛은 천하의 일미라 했던가.”

채령은 순간 폭력에의 강렬한 유혹이 일었다. 앞가슴 옷깃을 확 찢어발겼다. 환하게 드러난 황홀한 유선이 폭력에 노출되었다.

"아름다움은 원래 섬뜩하게 피어 황홀하게 진다지. 백인우월주의의 입술 속 이빨처럼 잔인하게, 꺾고 싶고 씹고 싶고 상처내고 싶지만 참는다."

그러나 메스가 지나간 자리에서 피어나는 선혈은 그 모든 아름다움을 압도했다. 두 번째는 첫 번째보다 요령이 생겨 수월했다. 백인 피부라고 더 어렵거나 까다롭지도 않았다. 피부 속은 다를 게 하나도 없었다. 피가 차별하는 게 아니라 눈이 하는 게 분명해졌다. 그런데도 왜 눈은 한사코 희고 부드러운 새순과 원색적 피부패션에 매달리는지 모를 일이었다.

"피는 인종을 차별하지 않고 자신을 차별한다."

이식거부반응으로 죽어가는 환자를 두고 의사들끼리 하는 얘기를 엿듣고 한국인 간호사가 채령에게 들려준 얘기였다. 백인은 황인을 차별하는데 왜 황인은 백인을 차별하지 않고 흑인을 차별하는지 도저히 풀 수 없는 생물학적 딜레마를 채령은 면역억제제라도 써서 풀어보고 싶었다.

"네 년이 차별하던 피부 맛이 어떤지 좀 보시고 거부를 하든지 공격을 하든지 마음대로 하세요. 다만 흉터가 아트가 되도록 각성은 잊지 마시고요."

백인여성의 하트무늬를 거칠게 떼어내고는 아름다움의 신에게 질투 어린 분노를 표했다.

"아름다움이여. 내가 그대를 질투하는 건 그대가 아름다워서가 아니라 그대가 입고 있는 이 옷이 신의 옷인 양 일컬음을 받아서다. 지금부터 이 옷은 인간의 옷이니 그대는 원망과 분노를 차별로 아로새겨 사랑으로 배려토록 하라."

채령은 두 하트무늬 살가죽 조각의 숙명적 만남을 기리기 위해 잠시 두 장을 포개어 하트시술의 절묘한 의식을 행했다.

"두 마리 하트 나비
날개도 없이 하늘을 나네.
입술도 없이 입맞춤 하네.
선혈 고이 춤추며 짝을 짓네.
낯 뜨거워 사랑인가
낯간지러워 차별인가
메스꺼워 모자이크인가."

채령은 한 손에 하트 하나씩을 마주 잡고 춤추듯 너울거리며 시술의식을 마쳤다. 이제 경건한 이식이 기다리고 있었다. 일개 바느질장이가 일류 외과의나 유명 아티스트가 되는 기분이었다. 죽어가는 황색 하트를 백색 하트 떼어낸 자국에 조심스레 붙들어 맸다. 뜨지 않게 가운데부터 고정하고 위아래 양옆으로 잡아당겨 바느질해 나갔다. 두 사람의 피가 흥건히 울어댔지만 개의치 않았다. 나머지 백색 하트도 재바르게 황색 하트자국에 가져다 붙였다. 하트 이식인지 시술의식인지가 훌륭하게 끝났다.

“남의 놀이는 만점이요. 이제 나의 놀이가 남았소.”

“아빠, 마지막 독백 대사는 영화에는 없었잖아. 엄마가 한 말 같은데…”

“그래, 그건 엄마를 누구보다 잘 아는 이 아빠가 영화에서 아무래도 아니다 싶은 부분을 재해석한 건데 너의 생각이 궁금하구나.”

“안 그래도 그 부분부터 영화가 좀 이상했어. 억지로 꿰맞춘 느낌이었어. 실제로는 그게 아니었다는 거잖아. 아빠 생각이 너무 궁금해. 어서 얘기해줘.”

“내 생각이 틀렸을 수도 있어.”

“그래도 듣고 싶어.”

“실제는 아무도 모르는 거니까.”

“아이 뜸들이지 말고 어서 얘기해봐.”

“‘남의 놀이는 만점이오. 이제 나의 놀이가 남았소.’라고 사뭇 남자다운 기개를 엿보인 것은 엄마의 성품 중에는 그런 담대한 면이 있어서였어. 대의를 위해 분신한 남자가 임종을 앞두고 자기를 찾지 않자 담대히 그를 떠났고 인격적 모욕 앞에 평생을 몸담은 일까지 버리는가 하면 너를 버리면서까지 이역만리 남자를 찾아온 어찌 보면 성을 초월하려는 극복의지가 남달랐다고 할 수 있어. 그런 여자가 사소한 질투나 증오 따위로 그런 엄청난 일을 벌였겠어.”

"요즘 말하는 페미니즘 같은 거를 말하는 거야."

"페미니즘과도 달라. 뭐랄까. 상대성을 초월한 성의 발명이라고나 할까. 영화에서는 그 뒤에 벌어지는 일들도 앞의 일과 동일하게 다루잖아. 백인남자와 통역언니의 스킨 모자이크를 시도하기 전에 백인남자가 잠에서 깨어나는 바람에 도중에 중단할 수밖에 없었다는 건데 엄마는 그런 시도 자체를 한 적이 없고 엄마는 통역언니를 피해자로 보았지 관장과 한통속으로 보진 않았어."

"그렇다면 백인남자의 하트는 누구에게 이식하려 했는데? 그냥 베개 옆에 떨어져 있었잖아."

"통역언니의 이마에 하트모양 대신 붉은 글씨로 뭐라고 쓰여 있었는데 넌 그 글귀를 기억하니?"

"아빠는 누구를 바보로 알아?"

"화장대의 '천사는 체온을 입는다.'는 글씨 말고 그 밑에 작게 뭐라고 쓰여 있었지?"

"난 못 봤는데…"

"자세히 봐. '버려진 여자'라고 쓰여 있을 거야."

"그래 맞아. 버려진 여자라는 뜻은 기억나. 사랑의 체온을 잃어 천사에게 버려진 여자로 이해했는데 그럼 그게 아닌 거야."

"그 반대지. 천사는 버려진 여자를 체온으로 사랑한다는 뜻이지."

"천사가 통역언니를 지키고 있다면 백인남자의 하트가 갈 곳이 없잖아. 어디든 접붙일 하트자국을 마련해 줘야 하잖아. 그렇다면?"

"그래, 너희 엄마란다."

"아빠, 그건 말도 안 돼. 자신의 몸을 어떻게 자기가 수술을 한다는 거야."

"너희 엄마라면 충분히 가능해."

"그럼 왜 백인하트는 베개 옆에 떨어져 있고 엄마의 이마는 멀쩡한 거야."

"누군가가 수술을 중단시켰을 거야."

"누가? 흑인이?"

"그렇지. 애초에 흑인은 묶지도 않았잖아. 아마 수면제를 탄 인삼차를 조금 적게 줬을 거야. 그래서 생각보다 일찍 깨어나서 엄마의 행동을 저지한 거지."

"그 시점이 하필 엄마가 자신에게 시술을 시작할 때라는 거야."

"아마도 엄마는 수술이 다 끝나고 흑인이 깨어나면 함께 도망갈 계획이었는데 그만 타이밍이 맞지 않아 모든 게 수포가 되었다고 한탄했을 거야."

"엄마 입장에서는 영화 자체가 실패작이라는 거잖아요."

"실패가 아니라 모욕인 거지."

"한탄할 정도의 강건한 고집을 흑인은 어떻게 꺾었을까요?"

"폭력을 행사했을지도 몰라. 생각해 봐. 자신의 이마를 칼로 도려내고 거기다 다른 이의 살을 붙이는 미친 짓을 어떻게 지켜보겠어. 실신이라도 시켜서 현장을 회피시켜야 하지 않겠어. 세상의 어떤 남자라도 그렇게 했을 거야."

"흑인과 통역언니가 피해자라는 건 이해하겠는데 엄마 자신은 왜 자기에게 가해자의 딱지를 붙이려 한 걸까요?"

"우리는 어찌 보면 모두가 심미적 가해자라는 거지. 훌륭한 영화감독이라면 아마도 엄마가 백인남자의 하트벌레를 다루는 의식을 차원 높게 연출했을 거야. 원시인들이 소중한 아이와 처녀를 제물로 바치듯이 자신을 제물로 바치는 의식을 성대하게 치렀을 테지."

"아빠가 감독까지 하시지 그래요."

"한가하게 영화얘기나 하고 있을 때가 아니다. 어서 엄마를 찾아야지."

"그런데 아빠 시나리오는 왠지 2%가 부족해요."

"엄마를 만나 보면 알겠지."

황폐한 사건현장을 뒤로 했다. 자신과 동일시한 통역언니의 버림받은 삶을 닮은 황량한 채령 씨 앞의 삶이 자꾸만 눈앞에 어른거렸다. 통역언니의 신분증을 슬쩍해 흑인과 위장부부로 도망 다닌다 해도 지명 수배되면 그도 쉽지 않았다. 흑인의 고향인 가나로 가거나 한국이나 다른 나라로 갔을 가능성은 낮아보였다. 흑인과의 관계가 그 정도는 아니며 흑인이 주도적으로 사건현장을 떠난 다음에는 채령 씨가 행선지를 주도했을 게 틀림없었다. 오랫동안 준비한 혼자만의 모의였고 한국으로의 추방이 아니면 뉴욕으로 숨어드는 게 상책이었다.

뉴욕이 가장 숨어살기에 좋긴 한데 자동차로 가면 4일이나 걸리고 비행기로 가면 신분이 노출되었다. LA 어딘가에 숨어든다고 하더라도 사건당사자들이 사는 곳이라 언젠가는 눈에 띄게 마련이었다. 그렇다면 그들이 깨어나 외부인에 발각되어 경찰에 신고 된다 해도 이틀 정도는 시간적 여유가 있으니 뉴욕비행기를 택했을 가능성이 컸다. 뉴욕을 꼽은 이유 중의 하나는 채령 씨가 가장 손쉽게 일자리를 잡을 수 있다는 점이었다. 양재 일은 세계 공통의 일자리고 세계패션시장의 중심인 뉴욕이라 하더라도 채령 씨 정도의 실력이라면 단번에 채용될 수도 있었다. 밑일 뿐 아니라 재봉 일의 고급스러운 까탈에도 길들어 있었다.

우리는 채령 씨가 움직였을 행동반경을 그대로 따라 가보기로 했다. 통역언니의 젊었을 때 신분증사진이 외국인들은 잘 구분하기 어려울 정도였다면 어디든 무사통과할 수도 있었다. 딸채령은 엄마채령이 되고 나는 흑인이 되어 그때로 돌아가 보기로 했다. 흑인과 동양인의 대비를 줄이기 위해 패션에 신경을 썼다. 채령 씨는 검은 톤의 화장을 했고 흑인은 하얀 톤의 화장으로 이질감이 없도록 했다. 뉴욕패션가를 거닐면서도 우리는 나란히 걷지 않고 떨어져 걸었다. 채령 씨가 앞서고 흑인이 조심스레 뒤를 따랐다. 우리가 채령 씨를 찾는 거나 채령 씨와 흑인이 숨어들 곳을 찾는 거나 헤매는 기분은 동일

했다.

채령 씨는 어디서 어떻게 직장을 알아봐야 할지 막막했지만, 한국의 시스템을 염두에 두고 공장과 가게를 오가는 꼬마점원이 가게에서 나오는지를 살폈다. 한국인 가게를 먼저 찾을까도 생각해 보았지만 신분노출이 너무 노골적으로 드러날 것 같아 일부러 피했다. 한국인보다 동양인으로 숨고 싶었다. 기성복보다 맞춤복가게를 찾아야 하는데 낯선 곳이라 쉽지 않았다. 어쩌면 맞춤복은 화려한 패션가가 아닌 보다 은밀한 고급저택 주변에 있을지 몰랐다. 이렇게 무작정 돌아다닐 게 아니라 우선 임시 묵을 처소를 마련해야 할 것 같았다.

흑인주거지를 찾았다. 다행히 흑인은 채령 씨보다 영어를 잘해서 쉽게 숙소를 마련했지만 이곳에선 검문을 걱정하기보다 우범을 염려해야 될 정도로 모든 게 열악했다. 다음날부터는 흑인과 행동을 따로 해 각자 일자리를 알아보도록 했다. 흑인은 코리아타운으로 갔고 채령 씨는 차이나타운으로 갔다. 흑인이 먼저 일자리를 얻었다. 흑인이 운영하는 마켓이었다. 채령 씨는 아무래도 사건의 추이를 봐가며 천천히 취업해야 할 것 같았다. 사실 흑인은 사건과 아무 상관이 없고 어찌 보면 굉장히 억울할 수도 있었다. 채령 씨로 인해 평탄하던 삶이 졸지에 쫓기는 삶으로 뒤집혀버려서 자칫 채령 씨를 짐처럼 생각할 수도 있었다.

“아빠, 엄마가 과연 이마에 주홍무늬를 새기고 도피가 가능하다고 생각했을까?"

"나도 그 점이 미심쩍었지만 어쩌면 흑인이 일찍 깨어나는 복병을 만나지 않았으면 도피는 생각지도 않았을지 몰라. 순순히 붙들려서 죗값을 치르려고 했을 거야. 흑인도 그 점 때문에 엄마를 순순히 버려두지 못하고 도피행을 함께 했을 거고. 사실 살인도 아닌데 형을 살아야 얼마나 살겠어. 아마도 한국으로의 추방을 그런 식으로 감행했을지도 몰라. 그랬으면 엄마를 좀 더 일찍 만날 수 있었을 텐데… 우리로서는 그저 운명이라 생각할 수밖에…"

"그렇게 생각하니 아빠시나리오가 좀 짜여 가는데…"

"네가 아주 아빠를 비평하려고 작심을 했구나. 그런데 한 가지 문제가 있어. 이건 아주 심각한 얘긴데 흑인이 본국으로의 추방을 염려해 엄마를 버릴지도 모른다는 거야. 가짜부인은 없는 게 낫다거나 진짜부인을 얻으려할지도 모르니까."

"그럼 어떻게 해. 안 버리게 해야 하잖아. 아빠가 어떻게 좀 해봐."

"엄마가 먼저 안정된 일자리를 얻어야 하는데 흑인이 먼저 일자리를 얻어버렸잖아."

"아빠가 어떻게 취직을 좀 시켜줘 봐."

"이야기와 현실을 마구 섞어 우리가 아주 완전히 놀고 있구나. 엄마 일로 말이다. 엄마도 제발 마음 크게 먹고 새 삶을 찾아야 할 텐데… 그나저나 엄마의 행방을 어떻게 찾지?"

우리는 뉴욕 영사관에 들러 도움을 청했다. 한인 숙소며 한인 패션 가게의 안내를 받았다. 사건얘기와 영화얘기는 하지 않았다. 소개해 주는 한인패션가게에 들러 한인기술자들이 일하는 곳을 찾아가 그들을 만날 수 있었다.

"미싱사나 시다 중에 사오십 대 된 한인여성을 찾는데요. 이름은…"

십몇 년도 훨씬 지난 일을 기억하는 자는 그보다 나이가 많아야 하는데 그런 사람을 찾기란 쉽지 않았다. 혹시 부모 중에 그 정도로 나이 든 기술자가 있는지도 물었으나 허사였다.

"열일곱 여덟 살 된 흑인혼혈을 데리고 살지도 모르는데…"

우리는 허탕을 치고 나오며 한바탕 웃었다.

"아빠는 있지도 않은 흑인혼혈아 얘기를 하면 어떻게?"

"아빠도 이제 서서히 이상해지기 시작하는구나."

"그런데 아빠, 뉴욕까지 와서 왜 한인가게만 찾는데? 엄마기술이 최고라고 했잖아. 최고면 최고를 찾아야지."

"최고라고 해도 한국에서만 최고였지 미국에서는 아닐 수도 있어. 그러나 엄마의 자존만은 세계적이라 할 수 있지."

"아빠친구가 프랑스에 있다고 자랑했잖아. 소설까지 써서 보여주면서…"

"내가 왜 그 생각을 못 했지. 그 친구에게 연락을 한번 해봐야겠구나. 그런데 그 친구는 뉴욕이 아니고 파리에 있는데…"

"아빠도 참, 뉴욕이나 파리나 거기가 거기야. 더구나 고급패션은 더하다고."

"시골 촌구석에서만 산 아이가 별걸 다 아는구나. 그래 비행기로는 몇 시간 안 걸리겠다."

연락 안 한 지가 오래 돼서 연락이 될지 미심쩍었지만 다행히 연결이 되었다.

"오 줄리앙, 저예요. 미즈. 저 채령 씨를 찾으러 채령이랑 뉴욕에 와 있어요. 채령 씨라는 이름으로는 불법체류로 행방불명상태라 혹시나 해서 이곳 의상실 공장들을 뒤지고 있어요. 그런데 뉴욕은 전혀 아는 곳이 없어서요. 혹시나 알고 있는 곳이 있으면 좀 가르쳐 줘요."

줄리앙은 단숨에 뉴욕으로 날아왔다. 두 사람을 연신 껴안으며 반가워했다. 채령 씨 얘기를 듣더니 감동어린 연민으로 가족처럼 그리워했다. 뉴욕에서 일하면 자기를 찾지 그러지 않았다고 마치 뉴욕에서 일하고 있는 것처럼 채령 씨에게 섭섭해 했다.

"어딘가에 잘 있을 거예요. 너무 걱정하지 말아요. 뉴욕에 아는 친구가 몇 있으니까 같이 한번 알아봐요. 채령은 엄마를 아주 빼다 닮았네."

줄리앙은 훌쩍 성숙해진 채령과 나를 번갈아보더니 우울과 연민이 뒤섞인 묘한 눈빛을 보내왔다. 채령과 줄리앙은 서로가 나를 사이에 두고 왠지 소원했고 그 사이를 내가 메워야만 했다. 어느덧 줄리앙에게서도 연륜이 느껴져 활기찬 패션가에서의 힘겨움이 노련함으로 배어났다.

'사오십 대 한국인 여자봉제기술자가 일하고 있거나 과거 일한 적이 있으면 연락 바란다'는 정보를 줄리앙 친구를 통해 흘려 보았지만 반가운 소식은 오지 않았다. 서울 김 서방 찾기라는 것은 알지만 이렇게라도 해야 하는 게 이산가족 찾기였다. 입양 갔다가 부모의 나라를 찾아오거나 전쟁으로 이산가족이 된 사람들의 오래된 그리움은 무지개조차 애태움으로 가려져 안개 속이었다.

"패션관리자는 대개 백인이고 유색인종은 기술자로조차 발붙이기가 쉽지 않을 거예요."

"하긴 기술이 좋다고 고급패션을 다룰 수 있는 게 아니니까. 차라리 수선 집 같은 곳을 한번 찾아봐야겠어요."

자신의 경험을 바탕으로 한 줄리앙의 말이 옳을지도 몰랐다. 우리끼리 한번 찾아보겠다고 하며 우리는 그렇게 줄리앙을 놓아주었다.

화려한 고급패션가와 그 뒤안길을 이리저리 헤매던 어느 날이었다. 한 히스패닉여성이 노숙자차림으로 고급스러운 윈도 안을 물끄러미 들여다보고 있었다. 그러자 윈도 안에서 백인여성이 손짓으로 저리 가라는 시늉을 해보였다. 히스패닉여성은 그 손짓을 들어오라는 시늉으로 알았는지 가게 문을 밀치고 들어가려 하자 백인여성이 화급히 문을 막아 미는 바람에 히스패닉여성이 뒤로 나동그라졌다. 히스패닉여성을 잡아 일으킨 것은 채령이었다. 채령은 그것으로 그치지 않았다. 가게 안으로 들어가 백인여성에게 뭐라고 하니까 백인여성이 멋쩍게 나와 히스패닉여성에서 미안하다고 사과했다.

"도대체 가게에 들어가 뭐라고 한 거니?"

"방금 당신이 밀친 걸 목격했고 뼈를 다쳤을지도 모르는데 지금 저 사람에게 사과하지 않으면 경찰에 신고하겠다고 했지요."

"어떻게 그런 생각이 가능하며 그런 발상은 어디서 나온 거니?"

"길에서 교통사고가 나면 전혀 낯선 사람이 목격자가 되어주겠다며 연락처를 준다면서요. 그리고 아빠가 그러셨잖아요. 물건을 훔치는 걸 목격했는데도 훔친 물건을 그 자리에서 버리며 난 그런 적 없다고 하는 나라가 미국이라고요. 둘을 꿰맞춘 거죠. 그보다 아빠, 이곳에는 홈리스가 왜 이리 많아."

"너무 자유로워서겠지."

"집이 없는 게 자유로워서라고?"

"집은 열 개밖에 없는데 스무 사람이 몰려들면 열 사람은 집이 없는 게 당연하고 자연스러운 거잖아. 자연스러운 게 제일 자유로운 거고. 좀 억지스럽지만, 사실이고 솔직하잖니. 집 열 개를 반으로 쪼개서 스무 개를 만들면 너무 비좁고 부자연스럽잖니. 부자연스러운 것이 제일 부자유한 거고. 그렇다고 몰려드는 사람을 부자유하게 쫓아낼 수도 없잖니. 문제는 모두가 중심가를 원한다는 거야. 먹을 것도 많고 볼 것도 많아 없는 사람이 있는 사람과 자유롭게 한 공간을 누릴 수 있잖니. 시설에 보내줘도 다시 이곳으로 나온대."

"아빠야말로 어떻게 그런 해석이 가능하며 그런 발상은 어디서 나온 거야?"

"주거이동의 자유가 먹이를 따르다가 사람을 따르게 되니 그런 거겠지만 엄마는 왜 먹이가 사람에게서 나오는데도 사람을 따르는 일에 제동을 걸고 모자이크에 자신을 가두려 한 걸까?"

"아빠 얘기는 너무 어려워 무슨 소린지 모르겠어. 엄마가 사건 현장을 떠나지 않았으면 그 사람들에게 맞아 죽었을 거야."

"그렇구나. 내가 그 생각을 못 했구나. 그 통역언니는 어떻게 됐을까? 혹시 그 사람들에게 엄마와 한통속이라고… 유일하게 피해를 보지 않은 것만으로도 심하게 구박을 받거나 화풀이를 당했을지도 몰라. 그 언니가 묶인 채 그들보다 늦게 깨어났으면 모를까 묶이지 않은 채 늦게 깨어났으면 심하게 당했을 수도 있어. 다시 홈리스로 내몰린 건 아닐까? 우리가 왜 여지 그 언니의 행방은 수소문해 보지 않았지?"

우리는 LA영사관에 전화를 걸어 통역언니의 신원을 확인하고 뉴욕 한인회를 찾았다.

"사람을 찾는데요. 이름은 우 순이. 50세가량 됐고요. 1981년에 LA에서 뉴욕으로 이주해 왔을 거라고 추정을 하는데 확실한 건 아니고요. 미군과 결혼해 이혼 경력이 있고 흑인과 혼인신고가 되어있을 거예요."

"조각보 아줌마 아냐?"

"왜 색색의 혼혈아를 여럿 데리고 사는 여자 있잖아. 세탁소와 옷 수선을 하는 아줌마 말이야. 가게가 온통 조각보로 장식돼 있다면서?"

"그 여자 홈리스가 됐다던데…"

"가게가 망했나?"

"수입이 집세를 낼 수 없으면 홈리스가 되지."

"그 가게가 어딘지 좀 가르쳐 주시겠습니까?"

우리는 가게를 찾기 전에 먼저 심호흡이 필요했다. 인근 카페에 들러 한동안 아무 말도 하지 않고 허공만 응시했다. 채령이 먼저 말을 꺼냈다.

"아빠, 만나기도 전에 표정이 그렇게 어두우면 어떻게?"

"채령아. 나는 엄마를 만나는 게 너무 두렵구나."

"아빠가 엄마를 왜 두려워해?"

"엄마가 자신을… 모르겠어. 왠지 두려워."

사랑하는 사람이 자신을 부끄러워하는 걸 보는 것만큼 두려운 건 없다고 말하려다가 그게 아닌 것도 같아 다른 이유를 찾으려 말을 돌렸다.

"엄마가 자신을 책할 게 뭐가 있어. 잘 되지 못한 거? 그건 엄마 잘못이 아니잖아."

"제발 엄마도 네 말처럼 그랬으면 좋겠구나."

"엄마는 강한 사람이라고 아빠가 늘 말했잖아. 강한데 어떻게 부끄러울 수가 있어?"

"난 엄마가 여지 우리를 찾지 않은 게 마음에 걸리는구나."

"어쩔 수 없이 그렇게 살 수밖에 없다면 정신만이라도 고고해져야지 별수 없잖아. 자기 때문이라거나 누구 때문이라고 할 때 비굴하고 비천해진다고 아빠가 누누이 얘기했잖아. 엄마가 우리를 찾지 않은 것도 그걸 뛰어넘는 어떤 이유가 있을 거로 생각해."

"이 못난 아빠는 네가 그런 생각을 하는 줄도 모르고 네가 엄마를 부끄럽게 생각하면 어쩌나 하고 네 걱정까지 다 했구나. 난 그런 너를 엄마에게 보여줄 수 있는 게 여간 자랑스럽지가 않단다. 이 아빠가 너무 속물 같지?"

"그래, 왜 자꾸 아빠답지 않게 부끄럼이니 자랑이니 하며 왔다 갔다 해. 그런 것들이 다 평소에 비판해 마지않는 애착에서 나오는 거잖아."

"그래, 내가 잘못했다. 그런데 아무래도 네가 먼저 엄마를 만나보고 난 뒤에 나는 나중에 만나는 게 좋겠다. 엄마 입장을 배려해서 말이야."

"아이 또 왜 그래. 아빠도 인제 보니 아주 소심하고 겁쟁이 셔."

"그게 아니라 엄마에게 다른 남자라도 있으면…"

"홈리스에게 남자가 있으면 어떻고 없으면 어떻다는 거야."

"그럴 땐 꼭 네 엄마를 보는 것 같구나. 그래 그럼 같이 가자."

"아니, 아빠는 여기 있어. 내가 엄마를 먼저 만나봐야겠어. 내가 먼저 보고 아니다싶으면 아빠를 만나게 하지 않을 거야. 아빠를 보호해야 하니까. 난 아직 엄마가 어떤 사람인지 모르잖아."

채령은 내가 난처해할 틈도 주지 않고 막무가내로 먼저 일어서서 카페를 나갔다.

9

나는 채령의 소식을 초조하게 기다리며 시간을 잊기 위해 이국의 낯선 현장 너머 먼 나라로 여행을 떠났다. 최초의 인간 루시가 아프리카에서 이곳 아메리카까지 와서 채령의 이름으로 세탁소와 옷 수선가게를 열게 되는 시간이 지오그래픽 화면처럼 스쳐갔다. 최초의 무두질을 발견하는 장면에서 마지막 채집 령을 만났다. 나뭇잎과 가죽옷 사이의 간극과 노숙차림과 고급패션의 간극 사이에서 얼마나 많은 영혼이 최선의 몸부림과 최악의 발버둥을 오갔는지 짐작하기란 쉽지 않다. 보노보의 모계사회와 침팬지의 부계사회를 오가면서 성의 정치학이 페미니즘과 성폭력 알레르기에 이르도록 패션이 어떤 역할을 했는지는 알 수 없지만 성과 패션과 정치가 상호작용을 일으켜왔음은 부인할 수 없다.

지금부터 하려는 얘기는 발가벗음에 대한 얘기다. '남의 놀이는 만점이오. 이제 나의 놀이가 남았소.'라고 채령이 말한 바로 그 '나의 놀이'에 해당하는 얘기다. 자신에게 메스를 가하기 전에 '발가벗음의 의식'부터 행했다.

그녀는 거울 앞에 섰다. 천천히 웃옷을 벗었다. 잠시 망설이다 아래옷까지 벗었다. 거울 속의 자신을 물끄러미 바라보았다.

'그래, 모든 게 너로부터였지.'

그녀는 거울에 비친 자신의 나신을 누구보다도 사랑했다. 비록 완전체는 아니지만 오로지 자기 자신이라는 점에서 자기애나 자기도취와는 다른 타자이기를 거부하는 자존이었다. 옷의 솔기를 잇는 사람의 옷 벗기랄까? 옷을 벗는다는 것은 자신을 하얗게 드러내는 것. 세상으로 하여금 그림을 그리게 하는 것. 옷을 입는다는 것은 자신을 까맣게 애태우는 것. 피부가 옷이 되고 패션이 되는 것. 사랑을 옷 입으려다가 피부까지 벗고 싶은 증오로 서서 자신의 몸에다 반성문을 쓰려는 그녀는 아득히 원초적 비명소리를 들었다.

아름다움으로부터의 발가벗음이 생명을 사랑한 여인의 비명이라면 추위로부터의 발가벗음은 생존을 창조한 여인의 비명이었다.

소리 섬에서 비명소리가 들렸다. 바람과 파도가 섬을 할퀴고 지나갈 때마다 비명소리가 들렸다. 그날만은 그 소리가 아니었다. 날카로운 여인의 비명소리였다. 숲속 동굴 입구에서 들려왔다. 동굴 입구의 커다랗고 단단한 단나무에 벌거숭이 여인이 묶여있었다. 여인은 자기 몸을 묶고 있는 줄을 풀려고 안간힘을 쓰고 있었다. 그녀의 남자가 떠날 때 손에 독수리 부리를 몰래 쥐여 주었지만 그것으로도 되지 않았다. 절망에 빠진 그녀는 짐승처럼 울부짖었다.

언어의 기원은 감탄사가 아니라 비명이었다.

몸부림에 지쳤다. 묶임에 몸을 맡겼다. 여우 한 마리가 저만치에서 눈치를 보며 지나갔다. 해가 지면 늑대가 나타날 텐데 그 전에 어떻게든 이 줄을 풀어야만 했다.

그녀는 독수리 부리로 계속 줄을 긁었다. 돌팔매로 잡은 독수리였다. 그녀의 남자가 자랑스레 목에 걸고 다니던 거였다. 그녀의 남자가 될 때 이 목걸이가 자꾸만 가슴 계곡을 간지럽히던 기억이 감미롭게 떠올랐다. 감미로움이 황홀에 이르자 늑대울음소리에 긁고 있던 묶인 줄 하나가 뚝 끊어졌다. 드디어 늑대가 땅거미 속에서 모습을 드러냈다. 다급하게 나머지 줄을 긁어댔지만 늑대의 숫자만 늘어났다. 그녀는 비명소리 대신 호랑이의 포효소리를 흉내 냈다. 늑대들이 잠시 주춤했지만 쉽게 물러날 늑대들이 아니었다. 인간에 대한 두려움을 으르렁거림으로 연대하여 공격했다. 그때였다. 마지막 줄이 끊어지며 느슨해졌다. 몸이 구속에서 풀려남과 동시에 그녀는 막대기를 주워들었고 늑대들을 향해 포효했다.

"덤빌 테면 덤벼라. 동굴을 뒤로하고 막대기가 들려있는 한 나는 이겼다. 너희는 물러날 수밖에 없다."

그렇게 늑대들은 물러났고 동굴 밖 늪에 파묻힌 토끼 가죽 몇 개를 파헤쳐 물고 갔다. 사실 늑대들은 처음부터 인간을 공격할 생각은 없었고 인간들이 떠난 자리에 버려진 사냥부산물을 얻으려고 몰려왔다. 여인의 분노 또한 늑대들을 향한 것이 아니었고 자신을 늑대의 밥이 되게 묶어놓고 자기들끼리만 먹이 이동을 떠난 밴드의 우두머리에 대한 분노였다.

자신을 버리고 떠난 밴드를 따라잡을까 하다가 그만두었다. 지금 따라간다 해도 맹수에게 잡아먹힐 가능성이 컸고 다행히 밴드를 만난다 하더라도 복수는커녕 잘못하면 죽임을 당할 수도 있었다. 밴드에서 버림을 받거나 떨어져 나와 혼자가 된다는 것은 맹수의 먹이가 된다는 것이지만 동굴에 의지해서 추위만 이겨내면 살아남을 수도 있었다. 어떻게든 살아남아 복수하고 말겠다는 다짐으로 남녘 하늘을 향해 다시 한 번 분노의 포효를 토했다.

살아남으려면 우선 최대한 많은 먹이를 확보해 저장하고 추위를 막기 위한 특단의 조처를 해야만 했다. 낙엽과 마른 풀잎들을 긁어모아 동굴 속에 쌓았고 나뭇가지로 얼기설기 엮어 동굴 속에 또 하나의 낙엽 굴을 만들었다. 훌륭한 방한 굴이 되었다. 먹이저장을 위해 돌 저장고를 만들었는데 쥐로부터 열매와 곤충과 말린 고기류를 보호할 수 있었다. 고대인에게는 뱀과 독충을 제거하고 몸을 보호하는 막대기가 필수였다. 여인은 추운 겨울을 살아남기 위해 막대기로 동굴을 막아 보호와 저장에 최선을 다했다.

또 하나의 비명소리가 들렸다. 계곡 쪽이었다. 누군가가 계곡 위에서 추락했다. 여인의 손에 몰래 독수리 부리를 쥐여 준 남자였다. 모계 밴드 우두머리는 단나무 막대기를 흔들며 우두머리로서의 위엄을 과시했다. 단나무의 이름으로 그를 처단했음을 알렸다. 벼랑길에서 그를 벼랑 아래로 등 떠밀었다. 돌팔매로 날아가는 독수리를 떨어뜨린 날렵한 순발력은 벼랑으로 떨어지는 순간에도 정신을 놓지 않았다. 나뭇가지를 잡아 떨어지는 탄력을 완화했고 바위 경사를 미끄러지는 마찰력으로 충격을 줄였다. 영락없는 추락사였지만 상처 하나 입지 않았다. 그는 희미하고 고요한 정지된 순간에도 밴드가 시야에서 사라지길 기다렸다. 천천히 몸을 일으켜 계곡 위를 올려다보았다. 어지러웠다. 다행히 뼈를 다치진 않았다. 오싹하는 순간이 스쳤다. 우두머리에 대한 분노가 끓어올랐다. 맹수의 먹이가 될 위기에 처한 단나무에 묶인 그녀가 떠올랐다. 선택의 여지가 없었다.

"그녀를 구해야 한다."

그는 계곡 벼랑을 기어오르기 시작했다. 그녀를 구해야 한다는 일념으로 정신없이 손과 발을 움직였다. 성큼성큼 절벽타기의 신묘가 펼쳐졌다. 고소공포조차도 막간의 황홀로 느껴졌다. 벼랑 위에 올랐다. 까마득히 계곡 아래가 내려다보였다.

“그녀를 구해야 한다.”

그는 동굴을 향해 달음질쳤다. 무서운 속력이었다. 한 마리 야생마였다. 중간에 곰의 모습이 보였지만 아랑곳하지 않고 그냥 스쳐 지나갔다. 아득히 늑대울음소리가 들리는 해거름에야 동굴 앞에 도착했다. 동굴로 들어서자 여인의 체온이 그를 감쌌다. 여인은 독수리 부리를 남자의 손에 확인시키며 체온으로 거듭 사랑과 감사를 표했다. 이어 우두머리를 향한 분노의 음향을 토했다. 남자도 분노에 가슴을 치며 벼랑에 떠밀어 죽이려 했음을 알렸다. 둘은 서로를 힘차게 껴안으며 복수의 화신을 공유했다.

그녀는 아이를 못 낳는 석녀였다. 모계밴드의 관습에서 석녀는 성적자기결정권이 없었다. 밴드 내 모든 남자에게 성적자기결정권을 행사할 수 있는 우두머리여자가 그녀를 모든 남자의 여자로 지정했고 그에 따라 그녀는 남자들의 위안부가 되어 임신에서 자유로운 석녀로서의 모멸을 감내해야 했다. 채집위주의 생활에선 먹이잉여가 많지 않기 때문에 연년생으로 아이가 딸린 여자에겐 남자가 몸종으로 밀착해 있어야 생존이 가능했다. 일부일처의 몸종관계를 여자중심으로 개편한 게 모계밴드였다.

석기를 사용하기 위해 막대기가 필요한 게 아니라 막대기를 사용하기 위해 석기가 필요했다. 막대기를 뾰족하게 다듬기 위해 석기가 필요한 게 아니라 막대기를 뾰족하게 갈기 위해 맷돌이 필요했다. 석기가 막대기의 보조역할을 할 때에도 이따금 큰 동물사냥으로 걸출한 남자들이 두각을 나타내기 시작했다. 그중 한 명이 독수리부리였다. 걸출한 남자의 등장은 모계를 부계로 전복시킬 위험이 있었다.

모계우두머리가 독수리부리를 밴드에서 추방할 계획을 세운 것은 그가 그녀의 성적자기결정권을 무시하는 일이 발생하고부터다. 하늘을 나는 신성한 독수리를 돌팔매로 잡은 벌로 석녀에게 접근금지령을 내렸는데 이를 보란 듯이 무시했다. 신성한 독수리는 핑계였고 석녀에게 접근금지령을 내린 것은 모계 우두머리의 성을 거부해서였다.

동굴 앞 늪에는 버려진 짐승가죽들이 나무껍질과 함께 흙에 묻혀 있었다. 간밤에 그것들은 늑대로 인해 잔뜩 파헤쳐져 있었다. 평소 같으면 무심코 지나쳤을 텐데 낙엽조차 귀하게 몸을 감싸던 터라 우연히 눈에 꽂혀 한번 만져 보았다. 최근 것은 딱딱했지만 떫은 나무껍질과 함께 오래 묻혀있던 것들은 생각보다 부드러웠다. 짐승과 파리가 끓지 않게 흙을 덮어두어 썩지 않았다. 석녀는 그것들을 동굴로 가져와 우선 동굴입구부터 막았다. 남는 것은 넓게 펴서 볕에 말렸다. 그중 제일 부드러운 것을 골라 바닥에 깔았다. 잠들 때는 둘이서 꼭 껴안고 자서 추위를 못 느꼈는데 자다가 추워서 깨어보면 자신도 모르게 바닥의 가죽으로 몸을 덮고 있었다. 가죽이 최초로 몸을 감쌌다. 혁명(가죽革, 목숨命)이었다.

토끼 노루 사슴의 다리와 다리가 묶여서 석녀의 몸을 감쌌다. 하얀 눈밭에 새로운 종이 탄생해 우뚝 섰다. 토끼 노루 사슴도 이상하게 쳐다보았고 늑대 곰 호랑이도 멀거니 바라보았다. 석녀는 추운 겨울을 살아남은 부듯함으로 황홀경에 젖었다.

독수리부리가 돌팔매와 막대기로 잡아온 노루 사슴을 이빨과 손톱으로 해체해 모두가 먹을 수 있게 분해한 것도 석녀였다. 그 전에는 토끼 한 마리도 제대로 해체하지 못해 털이 그대로 있는 채로 뜯어먹곤 했다. 이빨과 손톱으로 사슴이나 노루의 가죽을 벗겨내는 석녀의 솜씨는 놀라웠다. 짐승들은 모두 이와 부리와 발톱으로 가죽을 물어뜯지 않는가. 원래 무두질은 석기 이후에 날카로운 돌칼이 있어야 발명 가능한 기술이었다. 그런 고도의 기술이 그 이전에 잠시 사용되었다는 사실이 믿기지 않았다. 막대기창을 만드느라 벗긴 나무껍질의 타닌이 버려진 털가죽과 함께 흙에 묻혀 부드러워진 우연한 발견이긴 하지만 그녀는 일약 짐승의 정령을 옷 입은 스타로 부상했다.

그러나 짐승을 지배한 그 최초의 상징은 석기의 무차별 살상으로 발가벗은 맨몸 맨손에 대한 비겁으로 얼룩졌다. 석녀와 독수리부리는 부계사회의 가부장적 야망에 불탔고 급기야 석기가 맹수의 자리를 꿰차 맹수콤플렉스가 훼손부담으로 돌아왔다.

걸출한 남자에 대한 선망어린 콤플렉스가 채령 씨에게 조각보 사랑을 선물한 것일까?

10

가게는 짐승가죽으로 막혀있는 동굴입구처럼 어수선했다. 세탁소가 대개 그러하듯 줄지어 늘어선 옷들이 동굴의 우상처럼 그림자놀이를 하는 허수아비 같았다. 옷은 아무리 새 옷이라 해도 입혀지지 않으면 생동감을 잃고 영원히 기다리는 신세가 된다. 채령이 문을 밀치고 들어서자 옷들이 일제히 흔들리며 다림질에 몰두하던 한 청년이 친절하게 손님을 받았다. 옷들이 걸려있지 않은 한쪽에서는 한 소녀가 열심히 옷을 수선하고 있었고 방으로 꾸며진 나머지 공간에서는 칠팔 세 된 여아가 동화책을 읽고 있었다. 한눈에 봐도 청년은 흑인혼혈이고 소녀는 백인혼혈로서 채령과는 한 혈육임을 알 수 있었고 여아는 원주민인지 동양계인지 알 수 없는 얼굴을 하고 있었다. 채령은 그들에게서 엄마 모습을 떠올려보았지만, 짐작조차 되지 않았다.

“세탁물을 찾으러 오셨나요?”

“아뇨. 우 순이 씨를 뵈러 왔는데요?”

“지금 안 계시는데…무엇 때문에 그러시는지…”

“어디 멀리 가셨나요? 지금 좀 뵐 수 없을까요?”

“글쎄요. 그곳에 계실지 모르겠네요. 연락을 한번 해 볼까요? 누구시라고 할까요?”

“가까이 계시면 제가 그곳으로 찾아뵈면 안 될까요?”

“그러시겠어요. 헤이 별새! 이분 엄마한테 모셔다드려!”

“아이, 요것만 다 읽고 가면 안 될까?”

“가시죠. 제가 모셔다드리지요.”

채령은 어디를 봐도 노숙자 티라고는 나지 않는 것에 잔뜩 의문을 품고 흑인혼혈청년의 뒤를 따라갔다.

“세탁소는 잘 되나요?”

채령은 세탁소가 어려우면 집세를 내지 못해 홈리스가 될 수도 있다는 말을 떠올리며 물었다.

“그런대로 밥은 먹고 살아요.”

“학교 다닐 나인데 생업을 돌보느라 공부에 지장이 있겠어요.”

“주말이잖아요. 엄마가 아이들을 돌보는 주말에는 으레 그러려니

해요. 그런데 우리 엄마는 어떻게 찾아오셨죠?"

"아 네, 한국에 있는 지인의 소개로요."

"한국에서 오셨군요. 그런데 영어의 억양이 한국 분들과 달라요."

"예리하시군요. 독학으로 익힌 엉터리 영어에요. 그런데 모친께선 가게 외에 다른 일도 하시나 보네요."

"일이라기보다 아이들 돌보느라 늘 정신이 없으시죠."

"아이들이라뇨? 아까 그 동생들 말고 또 있나요?"

"친동생은 아니고요. 여기저기서 데려온 아이들이지요."

"어디서요?"

"저분들로부터요."

흑인혼혈청년은 거리의 홈리스를 가리켰다.

"홈리스 부모들이 제일 어려워하는 게 아이들이지요. 그러다보니 아이들의 환경이 너무 열악해요. 저희들이 가게를 봐줄 휴일이면 집중적으로 데려다 씻기고 입혀서 돌려보내지요. 그걸 설득하기도 쉽지 않아요. 외려 귀찮아하는 분들도 있지만 아이의 건강을 트집 잡기도 해요."

흑인혼혈청년은 엄마가 자랑스럽다는 듯 묻지도 않은 일을 장황하게 들려주었다.

"한인 홈리스들인가요?"

"그렇지 않아요. 인종을 가리진 않지만, 이상하게도 한인 홈리스에게는 아이들이 딸려있지 않아요. 젊은 사람이 없어서이기도 하겠지만 있다 해도 아이들이 없어요. 엄마가 그러는데 한국 부모들은 아이들을 위해서는 무슨 일이든 하는 억척 때문이래요. 다 왔어요. 여기에요."

삐거덕거리는 계단으로 몇 층을 올라갔더니 문 앞에 형형색색의 조각보 하나가 문장처럼 걸려있었다. 문을 열고 들어서자 탁 트인 원룸에서 다양한 인종의 아이들 십여 명이 저마다의 놀이에 열중하고 있었다.

"일하다 말고 네가 웬일이냐?"

"손님을 모시고 왔어요. 한국에서 오셨대요."

채령 씨는 채령을 보자 뇌경색을 얻어맞은 사람처럼 몸이 굳었다. 아이 목욕을 시키다 잠시 머뭇거린 뒤 겨우 목욕을 마치고 돌아보았다.

"엄마, 난 그만 가 볼게요. 여기도 내가 도울 게 있으면 말씀하세요. 가게 일은 조금만 하면 끝나요."

"그래, 고맙다."

"그럼 말씀 나누세요."

"네, 감사합니다."

채령 씨는 히스패닉으로 보이는 아이를 안은 채 멋쩍게 서 있는 채령에게 담담히 말했다.

"앉아요."

식탁 겸 공부탁자로 사용하는 긴 앉은뱅이탁자에 채령 씨가 먼저

앉았다.

“생각보다 좀 이르네요.”

“기다렸다는 얘긴가요?”

“상처를 기다리는 사람도 있나요?”

불안이 감돌자 아이가 울었다.

“상처는 어루만져 잊어야지요.”

“상처이기나 했나요?”

아이를 때리듯이 달랬다.

“그러고 보니 상처가 아니었네요. 상처라 생각할 겨를도 없었네요.”

엄마는 너무 젊어 보였고 딸은 너무 성숙해 보여서인지 이상한 대화가 계속 오갔다. 엄마의 입가에는 미소까지 번졌다.

“무책임이 몸에 배셨나 보네요.”

“아빠가 널 아주 잘 키운 것 같구나.”

“아빠에게 어쩌면 그럴 수가 있지요. 미안해하기는커녕 당연한 것처럼 말씀하시네요.”

그때 아이들이 우르르 몰려왔다 몰려갔다.

“아빠는 지금 어디 계시니?”

“이 세상에 안 계세요.”

“그게 무슨 말이니? 돌아가셨단 말이냐?”

“올인 한 남자를 십시일반의 여자에게는 보여줄 수가 없군요. 죽은 거나 마찬가지예요.”

"하하하, 그래 그 말이 맞아. 난 네 아빠를 볼 면목도 자격도 없다. 네가 보여줄 때까지 기다리마."

"그럴 일은 영영 없을 거예요. 저만큼 아빠를 사랑하는 사람도 없으니까요."

"네가 아주 아빠바라기가 다 됐구나. 네가 태어난 배경을 생각하면 그런 네 마음의 자세가 경건하게 느껴지기까지 하는구나."

"절 가르칠 필요는 없어요. 엄마를 만나 보니까 아빠가 더 가엾게 생각되네요. 아빠가 앞으로도 엄마의 사랑을 받기는 틀렸어요. 이 와중에 무슨 사랑을 어떻게 받겠어요."

아이들이 시끄럽게 노래를 부르기 시작해 채령의 말이 잘 들리지 않았다.

"네 말처럼 사랑이 그렇게 딱 부러지는 것이었으면 얼마나 좋겠니. 세상의 남자란 말이다. 사랑을 안 하든지 막 하든지 해야지 오로지 하나만을 사랑하면 그 나머지는 모두 성폭력이 되고 만단다."

"그래서 사랑을 막 하셨나 보네요. 전 안 하면 안 했지 막 하지는 않을 거예요."

"넌 지금 세상의 모든 탄생을 모욕하는 말을 하고 있구나. 세상에 태어나고 싶어 태어나는 아이들이 몇이나 되겠니? 어쩌다 보니 이렇게 된 거지 이렇게 되겠다고 된 아이는 하나도 없단다. 그래서 네 아빠처럼 모두가 가여운 거지."

"그래요. 가여운 사람끼리는 올 인이 필요해요. 아빠에게는 저의

올 인이 필요해요."

"그래, 부럽고 좋은 일이긴 하지. 그런데 올 인으로 인해 얼마나 많은 소외와 배척이 자행되는지를 알면 그런 소릴 못하지."

"핵가족 때문에 소외가 생긴다니 궤변이네요."

"흔히 애착이라고들 하잖니. 애착은 필요하지만, 때론 무심한 게 나을 때도 있지."

"친아빠에 대한 애착 때문에 양 아빠에 무심한 엄마를 용서할 수 없어요. 애착과 무심 사이의 희생양이 저였으니까요."

"그래 내가 잘못했다. 이 엄마를 용서할 때까지 기다리마. 그러나 한 가지만은 알아주면 좋겠구나. 이 아이들을 거두기 시작한 건 너 때문이라는 걸 말이다. 너는 내 평생을 눈에 밟히는 아이로 살 것 같구나. 그래서 지금의 네 모습은 너무나 낯설어 서글프기까지 하고…"

채령 씨는 기어코 눈물을 보였다.

"울지 마세요. 그 눈물이 제게는 너무 값싸게 보여요. 아빠가 절 어떻게 키웠는데… 전 그저 운명적으로 태어나 자랐을 뿐이에요. 엄마는 저 때문에 울기보다 아빠를 위해 울어야 해요. 여생을 울음으로 바쳐도 모자랄 거예요. 아빠를 생각하면 울다가도 증오가 복받쳐요. 제가 산삼을 캐다 실족해 식물인간이 되었을 때도 아빠는 절 포기하지 않았어요. 그런데도 아빠는 제 사랑을 받아주지 않았어요. 그 알량한 엄마에 대한 기억 때문이지요. 아빠는 사랑을 주기만 했지 받아

본 적이 없어요. 아빠가 너무 불쌍해요. 너무 가여워서 내 속의 티끌 하나라도 꺼내서 드리고 싶어요. 저 같은 건 없어져도 좋아요. 그 깐 눈물이 무슨 대수에요. 이 깐 눈물이 무슨 소용이에요. 아빠에게는 사랑이 필요해요. 제발 아빠를 사랑해 주세요."

안고 있던 아이가 다시 울기 시작했다. 채령 씨는 우는 아이는 아랑곳하지 않고 채령의 어깨를 감싸 안았다. 그리고는 아이를 둘러업고 일어섰다.

"아빠한테 데려다주겠니?"

가게에 전화해 와서 아이들을 좀 돌보라고 이른 뒤 앞장을 섰다.

아빠는 엄마를 봐도 자리에서 일어나지 않았다. 추억 속의 애인 대신 아이를 둘러업은 웬 아주머니 하나를 본 것이다. 가까이서 엄마의 묵례를 받고서야 자리에서 일어섰다. 기억회복이 가능할까 싶을 정도로 낯선 티를 냈다. 와락 끌어안고 회포를 푸는 일은 일어나지 않았다. 서로가 되기까지 기억을 그대로 두고 탈바꿈해 서로를 몰라보도록 이종이 된듯했다.

"두 분이 왜 그러세요. 앉으셔야지요."

자리에 앉아서야 엄마가 먼저 말문을 열었다.

"많이 변했지요. 세월이 무서워요."

"그럼요. 강산이 두 번이나 변한걸요."

"아빠, 20년이나 벼루고 벼룬 말이 겨우 강산이야. 아빠답지 않게 왜 그래.”

“염치없는 소리 같지만, 지금 와서 보니 당신에게 채령을 맡긴 게 여간 잘한 일이 아니에요. 세상에 누가 이렇게 잘 키울 수가 있겠어요.”

“그러면 뭔가 보답이 있어야지요. 뭐로 보답할 건데요?”

“글쎄다. 내게 그럴만한 게 있나 모르겠네.”

“미국에서 아이 업은 건 처음 보는데 그나마 당신이라 다행이네요.”

아빠가 관심을 돌리려 업힌 아이를 보며 다소 엉뚱한 얘기를 했다.

“그래요. 아이나 하나 낳아주면 되겠네요. 그걸로 퉁 쳐요. 그리고 아빠, 이 아이는 엄마아이가 아니니 오해 마세요.”

“그런데 한 가지 궁금한 게 있어요. 여긴 어떻게 알고 찾아왔지요. 사정이 있어 채령이란 이름 대신 다른 이름으로 살아와서 요”

아빠를 보고 얘기하는데 딸이 끼어들었다.

“‘우순이’라는 이름으로 영화의 주인공까지 되셨잖아요?”

“영화의 주인공이 되다니?”

“‘천사는 체온을 입는다.’는 영화 몰라요?”

“영화라니? 무슨 소린지 모르겠네.”

“그 영화가 미국에선 인기가 없었던 모양이다. 한국에서는 제법 인기가 있었던 것 같던데…”

“엄마가 LA에서 저지른 사건이 영화화된 거 몰라요? 한국에서 엄마소식을 물으려 회장사모님을 찾아갔더니 거기서 알려주던데요.”

"회장사모님? 그 사람 남동생이 영화감독이었는데 그자가 만든 영화인 모양이다. 인제 보니 그 모든 게 그 작자의 머리에서 나온 계략 같구나. 내 인생이 한 사람의 연출에 놀아나다니 왠지 씁쓸하구나."

"그 작자 나중에 한번 골탕을 먹여야겠군요."

"그래서 사건현장을 가 본 거니?"

"사모님은 영화제목밖에 모르던데요. 영화를 보고 LA 영사관을 찾아갔더니 사건현장을 가르쳐 주더군요. 영화의 주인공도 모르게 영화를 만들고는 어떻게 실화라고 선전할 수가 있지요. 그러면 그 내용도 사실과 다르겠네요. 나중에 달라진 게 있는지 한번 봐주세요."

"영화에선 뉴욕으로 도망간 거로 되어있든?"

"LA에서 날라봐야 뉴욕밖에 더 있어요? 뉴욕한인회에 가서 '우순이'를 찾았지요. 그 사람들 엄마를 노숙자라고 하던데요. 홈리스보육원을 운영하는 사람보고 노숙자라니 말이 돼요? 참 아빠, 엄마가 이런 아이들 십여 명을 데리고 홈리스보육원을 운영하고 계세요. 인종박물관이라 할 정도예요."

"노숙자들을 만나는 게 일이니 그렇게 말할 수도 있겠구나."

"그래도 그렇지요. 한인회에서 할 일을 대신하는 건데 사무실에 앉아서 그렇게 깜깜할 수가 있어요?"

"그 사람들 하는 일이 축사하고 돈 내는 일밖에 더 있니? 이런 일은 돈 있다고 되는 것도 아니고 직접 먹이고 입혀줘야 하는데 일손내기가 쉬운 일이니? 맨해튼빌딩을 무료로 내준다 해도 씻겨주고 닦아줘야 해."

"그 뒤 우 순이 씨 소식은 들으셨어요?"

다시 아빠가 관심을 다른 곳으로 돌렸다.

"아뇨. 그러잖아도 그게 제일 마음에 걸려요. 뉴욕으로 피해 와서 흑인과 함께 몇 년 살았는데 그 사람이 불심검문에 걸렸는데도 아무 이상이 없었어요. 알아보니 사건화 되지도 않았더군요. 그래서 그 언니가 우리를 위해 모종의 희생을 감수하고 있다는 걸 짐작만 하고 있어요. 그들에게 쫓겨나서 다시 홈리스로 살고 있을지도 몰라요. 언니가 고발이라도 했으면 불심검문에 걸렸을 테니까요. 우순이라는 이름이 안전하다는 걸 알고 여지 그 이름으로 살아왔어요. 그 뒤 흑인 남편은 시민권자인 흑인 여자와 결혼해 아이만 남기도 떠났어요. 남의 이름으로 살아가는 여자는 안전하지 않다는 거지요. 언니에게는 평생 빚을 지고 사는 셈이에요."

"그렇게 사느니 훌훌 털어버리고 한국으로 돌아오시지 그랬어요. 왜 그런 생각은 안 하셨어요?"

"하루에도 몇 번씩 그 생각을 했지만, 운명의 장난인지 흑인 남편이 떠나고 난 뒤 백인에게 당해서 임신이 되었어요. 두 아이의 엄마로 눌러앉았지요."

엄마는 아빠에게 얘기하고 그사이 딸이 끼어드는 한 남자와 두 여자의 대화가 계속되었다. 그 뒤 원주민을 만나 아이를 하나 더 가졌으나 이곳 생활에 적응하질 못해 헤어졌다고 했다. 무엇보다 여러 인종의 아이를 돌보는 걸 부담스러워했다고 했다. 세 아이가 내게는 모두 순혈인데 혼혈에 대한 오해와 편견을 만나면 내 자신이 부정한 여자처럼 여겨져 속상했다고도 했다. 한때는 아이들을 모두 데리고 원주민마을로 가서 살까 하다가 큰아이는 원하지 않았고 작은 아이들에게는 황량한 자연이 또 다른 홈리스가 될 수 있다는 생각에 용기를 낼 수 없었다고도 했다. 아이들의 호적은 원주민과 살 때 모두 우순이를 채령으로 갱신해 채령의 자식들로 올라있다고 했다.

이제 엄마에게는 아빠가 있고 아빠에게는 엄마가 있다. 엄마·아빠에게 방황은 끝이 났다. 홈리스도 끝난 거처럼 보인다. 새로운 홈이 준비되었다. 그러나 열여덟 채령에게는 보호 종료의 험난한 삶이 기다리고 있다. 강제로 보육원을 떠나야 하는 아이들처럼 외로운 성인으로서의 홈리스가 시작되었다.

"아빠, 나 파리로 갈래."

"파리라니? 무슨 소리야."

"줄리앙 씨가 아빠를 떠나게 되면 찾아오라고 했어."

"아빠를 떠나다니? 무슨 소리야."

"이제 아빠에게는 엄마가 있잖아."

"채령아 잘 들어. 이 아빠에게는 네가 필요해. 엄마는 엄마잖아.

네가 아니잖아."

"그래 맞아. 이제 내가 되려고. 엄마아빠로부터 독립해 내가 되어야 하잖아."

"엄마를 만나자마자 떠나다니 엄마가 얼마나 섭섭해 하겠어."

"아빠는 섭섭하지 않고?"

"지금 내 마음을 네가 안다면 그런 소리는 못 할 거다. 아빠에게 너무 가혹하구나."

"줄리앙 씨가 그랬어. 아빠가 원하는 건 아빠밖에 없어서 배신과 변화를 받아들이지 못한댔어. 그래서 아빠를 떠날 수밖에 없대."

"그자가 뭘 안다고 그래. 내가 원하는 건 너와 엄마야. 가족이라고. 가족을 사랑하는 사람보고 배신과 변화를 받아들이지 못한다니 말이 돼. 채령아, 제발 엉뚱한 생각은 하지 말자 우리."

"그러면서 엄마 얘기도 했어. 엄마는 아빠와 반대여서 끝내 지치고 말 거래. 그래서 엄마에겐 아빠밖에 없대."

"채령아, 내 말 잘 들어. 설사 그자의 말이 옳다고 치자. 그건 삶의 한 면밖에 보지 못하는 거야. 세상이 새로움만 추구하면 어떻게 되겠니? 변화란 기존에 구축해 놓은 불변의 터전에 기반 하는 거야. 부모라는 숙주에 기반 해서 새 둥지를 준비해야지. 파리도 좋지만, 이곳 뉴욕에서 천천히 생각해 보는 게 어떻겠니?"

"아빠, 내가 너무 힘들어서 그래."

흐려져 흥건한 눈으로 아빠를 바라보던 채령은 끝내 어깨를 들썩

였고 그 어깨를 감싸 안는 아빠는 알 수 없는 죄책감에 몸 둘 바를 몰랐다.

"채령아, 이 아빠는 네게 결코 갚을 수 없는 부채 같은 게 있단다. 이 아빠로 인해 네가 남들처럼 자라지 못할까 봐 그게 늘 마음에 걸렸지. 네가 시골생활을 힘들어하면 어쩌나, 또래친구들과 놀지 못해 남과 어울리지 못하면 어쩌나, 홈 스쿨이 정서와 정보를 엉뚱한 방향으로 이끌면 어쩌나 하는 거였는데 그런 염려 가운데서도 유일하게 너를 위해 잘했다고 생각하는 게 있는데 자연 속에서 마음대로 뛰놀게 했다는 거였어. 그런데 너는 지금 그것마저 잘한 게 아니라고 말하는 것 같구나. 이 아빠가 떠나온 곳으로 돌아가려 하니 말이다. 너의 선택을 존중하면서도 한편으로는 맥이 빠지는구나. 사랑하는 너를 전지로 내보내는 기분이다. 다른 건 다 허락해도 그것만은 안 되겠다. 까탈의 세계로 널 보낼 수는 없다. 성의 굴레로 미추의 갈등을 부추겨 신분과 차별을 생산하는 유행의 세계로 널 보낼 수는 없다. 그 세계에 대한 환상을 가진 것도 아니잖니? 그쪽에 재주가 남다르거나 먹고살기 위해 어쩔 수 없다면 모를까 일단 그 얘기는 없던 거로 하자."

그로부터 몇 주 뒤 핼쑥해진 채령은 엄마의 권유를 받아들여 원주민마을로 여행을 떠났다. 엄마의 남편이었던 사람이 살고 있는 마을이었다. 그는 한국을 떠나온 채령에게 고향을 떠나 보호구역으로 강제 이주한 삶이 얼마나 황량한지를 몸소 보여주었다. 전통의 삶을 잃은 강제된 삶이 어떤 건지 모르지만 알코올 마약 도박으로 얼룩진 영혼을 대변하듯 휑한 눈을 한 그의 지적 호소력은 남달랐다. 그는 포로로 잡힌 백인이 원주민 딸을 흠모해 썼다는 시를 보여주었다.

오늘 이 하늘에 닿는
아름다움이 나를 사로잡았구려.
그대 고귀에 이끌리도록
이 땅이 움직여온 것이라면
나 세세토록 그댈 흠모하리니
못난이가 예쁜 짓을 한다하지 않았소.
적지의 초목이 이다지 아름다우니
믿고 사는 게 다 무어라 말이오.
적은 만들고 생기는 게 아닌
사냥감처럼 이끌리는 게 아니고서야
나 여기 그댈 흠모할리 있겠소.
세상은 악해서 살만하다 하지 않았소.
더 살만하다는 말은 하지 말기오.
그저 미운 것이 선하다고만 하기오.
두고 온 착한 것들이 날 뭐라 하겠소.
그댈 흠모하는 날 뭐라 하겠소.

훗날 자손들 끼리나 흠모하기오.

스스로 빛을 내지 못 하는 샛별처럼

그대 흠모가 세세도록 빛이 되어

이주의 하늘아래 선물로 주어져

아름다움이 아름다움을 겨워하도록

달빛 공허의 눈으로 살게 하기오.

여행에서 돌아온 채령은 한국인과 원주민이 왜 자살률이 높은가에 대한 공통분모를 찾아보고 싶다며 해쓱한 웃음을 웃어보였다. 대학에 가서 원주민에 대해 깊이 공부해 보고 싶다며 원시와 첨단의 단절에 무엇인들 제대로 살 수 있겠느냐고 항변하더니 '가장 멀리 이동해온 사람들의 체온과 연관된 정과 한의 한계상황과 자살경향에 대하여'라는 논문 제목부터 정해놓고 혼자서 깔깔거렸다.

11

채령이 데려온 채령엄마를 처음 보았을 때 길에 있는 여자를 급히 데려온 줄 알았다. 평상복에 한국전통 포대기로 아이까지 둘러업었으니 영락없는 노숙자였다. 이야기를 나누면서도 노숙자가 저렇게 당당할 수가 있나싶어 이상하게 생각했는데 홈리스보육원이라고 해서 또 갑자기 대단하다싶다가 직접 가서보고는 다시 나락으로 떨어져 목이 잠기고 가슴이 먹먹해져 그간의 세월이 숙연해지기까지 했다.

무슨 말을 어떻게 해야 할지 무슨 말부터 해야 위로가 될지 위로조차도 상처가 되지 않을지 섣부른 말보다 따스한 눈길로나 함께하자며 몇 날 며칠을 아무 말 않고 그냥 보내다가 도저히 안 되겠다

싶어 겨우 한다는 말이 돌부리에 걸려 사고를 치고 말았다.

"왜 자신을 그렇게 몰아붙여요?"

"무슨 말이죠?"

"끊임없이 자기 삶을 학대해왔잖아요."

채령 씨는 '제가요?'하는 표정을 지었지만 연해 침묵으로 수긍했다.

"분노 정의 보복 질투 연민 이런 감정들은 자신을 위한 게 아니잖아요? 자기학대지요. 세상에 자기밖에 없는 혈혈단신인 사람이 자기를 내치면 어쩌지요? 누가 자기를 돌보지요?"

채령을 여행 보내고 호젓해진 시간인데도 여전히 아이들에 얽매인 모습이 안타까워 시작한 말치고는 너무 공격적이었다.

"나름으로 열심히 산 사람보고 자기학대는 좀 심하네요."

얼굴에 미소만 감돌지 않았으면 영락없이 사건이 될 뻔했다.

"스킨 모자이크가 자기학대가 아니면 아가페 아트라도 된다는 건가요?"

"최선을 다하진 않았지만, 최악은 피해온 사람보고 최악의 핀잔을 선물하시니 몸 둘 바를 모르겠네요."

미소를 믿고 계속 직설을 날리긴 했지만 언제 정색해올지 몰랐다.

"무지개는 더 많은 빛깔을 요구한다더니 자기 몸으로 빚는 것도 모자라 남이 빚은 피부 빛까지 어쩌자고 이렇게 떠맡아 무지갯빛 골병을 자처하시냐고요?"

격정어린 질책에 분노까지 가세했지만 껌벅이는 눈에 어린 습기가 모든 걸 녹여주었다. 채령 씨의 눈빛이 조용히 다가와 시야를 가렸다. 눈시울과 눈시울이 젖은 채 격렬히 입술을 불러왔다.

"알아요. 알아요. 당신이 얼마나 소중한지 말하지 않아도 알아요."

몇 십 년의 열기가 한꺼번에 넘나들며 그 많은 할 말들을 포로로 가두었다. 아 실로 얼마만의 잔치인가. 얼마나 기다려온 성찬인가.

"나의 기억 속에서 언제나 당신은 첫 남편이었어요. 첫 아이의 아빠였어요. 아기 예수를 낳아 길러준 요셉처럼 요. 절대 변하지 않는 그 무엇이었어요. 내가 아무리 몹쓸 짓을 해도 당신만은 때 묻지 않으리라 믿었어요. 그게 어디서 온 것인지는 모르지만 내게 소중히 자리 잡고 있는 한 당신이 날 실망하게 한다 해도 내가 당신을 놓지 않는 소중한 그 무엇이라고 믿고 싶었어요. 너무 좋은 말만 했네요. 이미 여자가 아닌 줄 알아요. 그런데도 이렇게 받아줘서 고마워요. 난 정말 당신을 못 볼 줄 알았어요. 볼 낯이 없었어요."

"난 당신을 받아준 게 아니라 조상처럼 모신 거요. 에덴동산을 옮길 수는 없지 않소. 내게 당신은 유행을 타지 않는 여자였어요. 유행을 창조하거나 소화하지 못해서가 아니라 유행을 섭렵한 거지요. 그래서 기다릴 필요도 없이 늘 그곳에 가면 있는 그런 여자였어요. 여자라기보다 흔히 어머니 대지라고들 하지요. 그런 마음의 고향이었지요. 단순한 과거가 아니라 현재와 미래를 거쳐 제자리로 돌아오는 본연의 모습이었지요. 저 아이들의 천사 같은 눈빛 좀 봐요. 언제나 저렇게 돌아오잖아요. 따스한 체온을 옷 입고서요."

"그러고 보니 우리가 그동안 다시 만나기 위해 있지도 않은 사람을 사랑한 거군요. 사실 그대로를 보았다면 오만 정이 떨어졌을 텐데요. 내가 아이까지 버리고 당신을 떠난 건 아이아빠에 대한 복수심도 있었지만 실은 아이아빠처럼 철딱서니 없이 미국에 대한 막연한 선망에 이끌렸던 것 같아요. 복수를 핑계 삼았다고 하는 편이 나을 정도로요. 내가 그 사실을 깨닫게 된 건 그들의 언어를 알아듣고부터였어요. 백인이 사용하는 언어가 너무 얄팍하다는 걸 알고는 백인이라는 높은 신분에 대한 동경이 사라지며 당신 생각이 불현듯 떠올랐어요. 핏덩이를 안아 든 당신의 모습에 하염없이 눈물이 쏟아지더군요. 그러나 운명은 얄궂게도 원치 않는 백인의 아이를 갖게 했지요."

"인종에 대한 선망과 동경은 문화적 본능이지 당신 개인의 일탈이 아니잖아요. 나도 마찬가지예요. 내 말투는 지식인과 일반인을 용케도 구분해 저자세와 고자세로 톤부터 다른걸요. 그래서 모두가 현혹의 옷을 갈아입잖아요. 당신 덕분에 아이들을 선물처럼 얻게 되고 내 일곱 갈빗대로 빚을 사랑의 행방도 알고 여간 고마운 게 아니에요."

형형색색의 아이들이 무슨 구경거리라도 만난 듯 똘똘한 눈으로 두 벌거숭이 몸의 적나라한 해후를 수정체에 담고 있었다.

그로부터 얼마나 지났을까 채령이 원주민 친구와 여행을 다녀오겠다며 어디론가 떠났다. 며칠 뒤 TV뉴스에서 원주민 자살사건이 보도되었다. 백악관 맞은 편 인디언박물관 중앙 홀에 있는 갈대보트에서 인디언 남녀의 시신이 발견되었는데 타살 흔적이 없는 것으로 보아 동반자살로 추정된다고 했다. 발가벗은 시신에는 '열 꼬마 인디언 소년'의 노랫말이 적혀있었는데 단순한 자살이 아니라 정치적 죽음의 강력한 메시지 같다고 했다. 우리는 서로의 얼굴을 마주보았다.

"같이 여행간 인디언친구가 누군지 알아요?"

"전번 여행 때 만난 친구라고만 하더군요."

"같이 여행까지 가면서 한번도 데려오지 않은 게 마음에 걸리네요."

"한번 얘기해 보지 그래요."

"요즘은 날 쳐다보지도 않아요. 한 번도 눈을 마주친 적이 없어요. 당신이 얘기하는 게 낫겠어요."

채령이 여행에서 돌아왔다. 많이 지쳐보였다.

"여행 재미있었니? 엄마아빠는 네가 누구와 어디를 갔었는지도 모르는구나. 얘기 좀 해 주겠니?"

"……"

"요즘은 왠지 너답지 않구나. 무슨 변화라도 있는 거니?"

"아빠, 아빠는 집이 그립지 않아. 벌써 잊은 거야. 난 여기서는 못 살 것 같아. 집이 너무 그리워. 그리워 죽고 싶다는 생각까지 했어. 집으로 돌아가면 안 돼?"

그 말을 듣는 순간 생각이 멎었다. 가까스로 정신을 가다듬는 동안 채령은 삼킨 울음을 진정시켰다. 언젠가 먹이를 주고 돌봤는데도 끝내 죽고만 야생 너구리가 떠올랐다. 고향을 잃은 인디언처럼 산속 생활이 전부였던 채령의 상실감이 엄습했다. 침묵은 꾀나 오랫동안 지속되었다.

"미안하다. 채령아. 이 아빠를 용서하렴."

내심의 거대한 분화구를 이 한마디로 힘없이 내뱉는 자신을 용서할 수 없었다. 진심어린 활화산이 무릎 꿇어 부글거렸다.

'아니다. 미안한 게 아니다. 고마운 거다. 너의 진솔한 마음이 너무 고맙고 부럽구나. 너와의 추억이 어린 그 집이 난들 왜 그립지 않겠니. 그걸 넌 소중하게 붙들어주었고 난 날이 풀려 녹는 눈처럼 내버렸구나. 하지만 너의 눈밭에는 아직 봄의 새싹이 돋지 않았다는 사실을 까맣게 몰랐구나. 세상의 그 누구보다 사랑하는 널 아무도 없는 그 집에 휑하니 남겨 둔 날 용서할 수가 없구나. 이 아빠는 네가 곁에 있어야 행복한데 네가 홀로 불행한 걸 보고만 있구나. 채령아 제발 이 한마디만은 기억해 주기 바란다. 나는 너를 언제 어디서나 살아서나 죽어서나 한 결 같이 사랑한다는 것을… 행복하나 불행하나 기도하고 있다는 것을…'

"아니야 아빠. 아빠는 오랫동안 그리던 고향을 찾아왔고 나는 고향을 떠나왔을 뿐이야. 하지만 자꾸 나쁜 생각이 들어. 아빠에게 난 고래가 업고 다니는 죽은 새끼 같다는 생각, 인간에게는 감동적일지 모르지만 고래에게는…"

아무 말도 못하고 덥석 채령의 두 손을 마주잡았다. 그리고는 글썽이는 눈을 들여다보며 말했다.

"넌 몸의 아름다움이 영혼을 압도하는 앳된 낭자야! 죽음의 그림자는 어디에도 드리울 수가 없어! 알겠니?"

이번에는 채령이 아빠의 손을 다잡으며 말했다.

"아빠, 나 조만간 아빠 곁을 떠날 거야. 친구와 몬태나 숲속으로 들어가 자급 공동체를 실험해보기로 했어. 내가 없더라도 아빠 건강해야 돼. 내 모든 삶은 아빠를 위해 열려있다는 거 잊지 말고…"

"갑자기 그게 무슨 말이야. 자세히 얘기해 봐. 친구라니 누구?"

"아빠, 놀라지 마. 아빠보다 열 살이나 많은 원주민 친구야. 전번 티피 세레머니를 이끌던 분인데 어떤 면에선 아빠보다 불쌍해. 껍데기뿐이야. 원주민의 삶은 인간에게 노출된 생물처럼 남자에게 노출된 여자처럼 보호라는 이름의 폭력에 노출돼 있어. 내가 그를 그가 나를 필요로 하는 이유야. 그를 의식뿐인 무기력으로부터 구해야 해."

'그건 안 돼.' 하려는데 목에 무언가가 걸렸다. 내가 뿌린 씨앗에 싹이 돋고 있으니 어쩌겠는가.

엄마는 의외로 담담했다. 아이를 잘 길렀나 했더니 아니란다. 원주민지도자가 손녀 같은 아이에게 구원되는 해괴한 일이 일어나다니 믿기지 않는다면서도 다만 한 가지 우려를 담았다.

"그의 몸이 너무 약해요. 지병이 있다나 봐요."

"모두들 하나 되려고 아픈가 봐요."

채령에게 연민은 명품에 맞서는 패션의 동화작용처럼 보였다.

12

아무리 생각해도 채령을 그대로 놓아둘 수는 없었다. 이성을 제대로 접해본 적이 없어서 그대로 놓아두면 무슨 상처를 입을지도 몰랐다. 이건 내 책임이기도 해서 어떻게든 내가 나서서 막아야만 했다. 우선 나는 그를 한번 만나보기로 했다.

"채령아, 이 아빠가 그 사람을 한번 만나보고 싶은데 자리 좀 마련해 주겠니? 아빠로서 책임도 있고 어떤 사람인지 알아야 마음이 좀 놓일 것 같구나."

"아빠 그건 안 돼. 아빠에게만은 보여주고 싶지 않아. 서로를 위해 좋을 게 없어. 거북하기만 할 거야. 나는 지금도 한마음에 두 얼굴을 떠올릴 수가 없어. 아빠는 더 심할 거야. 나로 인해 아프게 하고 싶지 않아. 두 사람은 서로를 보는 것만으로 상처가 될 거야."

"그렇지만 남자 대 남자로서 할 얘기도 있지 않겠니? 난 지금도 이 아빠가 네 친아빠가 아니어서 고분고분 말하는 게 아닌가 하고 자신을 책망하면서도 널 위해 할 수만 있다면 무슨 짓이든 할 것 같구나. 그렇지만 난 너를 충분히 믿고 있고 너의 결정을 존중하는 마음이 앞서서 세속적인 생각들을 비판하는 온갖 구실을 찾고 있단다. 네게는 우선 나이와 성에 대한 편견과 고정관념이 없어. 네게 어떤 영향을 미치느냐와 상관없이 그러하다는 게 믿기지 않을 정도지."

"아빠와 내가 왜 가족인지 알아? 아빠만은 날 그렇게 생각할 거라고 믿었어. 난 무슨 생각을 할 때마다 아빠도 틀림없이 이렇게 생각하겠지. 다짐부터 하게 돼. 상황까지 이해해 줄 사람은 아빠밖에 없어. 이해가 아니라 함께하는 거지. 내가 아니다 싶으면 아빠도 아닌 거야. 어떤 때는 나도 모르게 아빠 생각이 마구 튀어나와 내가 아빠가 되는 기분이야. 좋게 말하면 아빠와 이심전심이 된 거고. 나쁘게 말하면 아빠에게 완전히 세뇌된 거지. 내가 새털 그이와 친해진 것도 아빠 때문이야."

"그 사람과 친해진 게 나 때문이라니?"

"티피 세레머니에서 그 사람이 시애틀추장의 연설문을 외웠어. 그건 아빠 레퍼토리였잖아. 아빠는 기타반주에 맞춘 시 낭송 스타일이었는데 새털의 연설문은 근엄한 의식의 주문처럼 들렸어. 스님들의 염불처럼 의미가 의식에 스며들어 자세히 듣지 않으면 시애틀의 연설문인지조차 알아차리지 못할 정도였어. 원주민언어가 아닌 영어로 말이야. 언젠가 아빠가 중 염불을 '죽은 새소리'라고 한 말이 떠올라 혼자서 웃었어. 세레머니가 끝나고 자유토론 시간에 인간에게 왜 세레머니가 필요한지를 물었어."

"종교적 냉소주의가 몸에 밴 네 말투에 다들 할 말을 잃었겠구나."

"낯선 억양의 영어라서 그런지 다들 애교로 봐주던데. 그런데 그 사람이 뭐라 했는지 알아?"

'의식(意識)이 있는 한 의식(儀式)이 있지요. 의식(意識)에는 의식(儀式)이 필요하니까요.'

"그래서 내가 되물었지."

'의식(衣食)이 아니고요? 한국말에는 세 단어가 동음이의어로 모두 의식이라는 한 글자로 같이 쓰지요. 그런데 세 단어 중 가장 먼저 된 단어가 의식(衣食)이라면 의식(衣食)을 위해 의식(意識)과 의식(儀式)이 필요한 게 아닌가요? 입고 먹는 것이 잘못되어 의식이라는 원죄적 자각이 필요하고 의식이라는 실천적 정화의 법식이 필요하지 않나요? 이 셋의 필요가 뒤바뀌어 나중에 된 것이 왕 노릇을 하는 것 같아서요.'

"언젠가 아빠가 내게 가르쳐준 언어적 미분화 학문인 '폐학개론'을 써먹었지. 그랬더니 그 사람 눈이 휘둥그레지며 뭐라 했는지 알아?"

'입고 먹는 것이 어떻게 잘못됐는지 가르쳐줄 수 있어요?'

“그래서 이때다 싶어 아빠의 위대한 철학을 들고 나왔지.”

‘인간은 왜 맹수 친구를 필요로 하는지 알아요?’

“느닷없는 질문에 틈이 생기자 ‘파이 이야기’의 절묘한 아빠 서평을 가져다 붙였지.”

‘왕에게는 내시와 궁녀가 필요하고 교황에게는 수사와 수녀가 필요하고 신에게는 맹신자와 무신자가 필요하듯 인간에게는 맹수와 친구 됨이 필요한 게 아닐까요? 거세된 맹수요.’

‘좀 쉽게 설명해 줄 수 있어요?’

‘만 오천 년 전에 여러분들의 조상이 이 땅에 들어와 번성할 수 있었던 건 석기가 맹수를 대신했기 때문이잖아요. 입고 먹는 게 대부분 큰 동물로부터 나왔는데 맹수와 큰 동물을 사냥하는 과정이 정당했나요? 대자연의 링 안에서 맨손에 석기를 든 비겁한 맹수가 아니었나요?’

“모두가 말문을 닫고 있을 때 한 걸음 더 다그쳤지요.”

‘매머드, 마스토돈, 야생말, 사슴, 검치호, 다이아울프, 라마를 백인이 인디언에게 하듯 비겁을 휘둘러 멸종에 이르게 했지요. 맹수집단을 이룬 인간이 할 수 있는 일은 의식(意識)의 자각과 의식(儀式)의 정화를 통해 대자연의 훼손부담을 줄이는 꿩 먹고 알 먹는 일이지요. 만능이빨인 석기를 장착한 비겁의 왕인 인간맹수가 곰, 늑대, 독수리를 수호동물로 정해 숭배하기까지 했으니까요.’

‘잘못된 의식(衣食)을 어떻게 하면 바로잡을 수 있지요?’

'의식(意識)과 의식(儀式)으로밖에 바로잡을 방도가 없다고 하실지 모르지만, 그 반대지요. 영적 치유로 마약중독과 자살률을 줄일 수 있나요? 종교와 철학을 입고 먹는 일에 흡수시킬 수 있나요? 그건 불가능하지요. 통제 불능을 통제하는 일이니까요. 이미 왕 노릇을 하는 맹수 맛을 봤으니 되돌릴 수가 없는 거지요. 국민을 주인으로 모신다거나 신도를 신으로 떠받드는 일은 그냥 형용일 뿐이지요. 인간이 궁극적으로 믿는 건 순치밖에 없으니까요. 사랑이라는 것도 결국은 자기 앞의 순치를 바라는 욕동이어서 그토록 동정과 정조를 수행하는 거고요.'

"모두가 알 수 없는 기억의 조합으로 내뱉는 내 말의 의미 속에서 헤매고 있을 때 지도자의 입에서 탄성이 터졌어. 내가 이번 의식에서 위대한 신비의 계시로 비전을 얻었다는 거야. 나는 그게 아니라고 손사래를 치며 이건 내 생각도 신비의 비전도 아니며 내 아빠의 노트에서 훔친 구절들이라고 했어. 그러면서 마지막 반전도 잊지 않았지."

'다만 한 가지 우리는 스스로 입고 먹는 최소문화단위의 생활공동체를 통해 인간맹수의 비겁을 최소화 할 수 있습니다. 원주민이 백인에 의탁해 살거나 큰 동물을 먹고사는 사냥은 이제 불가능합니다. 자연의 출구이자 문명의 입구인 농사를 배우지 않으면 안 됩니다. 남에게 비겁을 행사하지 않고 자기가 입고 먹는 건 자기가 생산하는 새털같이 가벼운 생활로 돌아가야 합니다. 그곳에서는 의식(意識)은 공허하고 의식(儀式)은 껍질일 뿐입니다. 알갱이가 되지 못합니다. 농사가 가능한 토지를 요청하며 싸워야 합니다. 먹이경쟁자인 큰 동물에게도 그들의 땅을 내어주어야 합니다. 생활보조금은 사약입니다. 술과 마약의 온상입니다. 거절해야 합니다. 우리는 생활보조금이 필요한 게 아니라 생명활동이 필요하다고 세계의 양심을 향해 외쳐야 합니다.'

"나는 스스로에 열뜨고 칭찬에 고무되어 마구 말들을 쏟아내기 시작했어. 그랬더니 누군가가 손뼉을 치기 시작했고 지도자가 다가와 나를 껴안았어. 첫 손뼉은 약간의 조소 같았는데 지도자가 나를 껴안자 칭찬의 손뼉이 되어 울려 퍼졌어. 지도자는 나를 껴안은 게 아니라 아빠를 껴안은 거지. 그렇게 해서 우리는 아빠의 사유세계로 거듭나 심금을 나누는 영혼의 친구가 되었어. 어때 아빠. 그래도 내가 미덥지 않아?"

"내가 지금 오디오나 비디오를 보고 있는 건 아닐 테지. 세상의 누구보다 너를 잘 안다고 생각했었는데 그게 아니구나. 내 생각을 나보다 더 잘 전달하는 능력은 어디서 나온 거니? 네 언어능력에 감탄하지 않을 수 없구나. 지도자가 네게 왜 반했는지? 그저 젊고 예뻐서 거니 했었는데 위대한 신비의 계시라고 할 만 하구나. 혼자서 배운 영어로 깊은 영혼의 대화가 가능할까 싶었는데 인간의 잠재능력이라는 게 함부로 얘기할 수 없는 홀연한 것임을 일깨워주는구나. 그렇지만 채령아. 삶이란 순간의 기적이 아니라 지루한 일상이어서 생활의 민낯까지도 들여다보고 예비를 해야 한단다. 네가 미덥지 않아서가 아니라 자기 자신도 믿지 못하는 힘겨움을 염려하는 거야."

"아빠마음 알아. 지병이 있어 몸이 약한 데다 노쇠하기까지 하잖아. 세상에 어느 아빠가 가만있겠어. 난 그보다 아빠가 날 오해할까봐 그게 더 마음에 걸렸어. 내가 아빠마음을 아프게 하려고 일부러 보란 듯이 일을 저지른 거라고 생각할까봐 서지. 아빠는 그런 분이 아니잖아. 내가 아니면 아빠도 아닌 거지? 그렇지 아빠."

"채령아. 난들 왜 그런 생각이 들지 않겠니? 난 남자여서 그런지 사랑이 부족해서 그런지 정보다는 원칙이 앞서서 널 믿는 거로 그만이지만 채령아. 엄마는 다르잖니? 탯줄로 맺어진 관계여서 모든 게 정으로 연결되어 있잖니? 그래선지 자신의 소홀했던 정에 대한 자책이 앞서서 자기가 제대로 정을 주지 못해서 네가 엉뚱한 데 정을 주고 있다고 생각하더구나. 너에 대한 엄마의 남다른 자책을 네가 좀 보듬어주면 안 되겠니? 난 너희 모녀간에 대화가 없는 게 무엇보다 마음에 걸리는구나. 이 아빠의 입장을 생각해서라도 엄마와 좀 더 친해질 수 없겠니?"

"난 엄마에 대한 별다른 감정이 없어. 오히려 너무 잘 이해해서 탈이야. 엄마 말대로 정이 없어서 정으로 대하지 않는지 몰라. 그렇다고 일부러 정이 많은 체할 수도 없잖아. 그러면 서로가 어색하잖아."

"그렇지 않아. 사람이란 말이다. 어색한 게 관계의 본질이야. 언젠가 네게 웃음의 본질에 관해 얘기해 준 거 기억하니? 낯선 사람을 보면 적으로 오해받지 않기 위해 웃음을 발명했다고 말이야. 어색할 수밖에 없는 관계를 어색하지 않게 잘 웃느냐가 생존방편이자 관계의 본질인데 너희 모녀는 20년이나 떨어져 살았으니 오죽하겠니? 그러니 제발 네가 엄마에게 먼저 다가가 주려무나."

"난 아빠한테 독점적으로 사랑만 받아와서 애교체질이 아닌데 체질을 바꾸는 게 잘 될지 모르겠네."

"네가 그분을 아무런 상의도 없이 사귀고 심지어 가족이 되려하는 걸 엄마는 지금 무척 힘들어하고 있어. 남편을 얻고 사위를 보는 엄청난 일을 소리 소문 없이 해치우는 너를 그냥 지나치기가 쉽지만은 않겠지. 평생 안 볼 것 같으면 몰라도 그분을 위해서라도 너는 엄마와의 관계에 신경을 써야만 해 알았니?"

"그런 얘기를 아빠는 어떻게 그리 천연덕스럽게 할 수가 있지. 사랑하는 사람이 하루아침에 증조할아버지가 된 것 같아. 슬프다기보다 너무 서글퍼. 눈빛만이라도 변하지 않길 바랐는데 말이 먼저 늙어버리니 전신에 힘이 빠져버리네."

"늙은 사위를 둔 아빠의 잡친 기분도 좀 생각해 주렴. 젊고 싱싱한 질투라도 좀 했으면 좋겠다. 내가 걱정스러운 건 그분의 나이가 아니라 건강이야. 지병이 있다고 했는데 도대체 어디가 아픈 거니? 네가 아픈 것처럼 궁금해서 배길 수가 없구나."

"나도 잘 몰라. 만성 골수 증식성 질환에다 심장이 미세하고 불규칙하게 작동하나 봐."

"나을 수는 있대?"

"고혈압이나 당뇨병처럼 약만 꾸준히 먹으면 괜찮은가 봐. 그런데 그 병이 보호구역 안에 있는 우라늄폐광 때문인지 네바다 핵실험 낙진 때문인지 모르지만, 방사능에 의한 거래. 햇볕을 쬐고 있는 그를 보고 있으면 보호구역의 '보호'가 얼마나 반어적인지 미국의 지성이 '감금'된 것처럼 느껴져."

"통제불능단위에선 최소문화단위가 조롱일 수 있어. 최고의 지성이 최대의 조롱이 되는 거지. 미국의 지성이야말로 진폭이 가장 넓은 단위를 자랑하지. 다양한 인종이 기회를 찾아 몰려들어 총기소지가 정의가 되는가 하면 비핵이 핵을 통제하는 게 아니라 백 개의 핵이 한 개의 핵을 통제하니까. 그렇지만 알렉산더에 피폭된 디오게네스의 오늘은 햇볕만 가린 게 아니라는 거로구나. 그분을 어딜 가면 만날 수 있니?"

"아빠, 그건 안 돼. 안 되는 이유를 설명해 줄게. 아빠가 봐도 여전히 안 된다고 할 테니까. 내가 봐도 아니거든. 우선 우리가 살던 환경과는 너무나 달라. 나무 한 그루 보이지 않는 황량한 곳이야. 나무 한 그루 풀 한 포기 자라지 않는 곳에 뭐가 자라겠어. 사람만이 자라는 거야. 정부보조금을 먹고 말이야. 물조차도 물탱크에 받아서 써. 잘난 몇 푼주면서 그곳을 이탈하면 그마저도 없대."

"도시의 삶이 모두 그런 거잖니. 요즘은 시골이 더해. 전기가 안 들어오면 농작물도 모두 말라 죽어. 심지어 시골마트의 농산물은 시골에서 올라갔다가 경매를 거쳐 다시 내려와 도시보다 더 비싸지."

"아빠도 참. 그게 아니라니까. 유통이 아니라 정서를 얘기하는 거야. 삭막한 바위언덕에 성냥갑 같은 집 한 채 덩그러니 놓여있어. 그곳에 20~25명의 대가족이 바글거린다고 생각해봐. 짜증, 욕설, 폭력, 무기력, 환멸, 절망, 자살이 더 자연스러운 거지. 그래서 아이를 못 낳는 여자와 결혼을 했대. 그 여자는 또 그걸 못 견뎌 해 마약에 손을 대 헤어졌고. 한 때 땅을 주름잡았던 사람들이 죽고 싶을 정도의 척박한 곳에서 죽지 않을 정도의 보조금으로 연명해 일자리도 미래도 없어. 미국정부가 인디언에게 제공한 환경에서는 나는 도저히 살아낼 자신이 없어. 그래서 그분 친구가 있는 몬태나로 가기로 했어. 그곳도 가봐야 알겠지만, 아니다싶으면 같이 한국으로 들어갈 거야."

"채령아. 사막여우는 숲보다 사막에서 더 잘살듯이 인디언들은 버펄로 같은 사냥감만 있으면 어디서든 살게 적응이 되어있을 거야. 한국의 산은 그들에게 오히려 갑갑할 수가 있어. 너 역시 그분에게 적응할 시간이 필요해."

"그가 날 처음 보고 뭐라 했는지 알아. 따로 적응이 필요 없는 익숙한 얼굴이래. 대륙 어딘가에서 함께 산 모양이라며 그동안 잘 있었느냐고 인사라도 하고 싶다고 했어. 유머치고는 꾀나 광활하지."

"조상을 거슬러 올라가면 친족 아닌 사람이 없지. 먼 조상 때는 한 가족이었는데 피치 못할 사정으로 이산가족이 되어 그이는 베링해로 건너오고 넌 한반도로 내려왔다는 거야."

"얘기하는 게 재미있잖아."

"만나서 소설 소재감이나 하나 달라고 할까?"

"아빠야말로 어떻게든 만나보려고 밀착 취재잖아. 내가 아빠를 못 만나게 하는 이유는 만남 자체가 그에게 모종의 압박이 될까봐서야. 인디언들은 유부남 유부녀 연상녀 연하남에 대한 편견이 덜한데 그런 만큼 반감이 심할 수도 있어. 아빠표정만 봐도 나이는 숫자 마음이 진짜라는 의미 괴리를 읽어낼 거야. 인디언들 사이에선 벌레 하나 죽이지 못할 사람으로 통하지만 내게는 그 말이 감성이 여리기보다 영성이 살아있다는 말로 들려. 자연과 하나 되는 생태주의 의식(儀式)에 길들었다고나 할까. 수렵채집을 떠나 온지 얼마 되지 않아 영성이 민감하게 살아서 남다른 자존이 되고 있어. 다치지 않게 배려해 줘야 해."

"배려라면 이 아빠가 이거잖니. 내일 당장 엄마랑 같이 만나러 가는 거다?"

"약속도 없이 쳐들어가는 게 배려라고? 한국에선 느닷없는 방문이 반가움이 될지 모르지만 여긴 미국이야. 인디언들도 미국시민이고. 무례한 시민이 되지 않으려면 한 달 정도는 여유를 줘야지."

"언제 한번은 만나야 할 거면 되도록 빠를수록 좋겠다."

우리가 그의 돌바람언덕 암자를 찾아간 것은 그로부터 일주일 뒤였다. 집을 찾기 전에 마을레스토랑에서 만나 점심을 먹기로 했다.

레스토랑에 도착하니 그가 먼저 와 있었다. 레스토랑의 눈들이 모두 우리 쪽을 향했다. 큰 도로를 끼고 있어서인지 마을레스토랑치고는 제법 큰 편이었다. 마을의 놈팡이들이 죽치기 하는 장소여서인지 테이블에 빈자리가 거의 없이 담배연기로 가득했다. 보호구역 밖에 있는 레스토랑에서 만날 걸 그랬다는 생각이 들 정도로 분위기가 이상했다. 사람보다 그가 사는 집을 봐야겠다는 생각에 일부러 이곳을 택했는데 마치 우범지대에 온 기분이었다. 누군가와 사귈 때 집안인사부터 시키려는 것도 모종의 부담을 지우기 위해서인데 이건 외려 부담이 되어 돌아오는 형국이었다.

"집에 있을 때 한 끼는 대부분 여기서 해결하지요."

그에게는 친숙하다는 게 외려 관심을 집중시켜 시선의 표적이 되게 했다. 매일 혼자서 밥을 먹다가 여러 사람이 먹으니 무슨 일인가 하고 관심을 집중시키는 듯했다. 티피 세레머니로 만나는 사람들이려니 하겠지만 분위기만 보면 어떤 자리인지 알 수도 있다는 생각에 왠지 불편했다. 무엇보다 그의 비주얼이 생각보다 늙고 초췌해서 단번에 자리가 가시방석이 되었다.

"저희도 먹을 걸 좀 준비해왔는데 여기 음식도 좀 사서 집에 가져가서 먹으면 안 될까요? 주변 시선이 좀 부담스러워서요."

채령엄마가 그에게 예의를 다해 말했다.

"예약한 건 아니죠?"

내가 거들었다.

"네 아니에요. 그게 낫겠네요. 먼저 나가시죠. 채령 씨가 좋아하는 거로 좀 사 갈게요."

그의 말에 딸의 이름이 섞이는 거조차 이상하게 느껴졌지만, 채령은 아무 말 없이 그와 함께 계산대로 가 빵과 소스를 사서 담는 다정한 모습을 보였다.

그곳을 벗어나 차를 타고 나오는 것만으로 시원한 느낌이 들었다. 마을에서 무슨 일이 일어나도 모를 정도의 외딴 오두막에 그의 차가 멎었다. 오두막 옆에는 티피 하나가 세워져 있었다. 작은 오두막에는 상대적으로 커 보이는 물탱크와 태양광 패널이 딸려있었다. 주위는 그야말로 돌밖에 보이지 않는 바람언덕이 전부였다. 티피 안에는 커다란 원형탁자가 중심자리에 있고 가장자리에는 의자들이 빙 둘러있었다. 채령엄마가 채령과 함께 가지고 온 음식을 탁자에 차리는 동안 두 남자는 티피 밖에서 언어장벽을 사이에 두고 멋쩍게 시간을 보내고 있었다.

"여기 산 지는 얼마나 되셨죠?"

그는 내가 영어를 잘하는 줄 알고 장황하게 설명했다. 대충 30년 전부터 줄곧 여기서 혼자 살아왔다고 하는 것 같았다. 우리는 언덕 너머로 발길을 옮기며 어설픈 대화를 이어갔다. 그는 나를 작은 우물가로 안내하더니 건너편의 넓은 백인농장을 가리키며 그곳에서 대형 지하수를 파는 바람에 이곳 샘이 말라버렸다고 하는 것 같았다. 그는 내가 말을 알아듣기만 하고 하는 데는 서툴다는 걸 알고는 깊은 얘기는 피했다. 그의 마을 내력에 대한 이런저런 설명을 들으며 티피로 돌아왔을 때 고맙게도 채령엄마의 목소리가 들렸다.

"여보. 식사하세요."

"들어가시지요."

나도 모르게 한국어로 말하며 손짓과 몸짓으로 그를 깍듯이 윗사람으로 대했다. 조금 어색하긴 해도 그래야만 했다. 체질이었다. 채령에게도 그러한데 하물며 그에게 그러하지 않을 수 있겠는가. 어쩌면 이 자리는 내가 채령에게 아빠로서 심하게 대하지 않고 깍듯하게 대해 온 결과물인지도 모를 일이었다. 무서운 아빠였다면 조심하는 딸이 될 수도 있었다. 그를 안쪽에 앉게 하고 그 옆에 나와 채령이 앉았다. 채령엄마가 그와 마주 보고 내가 채령과 마주 보았다.

"한식을 좀 장만했는데 입에 맞을지 모르겠네요. 이건 소고기를 구운 불고기이고요. 이건 한국에서만 먹을 수 있는 도토리묵, 깻잎, 콩으로 만든 두부, 콩나물, 된장찌개, 이건 배추로 담근 발효음식 김치에요. 김치와 된장찌개는 채령이 이미 맛을 보였다고요?"

"네 아주 맛있더군요. 처음엔 입이 얼얼한데 자꾸 먹으니 괜찮아요."

"고구마 감자 호박 고추가 이곳이 원산지인데도 우리나라에선 신토불이라 해서 전통음식대접을 받고 있는데 다문화가정도 그런 대접을 받을 날이 올까요?"

"아주 좋은 말씀이군요. 원주민은 원산지에서조차 대접을 받지 못하니까요."

"인디언 조상이 베링 해를 걸어서 건너 올 무렵이나 북아메리카빙하가 녹을 때 엄청난 기후변화로 해수면이 오르내린 적이 있었지요. 생물들은 그야말로 먹이의 대혼란을 겪었겠지요. 큰 동물들은 죽어가고 열매는 열리지 않고 땅은 야금야금 바다에 잠기는데도 인간들은 쾌재를 불렀지요."

"무슨 뚱딴지같은 소리니?"

"물론 지금보다야 기후변화가 느려 진화에 별 어려움은 없었겠지만 식탁을 대할 때마다 생각나는 게 있어서 그래요. 몇 번의 빙하기를 거치는 동안 혹독한 시련으로 '지혜의 요리사'가 된 인간이 제일 먼저 한 요리가 뭔지 아세요? 고추소스 효율장애!"

"우리 집 박사님 말씀이 무슨 말인지 선생님께서 좀 설명해 주시죠?"

채령엄마가 웃으며 물었다.

"채령 김은 정말 놀라워요. 전 채령 김이 말할 때마다 깜짝깜짝 놀라곤 해요. 그건 저로서도 불가사의에요."

그는 채령을 눈부시게 쳐다보며 말했다.

"한국에선 재주와 슬기가 특출한 아이를 신의 아이 신동이라 하는데 어릴 때는 몰랐는데 기억력이 남다르더군요. 머리를 다친 이후로는 처녀신동이 된 것 같아요."

나도 덩달아 치켜세우자 채령이 불편해하며 자기변호를 했다.

"사람들은 뭐든 대충 기억하지만 난 정확하게 기억할 뿐이에요. 혼자서 익힌 영어로 어떻게 영적 대화가 가능하냐고들 하지만 아빠가 영문으로 된 주술사 책을 구해와 내게 번역을 시켰잖아요. 힘들게 익힌 걸 가지고 신비 운운하면 칭찬이 아니라 노력에 대한 모욕이잖아요."

"이거 좀 드셔보세요. 이 소고기불고기는 한국에서는 귀한 음식이라 특별한 날에나 먹는 거니까요. 소고기가 주식인 분에게는 귀한 음식이 아닐 테지만 스테이크하고는 또 다른 맛이 날 테니 한 번 드셔보세요."

"육식은 잘 안 하셔."

"채식주의자세요?"

"아 아닙니다. 다들 패스트푸드에 익숙해서 저도 자제를 하는 편입니다. 요즘은 채령 김의 '송곳니만큼의 육식'이란 말에 반해서 4/28만큼 육식을 하려고 애쓰고 있습니다."

채령이 밥을 먹다가 나를 보며 웃었다. 내 말을 그에게 써먹은 게 탄로 나서다. 나도 미소로 답해 주었다. 영문을 모르는 채령엄마는 그의 말에 재미있어하며 대화를 진전시켰다.

"채령의 신도가 되신 것 같네요. 채령의 어디가 그렇게 좋으세요?"

"영혼요. 채령 김의 영혼은 아주 특별해요. 그의 영혼에는 반하지 않을 수가 없어요."

"인디언의 영혼과는 어떻게 달라요? 어떤 영혼에 반했어요?"

그는 채령을 쳐다보며 생각의 말미를 짚어나갔다.

"채령 김은 뭐랄까 영혼체제가 달라요. 채령 김 애기를 듣고는 우리 인디언신화가 비겁한 변명으로 가득하다는 걸 알았어요. '옛적에 들소는 뼈만 남은 맹수였다'는 이야기가 있는데 사람 잡아먹는 들소가 여자라고는 마을에 하나뿐인 처녀를 사랑하여 제짝으로 삼기를 원했지요. 한 남자가 가시에 찔려 그 나무 정기를 받아 낳은 딸인데 모든 남자가 처녀를 사랑했지만 들소를 두려워해 결혼에 동의하고 선물을 했는데 들소 몸을 대신하는 40가지 이상이 선물로 모여 들소는 '뼈밖에 없다'에서 '살밖에 없다'로 바뀌어 사람 잡아먹는 들소에서 사람이 먹을 수 있는 음식이 되었다는 애기지요. 이 들소신화를 채령 김이 어떻게 해석했는지 아세요? 백인이 인디언에게 하듯 인디언이 큰 동물에게 한 업보로 먹고 먹힘을 단순화시켜 맨손에는 활로 활에는 총으로 대응한 비겁을 합일이나 신비로 변명한 것에 지나지 않는다고 하더군요."

나와 채령은 서로를 마주보며 은밀하게 웃었고 채령엄마는 자기 딸에게 흠뻑 빠진 그를 인디언신화의 주인공이라도 되듯 흡족하게 바라보았다.

"그 신화는 인류학자의 글에도 나와 있고 그에 대한 해석은 제가 한 게 아니고 아빠가 한 거예요."

"역시 훌륭한 교육이 있었군요."

그가 내 쪽을 바라보자 채령엄마가 그의 시선을 낚아채며 말했다.

"결국은 소와 처녀를 바꿔먹은 거군요. 인간맹수로 돌변해서요. 신화에선 왜 아이와 처녀를 제물로 바치지요?"

채령이 위험한 눈빛을 보내왔다.

"남성중심사회에선 제사장이 모두 남자라서 그런 게지"

내가 그의 난처한 대답을 대신했다.

"전쟁이나 사냥에서 남자희생자가 많아 성비를 맞추느라 그런 거라면 이해가 되는데 정결이니 순수니 해서 그런 거라면 용납이 안 돼요."

"제가 채령 김의 용맹에 반한 적이 있는데요. 남자보다 더 남자다운 기개에 놀랐지요. 느닷없이 독립운동을 하자고 하더군요. 독립이 없으면 미래도 없다고요. 미국으로부터의 독립이냐고 하니까 모든 것으로부터의 독립이라고 하더군요. 경제적인 독립을 말하는 거냐니까 그 반대라고 하며 돈 없는 사회의 구체적인 청사진을 펼쳐 보이더군요. 생물이고자 하는 안간힘이 얼마나 대단해요."

"그래서 몬태나 얘기가 나왔나요?"

"여기서는 불가능하니까요."

"선생님도 참 순진도 하세요. 건강한 몸으로도 힘든 일을 하겠다고 하셨어요. 자급자족공동체가 얼마나 힘든 일인데 우리 채령을 그런 고생천지로 보낼 수는 없어요. 그런데 선생님은 친인척이 한 사람도 없나요? 오늘 같은 날은 양가 집안이 인사라도 나누면 좋잖아요.

있는데도 인사를 시키지 않는다는 건 선생님이 떳떳하지 못하다는 거 아니에요?"

"엄마, 이분의 연세가 그럴 입장이 아니잖아."

"솔직히 저는 선생님의 도덕성에 회의를 느끼고 있어요. 제 딸이 아무리 선생님을 좋아한다 해도 선생님이 말리셔야지요."

"엄마!"

"무슨 말씀인지 잘 압니다. 따님이 워낙 고결한 영혼을 지녔기에 다치지 않고 함께해 주는 게 위대한 신비와 마주하는 거라 생각되었습니다. 저희를 믿고 조금만 더 지켜봐 주십시오."

그날 저녁 아빠엄마가 떠나고 난 뒤 두 사람이 조용히 마주앉았다. 뒤쪽 편안한 소파였다. 채령은 그의 무릎에 안겨 살며시 키스했다. 오늘 하루의 마음고생을 따스하게 어루만졌다. 그때 밖에서 차 소리가 들렸다. 엄마가 뭘 안 가지고 간 게 있어 다시 왔나 하고 나가보았다. 어둠 속에서 마스크를 쓴 청년 셋이 달려들어 채령을 결박했다. 그들은 채령을 티피 안으로 끌고 들어갔다. 채령을 탁자 위에 내동댕이쳐 눕히고는 손발을 탁자 다리에 묶었다. 채령의 저항하는 소리와 함께 그가 소파 뒤에서 권총을 집어 들었다.

"샌님께서 웬 총이셔? 개미 한 마리 못 죽일 위인이라는 걸아니까 괜히 폼 잡지 마시지. 손녀 같은 여자를 데리고 이러면 우리 몫이 없어지잖아. 우리는 아직 근처에도 못 가봤는데. 요즘은 여자 근처가기가 하늘의 별따기야. 있는 놈들이 다 차지하고 우리 차지는 없어. 여자들도 약아서 우리 같은 놈들은 얼씬도 못하게 해. 한 번만 봐줘. 영감만 눈감아주면 되잖아. 눈만 감으면 되는 걸 가지고 살인을 선택하진 않겠지? 그럴 위인은 못 되잖아. 한 번만 봐주는 거요? 얘들아 샌님께서 한 번만 봐주신단다. 어서 시작해."

"그 여자의 몸에 손만 대면 총알이 네 심장을 뚫을 것이다!"

"안 돼요! 쏘면 안 돼요!"

채령이 다급하게 부르짖었다.

"쏴봐. 못 쏘잖아. 이 천사아가씨를 봐서라도 그러면 안 되지. 어이 막내! 너부터 개시해! 패션섹스부터 천천히."

앳된 청년이 그의 눈치를 보며 채령의 가슴옷깃을 열었다.

그때 한 방의 총소리가 그들의 동작을 멎게 했다. 소파 위로 그가 쓰러졌다. 위협이나 최소살상으로 그들을 쫓을 여유도 무책임한 자결 뒤의 강간살해를 생각할 예지도 그에게는 없었다.

"어이 재수 없어. 가자!"

"이건 어쩌고?"

"그러면 우리가 죽인 게 되는 거야. 풀어줘!"

그들은 흔적 없이 돌아갔고 채령에게는 누명이라는 뒷일이 기다리고 있었다. 하지만 채령은 그 따위 뒷일은 생각할 겨를도 없이 머리를 관통해 의식조차 없이 늘어진 그의 몸을 절망적으로 흔들어 깨웠다. 잠시 정신을 차린 채령은 그의 가슴에 손을 넣어 맥박을 확인했다. 무언가에 놀란 채령은 급박하게 그의 가슴 옷깃을 풀어헤치며 그의 체온을 더듬었다. 그의 옷을 찢어 살이 드러나게 했다. 마지막 체온을 확보하기 위해서였다. 그러고는 미친 여자처럼 벌떡 일어나더니 순식간에 알몸이 되어 그의 체온 속으로 품어들었다. 그의 체온이 식어가는 일분일초가 아까웠다. 채령은 그렇게 그의 체온을 안고 몸부림쳤다. 천사는 체온을 입는다는 위로는 먼 나라의 전설에 지나지 않았다. 사람은 훼손을 먹고산다는 폭로도 다 소용없는 일이었다. 냉혈동물인 카멜레온도 숨기려 드러내고 드러내어 숨기는 내성적 체화에 민감한데 온혈동물인 사람이 위험과 책임의 외주화로 이토록 훼손에 둔감하단 말인가.

노인의 몸에서 서늘한 기운이 감돌자 영혼이 몸에서 분리되는 느낌의 이질감에 흠칫 몸을 떨치며 일어났다. 체온이 사라진 몸에서는 더 이상 무엇도 느껴지지 않았다. 알 수 없는 외로움이 엄습했다. 갑자기 아빠가 보고 싶었다. 아빠가 그의 모습을 밀쳐내며 말했다.

"채령아, 초록드레스!"